W0331132

DISPARITIONS À LA CHAÎNE

Åke Smedberg, né en 1948, est l'auteur de plusieurs romans dont l'un a été nominé pour le prix August. Disparitions à la chaîne *est sa première incursion dans le genre policier.*

Åke Smedberg

DISPARITIONS À LA CHAÎNE

ROMAN

Traduit du Suédois par Philippe Bouquet

Éditions du Seuil

TEXTE INTÉGRAL

TITRE ORIGINAL
Försvinnanden

ÉDITEUR ORIGINAL
Albert Bonniers Förlag AB, Stockholm, Suède.
Tous droits réservés.
© original : 2001, Åke Smedberg
Cette traduction est publiée en accord
avec l'agence littéraire Linda Michaels Limited, New York

ISBN original : 91-0-057471-6

ISBN 2-02-083798-6
(ISBN 2-02-055551-4, 1re publication)

© Éditions du Seuil, avril 2004, pour la traduction française

Le Code de la propriété intellectuelle interdit les copies ou reproductions destinées à une utilisation collective. Toute représentation ou reproduction intégrale ou partielle faite par quelque procédé que ce soit, sans le consentement de l'auteur ou de ses ayants cause, est illicite et constitue une contrefaçon sanctionnée par les articles L.335-2 et suivants du Code de la propriété intellectuelle.

www.seuil.com

UNE VIEILLE HISTOIRE

Il avait déjà traversé la rangée de buissons, le long de la route, et esquissé un pas sur celle-ci lorsqu'il vit la voiture et les hommes. L'un d'entre eux était tourné vers lui. Il l'avait reconnu presque aussitôt, avait lâché le sac en plastique, tourné les talons et pris la fuite en courant.

– Ah, le salaud ! Arrêtez-le, bon sang !

Il jeta un coup d'œil par-dessus son épaule. Il avait environ vingt-cinq mètres d'avance mais comprit que ce ne serait pas suffisant. Son poursuivant avait la trentaine et paraissait très décidé. Il sortit sa cagoule de sa poche et l'enfila sans cesser de courir.

Ils l'attendaient donc. En fait, cela ne l'étonnait pas tellement, mais ce n'était pas ce qu'il avait prévu.

Il avait quitté la grand route quelques kilomètres avant d'entrer dans le village et pris la direction du nord. Au début, il roula sur de l'asphalte en mauvais état, puis sur une voie forestière assez récente qui s'enfonçait presque droit vers l'est. Elle n'existait pas, jadis. L'ancienne passait plus près du lac.

Parvenu à la hauteur d'une crête, il s'arrêta, baissa la vitre et observa le paysage. Sur sa gauche, à environ un kilomètre de distance, s'étendait le lac, de forme oblongue. À l'extrémité la plus proche se trouvaient quelques maisons et des parcelles cultivées. Il examina la carte, posée sur le siège du passager, afin de s'orienter.

Soudain, des aboiements lui firent lever les yeux. Il sortit ses jumelles de la boîte à gants et les porta à son visage. Il vit de la fumée monter de l'une des maisons et s'attarda sur celle-ci. Il nota la présence d'une voiture et l'existence d'un chenil, dans lequel il put distinguer le chien.

Il posa les jumelles et continua sa route.

Quelques kilomètres plus loin, il franchit la petite rivière. Il n'y avait pas de parapet. Seule une petite bosse trahissait sa présence en causant deux chocs assez légers à la voiture. Dans le rétroviseur, il remarqua le reflet de l'eau et le rideau de forêt broussailleuse longeant ses deux rives. Il s'était attendu à quelque chose de plus grand. Mais il savait qu'il ne pouvait pas se tromper. Il n'y avait pas d'autre cours d'eau à proximité.

Il ne s'arrêta pas et poursuivit sa route à la même allure. Soudain, un kilomètre et demi plus loin, une maison se présenta devant lui. Il l'examina. Elle était de fraîche date, de la terre était encore entassée près des fondations. C'était un simple pavillon de chasse d'un seul étage, en bois debout. Il aperçut un véhicule, à l'arrière, mais ne vit pas âme qui vive.

Il continua encore pendant près d'un kilomètre, avant de se garer à un endroit où il était possible de faire demi-tour, de couper le moteur et descendre.

Il resta un moment à prêter l'oreille. Puis il s'écarta de quelques pas, tira un paquet de cigarettes de sa poche et en alluma une en se concentrant pour que ses mouvements soient parfaitement naturels. Il ne fumait que lorsqu'il estimait que cela pouvait lui être utile, lui permettait de se fondre dans l'environnement et donnait une sorte de légitimité à sa présence. Comme en ce moment. Pour avoir l'air de quelqu'un qui avait arrêté sa voiture afin de se détendre les jambes, griller une cigarette et admirer la vue. Il fit de son mieux pour se couler dans ce rôle en marchant de long en large, s'étirant et promenant le regard sur le panorama.

C'était la fin septembre et le ciel était d'un bleu intense. Le vent s'était levé. En direction du nord, l'ombre de légers nuages passait sur les hauteurs. Des deux côtés de la route, les coupes s'étendaient sur des kilomètres. Il s'arrêta, resta debout les yeux mi-clos, à sentir la fraîcheur de l'air sur son visage et regarder les jeunes pousses de pins osciller dans le vent.

Puis il jeta sa cigarette, écrasa le mégot du pied et lissa soigneusement le sol. Il regagna ensuite sa voiture à grands pas, s'assit, mit le moteur en marche, fit demi-tour et rebroussa chemin.

En passant à nouveau près de la maison, il réduisit un moment l'allure et laissa son regard s'attarder. La voiture était toujours là mais il ne vit personne, cette fois non plus, pas le moindre signe de vie. Il accéléra à nouveau et s'éloigna.

Revenu près de la rivière, il freina, trouva des traces de roues qui s'écartaient de la route, quitta celle-ci et se gara. Il resta un moment assis dans la voiture à regarder les environs et tenter de se remémorer l'aspect qu'ils avaient jadis. Une forêt de sapins assez dense. Ils étaient arrivés le long de la rivière et avaient commencé à monter, à partir de l'ancienne route, suivant le sentier qui courait parallèlement à la rivière. Le gris de la nuit. Quelque chose de fébrile et d'excitant dans l'air. Le sentiment de planer, comme s'ils avançaient en dansant. Et il savait déjà ce qui allait arriver.

Puis il ouvrit la portière et descendit de voiture.

À partir de ce moment, tous ses gestes furent médités,

calculés. Il fit le tour de la voiture, ouvrit le coffre, sortit le sac en plastique et le plia de façon à le réduire à un petit rectangle tenant dans la poche de sa veste. Puis il glissa la pelle pliante sous sa ceinture, tira sa veste par-dessus et fourra le rouleau de ruban adhésif dans l'autre poche. Il se retourna et traversa la route. L'espace d'un instant, il lui sembla entendre un bruit de moteur, mais cela ne suffit pas à l'inciter à s'arrêter. Il fallait bien admettre que quelqu'un puisse passer par là.

Un étroit corridor boisé était resté intact le long de la rivière mais, à l'ouest, les coupes claires s'étendaient à perte de vue. Il longea le bas de l'une d'elles, datant peut-être d'un an. Il se déplaçait rapidement et avec souplesse. Au bout d'environ cinq cents mètres, il réduisit l'allure et examina la berge de près. Il se reconnaissait.

À l'endroit où le terrain s'élargissait et s'aplatissait, il s'immobilisa et scruta le sol. Son visage s'illumina soudain d'un sourire. Personne n'était venu à cet endroit. Même à distance, il en était à peu près sûr.

Il fendit les jeunes bouleaux et buissons d'osier et finit par se retrouver sur une partie plate et herbue sur laquelle ni les uns ni les autres ne semblaient avoir pu s'enraciner. Il fit quelques pas, trouva la petite bosse, écarta du pied la laîche qui s'était amassée et ôta la couche de pierres. Une fois que ce fut fait, il tira sa pelle, la déplia et commença à creuser.

Il lui fallut environ vingt minutes pour dégager tout le squelette. Il se redressa alors, l'examina un instant, changea de prise sur le manche de la pelle, la brandit au-dessus de sa tête et frappa un grand coup sur la colonne vertébrale, juste au-dessus du bassin. Il fit de même pour séparer le crâne de la nuque et les bras de l'omoplate puis se déplaça légèrement vers l'arrière, posa un pied de chaque côté du trou, leva la pelle, frappa à nouveau jusqu'à ce que les hanches soient détachées du bassin, recula encore de quelques décimètres et sectionna cette fois les jambes à hauteur des genoux au moyen de coups précis.

Il essuya quelques gouttes de sueur sur son front, fit un pas en arrière, sortit le sac en plastique de sa poche, le déplia, rassembla méthodiquement les diverses parties du squelette, brisa la cage thoracique en marchant dessus et fourra le tout dans le sac.

Midi moins dix. Cela faisait une bonne heure qu'il avait quitté sa voiture. Il n'allait pas s'attarder, cette fois-ci, se dit-il. Pourtant, il resta un instant sur place, tourna la tête et leva les yeux vers l'éperon montagneux situé derrière lui, le scrutant du regard.

Soudain, il entendit à nouveau la voix de femme. Elle semblait surgir d'un point situé quelque part à hauteur de sa propre taille. Un cri de colère et de douleur. Une sorte de râle qui montait en bouillonnant, comme lorsqu'elle était prise de l'une de ses quintes de toux. *Ne pars pas ! Je te l'interdis !*

Il se figea sur place. *Je reviendrai, je ne t'ai jamais quittée,* tenta-t-il de dire, mais elle l'interrompit à nouveau d'un cri : *Non ! Ne pars pas ! Viens !*

Son corps fut pris de soubresauts incontrôlés. Une force puissante, dévastatrice, émanait de cette femme. L'espace d'un instant, il se sentit obligé de lui obéir. Puis il prit une profonde inspiration, ferma les yeux et força cette voix à redescendre, lentement, tandis que la sueur lui coulait sur le visage.

Maintenant, c'était lui qui était le plus fort. Le plus fort et le plus vieux. C'était à lui de décider ce qui valait le mieux pour eux deux. *Je reviendrai*, murmura-t-il sur un ton assez doux, presque celui de la consolation, comme s'il parlait à un enfant. *Je ne te quitterai jamais. Je reviendrai. Je te l'ai promis.*

Il prêta l'oreille. Plus rien. Elle s'était tue, comme si les paroles qu'il venait de prononcer l'avaient apaisée.

Un seul de ces hommes s'était lancé à sa poursuite. Il ne jugea pas nécessaire d'accélérer l'allure et la réduisit même un peu, attendant qu'il le rejoigne.

– Espèce de salaud !

Il sentit l'autre lui saisir la gorge par-derrière et l'air commencer à lui manquer. Il s'arrêta net, relâcha les membres de son corps jusqu'à paraître désarticulé. Il attendit de sentir la pression s'atténuer et saisit alors les poignets de son assaillant, l'obligeant à lâcher prise. Puis il pivota sur lui-même, les mains en l'air, forçant l'autre à effectuer une sorte de pirouette de danse, sur la pointe des pieds, le bras tordu derrière le dos. Il attendit une fraction de seconde, puis tira brusquement et vit son agresseur basculer vers l'arrière. Il le maintint dans cette position jusqu'à ce qu'il entende le cartilage de l'épaule se briser avec un bruit sourd. Il lâcha alors prise et laissa l'autre s'effondrer sur le sol en hurlant de douleur.

Puis il pivota à nouveau, déplaça son centre de gravité et posa le pied sur le bassin de l'homme gisant à terre, avant d'appuyer de toutes ses forces. Le cri parut s'arrêter net et l'on n'entendit plus que des sanglots étouffés. Il baissa alors les yeux vers le corps et lui asséna une série de coups de pied bien ajustés. La tête rebondit sur le côté et le silence total se fit.

Après cela, il se remit à courir. Il quitta la coupe et descendit vers la rivière, jusqu'à disparaître à la vue des deux hommes restés près de leur voiture. Il s'arrêta alors et se mit à remonter la pente, mais cette fois d'un pas tranquille. Lorsqu'il put de nouveau voir la route, il s'arrêta, s'accroupit et sortit ses jumelles de sa poche. Les autres étaient arrivés à la hauteur de leur camarade. Il les vit se baisser et le transporter jusqu'à la voiture en le tirant à moitié. Après l'avoir allongé sur le siège arrière, l'un d'entre eux revint chercher le sac en plastique. Même à cette distance, il put lire la stupeur qui s'inscrivait sur son visage lorsqu'il ouvrit le sac et resta pétrifié devant le spectacle de son contenu.

Il baissa ses jumelles avec un petit sourire.

Il attendit que la voiture se fût éloignée. Avant cela, il les avait vus ouvrir le capot de la Mazda dans laquelle il était arrivé et arracher les fils de l'allumage. Mais il s'attendait à quelque chose de ce genre et ne réagit pas.

Il se mit alors à réfléchir. L'important, pour lui, était de se procurer un nouveau véhicule. Il calcula qu'il disposait d'environ une heure pour cela et tenta d'évaluer la distance qui le séparait de l'extrémité du lac.

Il se releva, jeta ses jumelles et sa pelle, restée glissée sous sa ceinture, ôta son pull et le jeta lui aussi, ne gardant que sa veste. Puis il descendit la pente en zigzaguant entre les moraines. Lorsqu'il fut de nouveau sur la route, il se mit à courir à vitesse modérée.

Il lui fallut un peu plus d'une demi-heure pour parvenir au carrefour. Il était en sueur mais respirait avec facilité, ayant pris soin de conserver une allure qui ne l'obligeait pas à puiser dans ses forces tout en lui permettant d'avancer bon train. Pas la moindre voiture.

En s'engageant sur la voie d'accès à la maison, il pressa le pas, résolu à couvrir la distance le plus rapidement possible. De loin déjà, il pouvait entendre le chien. Lorsque la maison apparut, il réduisit encore une fois l'allure et scruta les environs d'un regard circulaire.

La voiture était toujours là. Dans le chenil, un molosse courait en tous sens, aboyant furieusement. Près de la maison, un carré de pommes de terre déjà récolté et quelques rangées d'arbustes couverts de baies. Les aboiements du chien se firent de plus en plus forts et, avant d'avoir pénétré dans la cour, il vit la porte d'entrée s'ouvrir et un homme apparaître sur le pas de la porte.

Il s'avança rapidement, penché en avant, sortit sa cagoule de sa poche et l'enfila. En quelques pas, il fut en bas des marches du petit perron. L'homme avait déjà fait demi-tour, sous le coup de la peur, pour tenter de se réfugier dans la maison, mais il l'en empêcha en le prenant par l'épaule. Puis il le fit tomber à la renverse et, une fois qu'il fut à terre, appuya la paume de la main sur sa gorge. L'homme chercha à reprendre sa respiration et son corps se mit à trembler. Il relâcha alors légèrement la pression et se pencha vers lui.

– Les clés de la voiture, dit-il à voix basse.

L'homme le dévisageait sans répondre.

– Les clés ! murmura-t-il à nouveau.

Voyant que l'autre fermait les yeux, serrant obstinément ses lèvres sèches, il lui lâcha le cou, plongea la main sous sa veste et sortit un couteau qu'il pointa vers son visage. Il posa la pointe sur l'une des paupières, de façon à l'ouvrir, et appuya ensuite lentement sur le haut de l'orbite, jusqu'à ce qu'un filet de sang se mette à couler.

– Ici, dit-il, toujours à voix basse. Directement dans le cerveau. Lentement, millimètre après millimètre…

L'homme écarquillait maintenant les deux yeux, sous le coup d'une peur indicible.

– Elles sont dessus, bon Dieu !

Il maintint un instant encore le couteau à la même place, avant de l'ôter. Il vit le sang commencer à former une petite mare dans l'orbite, contourner le globe oculaire et couler le long de la joue. Il se releva d'un bond, fit pivoter l'autre sur lui-même de façon à ce qu'il soit à plat ventre, lui tordit les bras derrière le dos, sortit le rouleau de ruban adhésif de sa poche et entoura les mains et les poignets. Puis il procéda de même avec les jambes.

Dans le chenil, l'animal gueulait toujours. Il jeta un coup d'œil vers les deux autres maisons, à une centaine de mètres de là. Fenêtres condamnées. Cour envahie par l'herbe. Elles étaient inhabitées.

Il enjamba l'homme qui gisait à ses pieds, poussa la porte et pénétra dans la maison. Il commença par arracher les fils du téléphone et jeter l'appareil dans un coin. Puis il poursuivit son inspection. La cuisine. Une salle de séjour meublée de façon spartiate. La porte de la chambre à coucher, une fois ouverte, révéla la présence d'un lit à une seule place et le confirma dans son idée : cet homme vivait seul.

Il repoussa la porte avec une grimace de déplaisir, sentiment qu'il éprouvait souvent quand il approchait de trop près la vie des autres. Photographies, bibelots, souvenirs, vêtements. Tout ce qui témoignait de leur intimité. Et puis les odeurs, ces odeurs qui restaient comme collées un peu partout…

Il se détourna et sortit rapidement de la maison. Il s'arrêta un instant auprès de l'homme, qui était toujours dans la même position. Devait-il le bâillonner, aussi ? Mais, voyant sa respiration haletante et oppressée, il décida de s'en abstenir. Quel âge pouvait-il avoir ? Soixante-dix, soixante-quinze ans ? Il risquait de ne pas survivre à un tel traitement. Or, il n'avait rien à gagner à sa mort.

Il se pencha à nouveau, l'empoigna par ses vêtements et le tira jusque dans le hall de la maison, où il le laissa tomber sans ménagements, avant d'essuyer ses mains à son pantalon.

Puis il fit un pas en arrière et lui décocha un violent coup de pied dans les côtes.

– Tu peux être content de t'en tirer avec la vie sauve, charogne ! Ferme ta gueule sur ce qui vient de se passer, sinon tu le regretteras, mon salaud !

Il ne parlait plus à voix basse, haussant au contraire le ton, jusqu'à la rendre grossière, épaisse, et la faire paraître jeune, violente, emportée et incontrôlée. Puis il donna un ultime coup de pied dans le corps de sa victime, qu'il entendit gémir à la fois de peur et de douleur, avant de sortir et de refermer la porte derrière lui.

Il changea de route à Ånge et prit la direction du sud par l'intérieur des terres. La circulation n'était pas très dense et il ne rencontra aucune voiture de police. Sans doute faudrait-il quelques heures encore pour que soit lancé l'avis de recherche. Il conduisit à vitesse constante, se gardant de tout excès. Il était parfaitement calme, mais surveillait attentivement la circulation.

À intervalles réguliers, il revit la scène sur le lieu de la coupe, comme s'il se repassait un film. Instant après instant. Tout avait été le fait du hasard, des circonstances. Pourtant, il avait l'impression que cela cachait quelque chose. Une volonté. Une force. Un dessein. Elle l'avait appelé. Lui avait demandé de revenir. Elle n'avait pas l'intention de le lâcher.

Il vit aussi le visage de Kennet Eriksson, sur lequel se lisait la stupéfaction, l'incrédulité. De quoi se souvenait-il ? Qu'était-il en état de comprendre ?

Sans doute pourrait-il disparaître à nouveau sans laisser de traces. Mais il savait déjà ce qui lui restait à faire. Il fixait des yeux cette route d'une rectitude monotone. Le crépuscule commençait à tomber. Le ciel formait une sorte de disque métallique à l'éclat mat, sur le fond de la forêt avoisinante. Il prêta de nouveau l'oreille vers l'intérieur de lui-même. Elle l'avait appelé. Et il avait promis de revenir.

Nielsen remonta l'allée gravillonnée de son jardin d'un pas mal assuré, en zigzaguant d'un côté à l'autre et se guidant sur la lampe extérieure. Les nausées montaient en lui par vagues successives. À quelques pas du perron, il dut faire demi-tour, gagner la pelouse en titubant et vomir.

– Qu'est-ce que tu fais, Nielsen, bon sang ? se dit-il.

Il redressa lentement son grand corps et se remit en marche vers la maison et les marches du perron. Il parvint à monter les deux premières mais son pied gauche se bloqua alors brusquement et il alla heurter la porte d'entrée la tête la première. Il resta étendu quelques instants, à gémir, avant de réussir à se mettre sur son séant, le dos contre la porte.

– Bon sang, John Lean Nielsen, reprit-il. Tu aurais dû vivre à une autre époque, dans un autre monde. Un monde meilleur !

De l'autre côté de la porte, il entendait Tjarrko. Bien entendu, le chien avait senti sa présence, mais il était resté calme. Sans doute finit-il par se dire que la mesure était à son comble, car il poussa un aboiement, un seul, mais impératif. Nielsen se mit debout, tâtonna pour glisser sa clé dans la serrure et ouvrit la porte. Le chien vint frotter distraitement son museau contre sa jambe, avant de dévaler les marches et de disparaître dans l'obscurité. Il alluma une cigarette et le suivit.

Les nausées avaient disparu, mais pas l'ivresse. Celle-ci avait la forme d'une pellicule élastique extensible dans toutes les directions. Un filet de protection lui inspirant un agréable sentiment d'invulnérabilité et de bien-être. Il éprouva soudain une sorte de bonne volonté sans réserve, sentimentale, envers tout et tous : les immeubles décrépits dont on apercevait les rangées de fenêtres à travers le petit bois qui s'étendait sur la droite, les êtres humains qui y vivaient, les voitures qui passaient en dessous, les rares noctambules à la lueur des réverbères, les gros chênes, le long de la rue, contre lesquels il lui arrivait de s'appuyer. L'espace d'un moment, il nourrit envers l'ensemble quelque chose qui ressemblait à de l'amour.

Il savait qu'il en irait autrement, tout autrement, le matin venu. L'automne et l'hiver s'étendraient devant lui tel un trou sombre. Et même la vie entière. Ou ce qu'il lui en restait.

Mais, à cet instant précis, il n'avait pas besoin de penser à cela. Il pouvait se laisser aller à sa griserie, prendre dans ses bras ces gros troncs noueux et paternels, le long de la rue, en chantonnant et riant à mi-voix. À cet instant, il avait le droit d'être heureux, décida-t-il. Un moment. De se traîner là, dans le noir, béat d'ivresse, un stupide sourire narquois aux lèvres, avec son chien qui venait de temps en temps lui donner un coup de museau, puis disparaissait telle une ombre, attiré par des odeurs plus intéressantes, dans les buissons qui longeaient l'allée.

Il fut réveillé par la sonnerie obstinée du téléphone. Un instant, il s'attarda dans le rêve d'un matin d'hiver froid et humide où il faisait nuit noire, au-dehors, et où son cœur battait la chamade, au rythme de l'assourdissant tic tac de son réveil, un peu comme la vieille Saab qu'il conduisait alors…

Lentement, il prit conscience de l'endroit où il se trouvait, ouvrit les yeux et tourna le regard vers la fenêtre. Il faisait déjà jour, le ciel était d'un bleu mat et les branches des arbres oscillaient dans le vent. Il put reprendre haleine, essuyer la sueur qui baignait son front, tendre la main vers le téléphone, empoigner le combiné, le tirer vers lui, dans le lit, et tenter d'articuler son nom.

– Allô ! lui dit une voix impérative. Y a quelqu'un ?

– Oui ! croassa-t-il à nouveau, un peu plus fort.

– John Nielsen ? John Lean Nielsen ?

– Oui, merde, je viens de vous le dire !

– Ici Ivarsson.

Il s'efforça de réfléchir et de chercher dans sa mémoire. Mais il sentit la migraine revenir.

– Olle Ivarsson ! De Bräcke ! reprit la voix, maintenant presque scandalisée.

– Ah oui, s'empressa-t-il de répondre, sentant la douleur s'intensifier. J'avais mal entendu…

– Je te réveille, on dirait ? coupa la voix. Mais il est déjà midi.

Il s'efforça de se masser les tempes tout en répondant.

– Si c'est pour me dire ça que tu m'appelles…

– Non, coupa l'autre. Ça, tu t'en apercevras par toi-même. C'est pour une autre raison.

Bref silence avant que la voix ne reprenne :

– On a trouvé quelque chose. Enfin, quand je dis trouvé… Mais je ne sais pas comment exprimer ça…

Nielsen se hissa sur le coude, malgré la douleur qui lui faisait venir les larmes aux yeux.

– Vous l'avez trouvée ? demanda-t-il.

Nouveau silence. Lorsque la voix se fit entendre à nouveau, elle était plus neutre, presque absente.

– Enfin, bon : impossible à dire, au stade où on en est. Il y a un sacré bout de temps de ça. Il ne reste plus que des os. On verra. C'est parti à Umeå pour examen par le service de médecine légale.

– Qui est-ce qui a trouvé le corps ? demanda-t-il. Où ça ?

À l'autre bout du fil, il y eut comme un long soupir.

– Eh bien, c'est une histoire drôlement bizarre. Du début jusqu'à la fin. Je ne sais pas quoi en penser. Je me demande d'ailleurs si tu aurais pu imaginer ça toi-même…

Tout avait commencé par un premier article qu'il avait convaincu un journal du soir de publier et qui avait débouché sur une série entière à propos de personnes recherchées, de disparitions inexpliquées. Il avait dépouillé des centaines d'enquêtes préliminaires et de procès-verbaux d'audition et parlé avec des proches et des témoins. Il avait suivi les traces des disparus, dans leur milieu d'origine et aux endroits où on les avait vus pour la dernière fois, et tenté de se faire une image de leur vie et des circonstances de leur disparition.

Qu'est-ce qui peut amener un père de famille sans problèmes apparents à quitter son travail après le déjeuner et partir vers le sud, au volant de sa voiture, sans laisser de message ? On retrouve celle-ci garée à Hästveda, endroit auquel rien ne le rattache. Dans une station-service à l'entrée de cette localité, on se souvient de lui : il s'est arrêté là et a bavardé un moment. Mais là cessent aussi toutes les pistes.

Ou bien cette femme en vacances qui disparaît de sa chambre d'hôtel. On soupçonne un crime mais, au bout d'environ une semaine, elle appelle une de ses amies et lui dit qu'il ne faut pas s'inquiéter pour elle, que tout va bien. Elle précise qu'elle a pris contact avec sa famille. Mais celle-ci n'a pas eu de ses nouvelles. Et, après cet unique contact téléphonique, nul n'entend plus parler d'elle.

Il y avait des cas où l'on avait de bonnes raisons de soupçonner qu'un crime était à l'origine de ces disparitions. D'autres laissaient plutôt penser à un suicide ou un accident, ou à quelque chose se situant à la limite des deux. Mais ce qu'ils avaient en commun, c'étaient les répercussions sur l'entourage. La tragédie au milieu de la vie quotidienne. Une explosion qui bouleversait tout en l'espace d'un instant et vous paralysait. Et les ondes continuaient à se propager pendant des années, tel un bruit de fond.

Les différents cas qu'il avait sélectionnés dataient tous de trois à six ans. Il avait estimé que c'était plus pratique ainsi. Il était toujours intéressant de continuer à tenter d'éclaircir les circonstances de ce qui s'était passé alors, quand on pouvait encore localiser la plupart des gens concernés de près ou de loin et que leurs souvenirs n'avaient pas encore eu le temps de trop s'effacer.

Mais, dès le début, il était conscient de la façon dont il souhaitait mettre un terme à cette série : par un cas remontant à près de trente ans, la disparition d'Anna-Greta Sjödin, fin juillet 1972, à Bräcke, dans le Jämtland.

Il était maintenant sur son séant et écoutait, en fronçant les sourcils et secouant la tête, ce qu'Ivarsson avait à lui dire.

– Ils se livrent souvent à ce genre de boulot, tes gardiens de l'ordre autoappointés ?

Il entendit Ivarsson prendre sa respiration.

– Le possessif est de trop ! Et puis ne me parle pas de gardiens de l'ordre… Les gens finissent par en avoir marre et je crois qu'on peut les comprendre… Il n'y a pas longtemps, quatre chalets de vacances ont été pillés et vandalisés. Et, cette semaine encore, un type a presque mis en pièces et emporté une machine à abattre les arbres. Après ça, il ne faut pas s'étonner si des gens se sont mis à patrouiller et à ouvrir l'œil… Ils se sont dit que ça avait à voir avec les cambriolages qui avaient eu lieu précédemment… Mais ils savaient ce qu'ils avaient le droit de faire et ce qui leur était interdit. Ils devaient le savoir, en tout cas.

– Ils étaient trois et lui tout seul ?

– Le seul qui lui a couru après, c'est Micke Byström. Il a sans doute cru que ce serait facile et ne savait pas dans quoi il se lançait. Il a eu le bras presque arraché à hauteur de l'épaule, la mâchoire enfoncée à coups de pied, le bassin brisé. C'est au point qu'on ne sait pas s'il se remettra vraiment. Et pourtant, il est costaud. Quatre-vingt-cinq kilos et pas beaucoup de graisse…

– Et les autres, qu'est-ce qu'ils ont fait ?

– Ils ont à peine eu le temps de réagir. Tout s'est passé en l'espace de quelques secondes, d'après eux. Dix ou vingt. Et, même s'ils avaient eu le temps, le résultat aurait sans doute été le même.

Nielsen hocha la tête, tendit la main en arrière, en travers du lit, parvint à dénicher un mégot dans le cendrier et l'alluma.

– On dirait qu'ils ne sont pas tombés sur un cueilleur de champignons ordinaire. Quelle allure avait-il, d'après eux ?

Ivarsson garda un instant le silence, avant de répondre.

– Taille moyenne, peut-être pas tout à fait. Blond.

Trente-cinq à quarante ans. Mais c'est tout. On ne sait pas vraiment à quoi il ressemble. Il a fait demi-tour brusquement, avant qu'ils aient eu le temps de bien le voir, il a passé une cagoule et filé.

Bref silence à nouveau.

– Ragnarsson – le type qui s'est fait tabasser et voler sa voiture – dit qu'il n'avait sûrement pas beaucoup plus de vingt ans. « Un sale drogué faisant partie d'une bande quelconque ! » Impossible de l'en faire démordre. Mais il ne faut pas oublier qu'il portait sa cagoule, pendant le temps que ça a duré.

– Il ne peut pas s'agir de quelqu'un d'autre ?

Ivarsson eut un petit rire sarcastique.

– Deux cinglés du même genre ? En l'espace d'une heure et à quelques kilomètres de distance ? Tu y crois, toi ?

Nielsen regarda pensivement devant lui.

– Ça ne cadre pas, hein ? finit-il par dire. Avec son âge. Si c'est elle. Il y a vingt-huit ans de ça. Il en aurait eu dix ou douze quand ça s'est produit, quand elle a disparu. Et, si ce Ragnarsson a raison, il n'était même pas né !

La voix de l'autre se fit plus sèche.

– Tu crois pas que j'y ai pensé ? C'est la première chose qui m'est venue à l'idée, bien sûr. Mais il faut prendre ce genre d'information avec une pincée de sel, penser aux circonstances…

– Une grosse ou une petite pincée ? coupa Nielsen. Et le crime – si c'est elle et si crime il y a – est prescrit depuis pas mal d'années, non ? C'est toujours vingt-cinq ans après les faits, hein, si la loi n'a pas été modifiée pendant mon sommeil ? Pourquoi revenir déterrer le cadavre maintenant ? Ça n'a pas de sens.

La voix d'Ivarsson se fit plus lasse.

– Tu crois pas que j'ai pensé à ça aussi ? Je ne suis pas aussi bête que tu le penses.

– Je n'ai jamais pensé que tu étais bête, contra Nielsen en insistant bien sur chaque mot. On peut dire pas mal de choses de toi, mais pas que tu es bête.

Anna-Greta Sjödin avait fêté ses dix-neuf ans au milieu du mois de février 1972. Au début de l'été de la même année, elle passa le baccalauréat et s'inscrivit en première année de droit à l'université d'Uppsala. Elle travailla dans une colonie de vacances pendant la plus grande partie de juin, puis partit en Grèce avec deux camarades. C'étaient ses parents qui lui offraient le voyage. Au milieu du mois de juillet, elle revint à Bräcke pour faire ses bagages et se préparer à sa nouvelle vie à Uppsala. Elle avait réussi à louer une chambre avec entrée indépendante dans une zone pavillonnaire située non loin de l'université.

Le samedi 29 juillet, elle alla danser avec d'autres jeunes au Folkets Park de Viskan, dans la province de Medelpad, à environ quatre-vingts kilomètres de Bräcke. Il n'était pas rare de devoir se rendre aussi loin, dans un sens ou dans un autre, pour ce genre de distraction. Anna-Greta était partie de chez elle vers sept heures du soir et avait promis d'être de retour au plus tard à trois heures du matin, le dimanche.

Vers cinq heures, elle n'était toujours pas rentrée. Ses parents attendirent une heure avant de se mettre à téléphoner. Après quelques tentatives infructueuses, ils parvinrent à joindre le garçon qui conduisait la voiture. Mal réveillé et assez affolé, il leur dit qu'il avait déposé Anna-Greta devant chez elle vers deux heures du matin ! Les autres membres de l'expédition – ils étaient six, littéralement assis les uns sur les autres – devaient par la suite confirmer ses dires.

Anna-Greta était descendue de voiture. Certains des passagers avaient tenté de la persuader de venir avec eux à une autre fête qui n'était pas encore terminée, selon eux. Mais elle avait secoué la tête avec un petit sourire et avait regardé la voiture s'éloigner.

Le voisin le plus proche – il vivait à une cinquantaine de mètres de là, de l'autre côté de la route – n'était pas couché et les avait vus lui aussi. Les jeunes assis dans la voiture, dont certains à moitié penchés au-dehors par les vitres latérales baissées, qui riaient et criaient, et Anna-Greta, à quelques mètres de là, à l'entrée du terrain sur lequel était construite la maison de ses parents.

Vers dix heures, ceux-ci avaient réussi à convaincre le personnel de service au commissariat de Bräcke qu'il avait dû lui arriver quelque chose de grave et les recherches avaient été lancées dès l'après-midi. Des battues avaient été organisées, avec la participation du personnel de police disponible et de bénévoles. Au cours de la journée du lundi, des conscrits du régiment d'Östersund vinrent en renfort, ainsi qu'une patrouille de l'École de dressage de chiens policiers de Sollefteå. Des avis de recherche furent également diffusés dans la presse, à la radio et à la télévision.

Les semaines suivantes, les recherches se poursuivirent, mais plutôt orientées vers la découverte du corps d'Anna-Greta, maintenant. Chacun était de plus en plus persuadé qu'elle avait été victime d'un crime. En dépit de tous ces efforts, rien ne vint jeter la moindre lueur sur sa disparition.

Peu à peu, les recherches furent abandonnées. Le dossier n'était toujours pas clos, mais on estimait que rien ne justifiait de les mener activement. Pourtant, le père de la disparue, Karl-Erik Sjödin, allait les poursuivre en solitaire et faire parvenir à la presse locale et nationale un certain nombre de courriers dans lesquels il accusait la police d'incompétence et de mollesse dans l'affaire concernant sa fille.

Près de dix ans plus tard, un événement vint raviver l'intérêt porté à ce cas. Dans une lettre anonyme adressée à un journal du soir, quelqu'un affirmait qu'Anna-Greta Sjödin se trouvait en Grèce et qu'elle y vivait sous un nom d'emprunt depuis sa disparition. La missive se révéla dépourvue de fondement, mais elle contenait un certain nombre de détails laissant penser que son expéditeur connaissait bien la jeune fille. La police tenta donc de l'identifier, mais sans succès. On ne parvint jamais à savoir qui avait envoyé cette lettre.

Nielsen secoua pensivement la tête en plissant les yeux.

– Mais pourquoi ont-ils eu l'idée de s'intéresser de près à lui ?

– Bah, à vrai dire, ils n'ont rien de concret à dire sur ce point-là. Ils ont vu la voiture passer puis revenir. Mais cela faisait une ou deux nuits qu'ils surveillaient le coin depuis ce qui était arrivé à cette machine, sans résultat – alors je suppose qu'ils étaient un peu démoralisés, tout simplement, et qu'ils souhaitaient qu'il se passe quelque chose. Naturellement, ils auraient dû se contenter d'ouvrir l'œil et d'alerter qui de droit, au lieu de jouer les shérifs. Mais, de toute façon, on n'aurait pu envoyer personne et ils le savaient. C'est aussi simple que ça.

– Et personne ne l'a reconnu ?

– Non, ils l'ont vu trop brièvement pour ça. On va faire un rapport complet sur cette affaire dès que ce sera possible. Mais il semble totalement inconnu. Venu de nulle part et reparti.

– Il s'agit peut-être d'une erreur, dit Nielsen au bout d'un moment de silence. Quelqu'un qui a été pris de panique en se trouvant nez à nez avec cette équipe…

Ivarsson l'interrompit en pouffant de mépris.

– De panique ? Quand on voit les dégâts qu'il a

causés, on a du mal à croire à la panique. Deux personnes victimes de très sérieuses voies de fait. À la limite de la tentative de meurtre sans préméditation, si tu veux mon avis. Plus vol de voiture. Sans compter les morceaux de squelette qu'il transportait dans son sac, hein ?

– J'essayais de trouver une explication, c'est tout, dit Nielsen avec un soupir. Et il n'est nullement certain qu'il s'agisse d'Anna-Greta Sjödin.

Ivarsson pouffa à nouveau.

– Je suppose qu'il y a des milliers de personnes enterrées comme ça, un peu partout, dans la région…

Il s'interrompit brusquement, comme s'il regrettait de s'être montré aussi sarcastique.

– Le plus simple serait qu'il s'agisse de quelqu'un d'autre, reprit-il avec un soupir. On ne serait pas obligés de rouvrir inutilement cette vieille affaire…

– Qu'est-ce que vous allez faire ? demanda Nielsen au bout d'un moment.

– Qu'est-ce qu'on peut faire ? Si ce n'est attendre qu'on retrouve la voiture. Et le résultat de l'enquête sur celle dans laquelle il est arrivé. On sait qu'elle a été volée dans la région de Stockholm. Mais on n'en connaît pas encore le propriétaire. Et on va fouiller le coin où ça s'est passé, pour voir si on trouve quelque chose.

Il s'ensuivit quelques secondes de silence.

– Tu ne viens pas par ici ?

Nielsen sentit la migraine – qu'il avait oubliée presque totalement l'espace d'un instant – se rappeler à son bon souvenir. Comme un pouls qui battait de façon sans cesse plus violente.

– Je ne sais pas… C'est plutôt le boulot de ceux qui travaillent sur l'actualité. Je suppose que vous n'allez pas tarder à être submergés par les journalistes.

– Je me disais que ça pourrait t'intéresser. C'est toi qui as déclenché toute cette affaire, non ?

Nielsen poussa un grand soupir.

– Tu veux dire que je suis responsable de ce qui vient de se passer ?

– Peut-être pas responsable. Mais ce serait quand même curieux si ce n'était pas en rapport, d'une façon ou d'une autre, avec l'article que tu as rédigé. Hein ?

Ivarsson s'interrompit à nouveau.

– Enfin, on verra bien, poursuivit-il presque comme pour s'excuser. Je te rappelle qu'on ne peut même pas dire que c'est vraiment elle.

Il observa une petite pause avant d'ajouter :

– Mais c'est quand même drôlement bizarre, tu dois bien le reconnaître. Et ça ne me plaît pas du tout. Indépendamment de savoir de qui il s'agit.

L'homme franchit les tourniquets et continua le long du quai, avant de monter dans l'un des wagons, presque vides, situés à l'avant de ce train de banlieue. Il avait laissé sa voiture sur le parking situé derrière la gare, sans prendre la peine de la fermer ni même d'ôter la clé de contact. Il se disait qu'elle ne tarderait pas à disparaître et qu'on ne la retrouverait que longtemps après, dans un tout autre contexte. Et, même si on la découvrait à cet endroit, rien ne permettrait de remonter jusqu'à lui.

Il lui vint un léger sourire aux lèvres en pensant à ce qu'il avait pu laisser au hasard, de façon presque puérile, dans cette affaire. Mais il savait aussi que c'était souvent la méthode la plus efficace. Choisir une solution très simple. En faire aussi peu que possible. Se contenter de mettre la pierre en mouvement et la laisser dévaler la pente, ensuite.

Une fois arrivé à la gare centrale de Stockholm, il se leva, descendit du train, suivit un moment la foule des voyageurs, tourna à gauche avant le hall d'arrivée et se dirigea vers la file d'attente pour les taxis. Il en prit un mais le fit arrêter à quelques pâtés de maisons de son appartement.

Il était environ onze heures du soir lorsqu'il se retrouva en bas de l'escalier. Comme toujours, il évita de prendre l'ascenseur, monta les deux étages à grands pas presque inaudibles, ouvrit la porte, pénétra dans le hall et referma aussitôt derrière lui.

Il resta un instant immobile, dans l'obscurité, à prêter l'oreille. Puis il traversa l'appartement, entra dans sa chambre sans allumer la lumière, se déshabilla, s'étendit de tout son long sur le lit, les mains le long du corps, et ferma les yeux. Il tenta de retrouver cette sensation d'engourdissement pendant laquelle il était comme coupé du monde extérieur et son corps ne semblait plus lui appartenir. Respirer lentement, de façon un peu forcée, au début, puis de plus en plus machinale. Il s'efforça de sombrer dans le sommeil, sachant qu'il en avait besoin et ne disposait pas de très longues heures.

Il se réveilla en sursaut, sans trop savoir pourquoi. Peut-être un son venu de l'extérieur. Il prêta l'oreille. Non, rien. Tout était silencieux, comme d'habitude. L'isolation phonique empêchait presque tous les bruits de pénétrer dans l'appartement. Même aux heures de pointe, la circulation se réduisait à un ronronnement assourdi, à peine perceptible. Non, c'était autre chose qui l'avait fait se mettre brusquement sur son séant. Une douleur soudaine. Mais elle avait disparu aussi vite qu'elle était venue et il aurait été bien en peine d'en dire quoi que ce soit. Une sorte d'éclair instantané, rien d'autre. Puis le vague sentiment qu'elle avait existé. Quelque chose d'inouï, de brûlant, qui avait transpercé son corps de part en part.

Il respira rapidement et jeta un regard sur sa montre. Bientôt quatre heures. Il n'avait aucune raison d'attendre plus longtemps. Il écarta donc le drap, se leva et traversa lentement la pièce. Il tendit la main, trouva l'interrupteur. La lumière de l'applique, posée assez bas sur le mur, était tamisée et les doubles rideaux empêchaient efficacement la lumière de la rue de pénétrer. Il passa dans la salle de bains, dans la cabine de douche il ouvrit le robinet, régla la température jusqu'à ce que l'eau chaude produise de la vapeur puis s'accroupit, laissant le liquide se déverser sur son corps.

Seules ses douches avaient occasionné des plaintes, dans l'immeuble. Le fait qu'il en prenait parfois au milieu de la nuit et pendant des heures. Mais il y avait longtemps de cela. Ou bien ses voisins s'étaient habitués, depuis, ou le bruit était maintenant suffisamment atténué par la cabine qu'il avait fait installer.

En outre, il avait veillé à faire en sorte de prévenir toute critique à son égard. Il s'était toujours comporté de façon polie et prévenante avec les autres locataires, en particulier avec les personnes âgées. Il les avait salués et avait bavardé avec eux lorsqu'il les rencontrait dans l'escalier ou sur le pas de sa porte. Il leur avait fourni, comme en passant, des détails sur son travail, leur expliquant que celui-ci l'obligeait à s'absenter pendant de longues périodes, à rentrer chez lui à des heures irrégulières, voire à vaquer à des tâches domestiques et autres jusque tard dans la nuit ou tôt le matin. Tout cela sans aller jusqu'à susciter lui-même les confidences ou se conduire de façon importune. Il maintenait des distances qui l'avaient sans doute aidé à se faire accepter assez rapidement par des voisins d'un âge avancé portant des noms à particules. Sans doute était-ce vrai, d'ailleurs, se dit-il avec un petit sourire. Certes, son propre patronyme parfaitement roturier détonnait passablement, parmi tous les autres figurant à l'entrée de cet immeuble à l'aspect très cossu.

Il finit par sortir de la douche, essuya avec soin toutes les parties de son corps et sortit de la salle de bains nu comme un ver. Il se laissa tomber sur le sol et resta un moment accroupi, les yeux fermés. Il se mit alors à faire ses mouvements, d'abord lentement, en les décomposant. Puis de plus en plus vite et de façon de plus en plus poussée et exigeante. Il se leva, tourbillonna dans la pièce, toujours en alternant strictement attaques et parades, d'avant en arrière, sans cesse bondissant mais presque sans le moindre bruit.

Au bout d'une demi-heure, il mit un terme à ces exercices et resta immobile au milieu de la pièce. Son corps fut bientôt en proie à des crampes. Il fit quelques pas de côté, puis se mit à courir et sautiller dans la pièce. Il ouvrit la bouche et émit un certain nombre de sons gutturaux, à mi-chemin entre les sanglots et le rire. Puis il courut en cercle, de plus en plus vite, en agitant les bras et balançant la tête d'un côté puis de l'autre, tandis que les sons qu'il proférait se muaient en un chant incompréhensible fait de bulles sonores. Après cela, il se laissa à nouveau tomber sur le sol, mais resta cette fois allongé sur le dos, les genoux pressés contre la cage thoracique, tandis que sa respiration haletante se calmait peu à peu. Il se leva alors, passa dans la salle de bains, tourna à nouveau le robinet de la douche, se savonna, demeura sous le jet d'eau chaude et répéta le processus dans son ensemble.

Après avoir fermé le robinet et être sorti de la cabine, il constata l'espace d'un instant que toutes les odeurs avaient disparu, y compris celle de son propre corps. Il approcha le nez de la peau de son bras et le flaira les yeux fermés. Le sentiment de propreté totale qu'il éprouva le fit trembler légèrement.

Olle Ivarsson. Nielsen était déjà tombé sur ce nom lorsqu'il avait tenté de localiser ceux qui s'étaient occupés de l'affaire à son début et il sursauta en se rendant compte que cet homme était toujours en service et, de plus, au même endroit et dans le même district de police.

Il n'avait pas été très difficile, non plus, de le rencontrer. Nielsen se souvenait qu'il l'avait presque suggéré de son propre chef.

Il avait aussi tenté d'organiser une rencontre avec la sœur d'Anna-Greta Sjödin, qui vivait à Östersund. Mais sans succès. Elle avait refusé sèchement d'être interviewée et ne semblait nullement désireuse d'évoquer ce qui était arrivé à sa sœur.

Il devait donc se contenter d'Ivarsson. Il avait pris le train de nuit et était arrivé tôt le matin. On était au milieu du mois d'octobre mais le temps lui parut assez doux pour la saison. Ce qu'il y avait dans l'air, c'était plus de la pluie que de la neige. Il faisait encore nuit. Il traversa les voies et descendit vers le réseau de lacs qui, d'après ce qu'il avait vu sur la carte, s'étirait sur des dizaines de kilomètres vers l'intérieur du pays, à partir de l'agglomération.

L'eau était vraiment abondante, dans la région, se dit-il. L'eau et la forêt. Cela favorisait les disparitions. Mais il était aussi facile d'y *faire* disparaître quelqu'un. Il resta un instant, à scruter du regard cette sombre étendue aquatique ainsi que les lourds versants abrupts des hauteurs avoisinantes, que l'on apercevait dans la pénombre, de l'autre côté de la vallée.

Puis il fit demi-tour et passa un certain temps à marcher à l'aventure, s'écartant du centre avant d'y revenir. L'aube pointait lentement et l'obscurité cédait le pas à une lumière grise et brumeuse. Vers neuf heures, il trouva un café ouvert, prit place et se mit à attendre.

Les autres clients semblaient tous se connaître. Il nota un certain nombre d'employés municipaux, à en juger par leur tenue de travail. D'autres paraissaient travailler aux chemins de fer. Quelques artisans. Presque uniquement des hommes d'un certain âge. Des corps assez lourds, des visages mal réveillés, qui s'illuminaient un instant lorsqu'ils prenaient place et adressaient un signe de tête à leurs camarades.

Il écouta les conversations avec une certaine avidité et entendit parler de pièces de rechange à aller chercher, d'un tambour à changer quelque part sur une petite route. Des brides d'histoires de chasse, des tuyaux à propos de courses de chevaux et les derniers potins du PMU.

Il pensa à toutes les fois où il avait accompagné Janne, assis à côté de lui dans la voiture, puis aux pauses pour le déjeuner, coincé entre lui et l'un de ses camarades de travail. L'odeur de sueur, de tabac et de gas-oil. Les voix et les rires. La façon dont on se calait sur son siège, jetait un coup d'œil sur sa montre, allumait une sèche et plaçait une plaisanterie avant qu'il soit temps de repartir au boulot…

Quelqu'un lui lança soudain un regard interrogateur

et il détourna les yeux avec le petit sourire de celui qui est pris sur le fait. Il vérifia l'heure et se leva, se rendant compte que le temps avait passé vite. Il n'aimait pas être en retard et fut presque obligé de courir – à sa façon particulière, maladroite et saccadée – en direction de la rangée de bâtiments un peu défraîchis, sur l'artère traversant la localité, dans laquelle se trouvait le commissariat de police.

Olle Ivarsson était assis derrière sa table de travail, dans un bureau où tout semblait organisé et rangé en fonction d'un ordre méthodique. Papiers, dossiers, stylos. Chaises, table de travail, lampadaire. Tout paraissait à sa place au millimètre près. Au début, la haute silhouette du policier lui fit l'effet de s'inscrire naturellement, elle aussi, dans cette débauche presque paralysante d'ordre méticuleux. Chemise impeccablement repassée. Cheveux gris coupés courts, soigneusement peignés en arrière. Visage rasé de près et traits bien marqués.

Mais, lorsqu'il se leva pour faire le tour de la table afin de l'accueillir, le langage corporel de cet homme produisit sur lui une tout autre impression. Ses gestes étaient rapides, un peu négligés et mal contrôlés. Et la façon qu'il avait de tendre la tête en avant et de regarder celui qu'il saluait semblait presque déplacée.

– John Nielsen ? Eh bien dis donc, tu n'es pas tout petit. Ce n'est pas souvent que je dois lever les yeux pour regarder celui à qui je m'adresse !

Il observa une brève pause.

– Alors, tu viens mettre le coin sens dessus dessous, encore une fois ?

Nielsen le regarda en fronçant les sourcils.

– Qu'est-ce que tu veux dire ?

Mais l'autre s'était déjà tourné et avait regagné son

bureau en deux grandes enjambées, laissant son corps se couler dans son fauteuil en ce qui paraissait être un seul et même mouvement. Il désigna la chaise en face de lui.

– Assieds-toi au milieu de ce fatras.

Nielsen scruta un instant l'expression de son visage pour tenter d'y trouver une légère trace d'ironie, mais sans y parvenir. Il haussa donc légèrement les épaules et s'assit. C'est alors que le visage d'Ivarsson se fendit d'un sourire. Il désigna l'ensemble de la pièce d'un vaste geste de la main.

– Il me faut de l'ordre autour de moi, pour pouvoir travailler. Sans ça, personne ne sait ce qui pourrait se passer...

Il repoussa son fauteuil en arrière, étendit ses longues jambes et reprit la conversation là où elle s'était arrêtée.

– Ce que je veux dire ? Bah, ce n'est pas très difficile à deviner, non ? Les bruits, les rumeurs qui ont circulé, par ici.

– Ce ne doit plus vraiment être le cas. Il y a longtemps de ça.

Ivarsson fit la grimace.

– Peut-être pas assez, dit-il en secouant la tête.

Puis il se redressa sur son siège.

– Qu'est-ce que tu veux, au juste ? Tu m'as bien dit que, cette histoire, tu la connais à peu près par cœur.

– Dans ses grandes lignes, oui. Ce qu'on a pu lire à ce sujet par-ci par-là. Mais ce n'est rien à côté de ce que tu en sais, toi, après trente ans dans le secteur...

Ivarsson se pencha en avant, presque avec colère.

– Tu ne crois tout de même pas que je suis resté le cul sur une chaise dans ce coin de forêt pendant toute ma vie. Je suis arrivé ici en 69 et j'y suis resté jusqu'en 74. Ensuite, j'ai éprouvé le besoin de me dégourdir un peu les jambes. J'ai fait partie des forces des Nations unies à Chypre pendant un an. Après ça, j'ai été dans la région de Stockholm. À Märsta. C'est-à-dire à la police de l'air et des frontières de l'aéroport d'Arlanda. Je me suis même mis en congé durant toute une période, pendant laquelle j'ai travaillé comme consultant en matière de sécurité. Je ne suis revenu ici qu'au début des années 90. Quant à savoir pourquoi, c'est une autre affaire…

Il s'interrompit et tendit les mains en regardant fixement devant lui.

– Mais, tu as raison jusqu'à un certain point, reprit-il au bout d'un instant. C'est vrai que j'en sais pas mal. Quand on est venu s'installer dans un trou pareil, on ne peut pas l'éviter. On est au courant de tout ce qui s'y passe ou presque.

Il semblait avoir déjà presque oublié son emportement soudain et Nielsen, qui l'observait avec stupeur, fut témoin d'un nouveau changement de comportement de sa part. Il prit sa respiration, se redressa, planta les coudes sur le plateau de la table, joignit les paumes et plissa les yeux. Lorsqu'il se remit à parler, sa voix était sèche et sobre comme celle d'un fonctionnaire rendant compte d'un travail de longue haleine.

– On n'a jamais rien trouvé qui puisse nous mettre sur la piste d'un coupable. Je dirais même rien qui soit susceptible de nous conduire dans une direction quelconque. Ou qui laisse clairement penser qu'il s'agisse d'un crime. Bien que ce soit assez vraisemblable. Et pourtant nous avons interrogé une centaine de personnes, ce qui est beaucoup pour un endroit comme celui-ci. Je ne dispose pas de chiffre sûr quant au nombre d'informations que nous avons recueillies, mais il y en a eu un nombre considérable. Certaines ont été écartées du fait de leur absurdité. Ce ne sont pas les fous ou les personnes dérangées qui manquent. Mais la plupart ont été suivies et explorées dans toute la mesure du possible. Pour finir, nous avons pu nous faire une idée assez précise de ce qu'Anna-Greta Sjödin avait fait cette nuit-là et le soir d'avant. Et aussi de ce à quoi le reste de la population se consacrait ! Mais nous n'avons jamais su ce qui avait pu lui arriver, ce qui s'est passé après qu'elle soit descendue de voiture, ce matin-là. Nous avons très vite travaillé à partir de l'hypothèse qu'elle avait été enlevée par un ou plusieurs inconnus – ou incitée d'une façon ou d'une autre à le ou les accompagner. Et qu'elle avait ensuite été tuée, vraisemblablement. Mais, comme nous n'avons pas retrouvé son corps, on ne peut écarter totalement la possibilité qu'elle soit partie de son plein gré et qu'elle se cache. C'est-à-dire qu'elle ait fait une fugue, tout simplement, pour une raison ou pour une autre. Même si cette seconde hypothèse est devenue de moins en moins plausible au fil du temps. Quant au suicide – nous l'avons bien entendu envisagé. Cela n'a rien d'inhabituel à cette période de la vie, au début de l'âge adulte. Mais, dans ce cas, il est à peu près certain qu'on aurait assez vite retrouvé le corps.

Il observa une nouvelle pause et se frotta l'arête du nez avant de poursuivre.

– Voilà où nous en sommes. Nous pouvons dire, avec une très grande certitude, qu'il s'agit d'un crime. Et nous avons appris un sacré nombre d'éléments, au passage. Qui se sont tous révélés n'avoir aucun lien avec cette affaire. En tout cas, nous ne sommes jamais parvenus à les insérer dans le cadre d'une explication plausible. Et je répète que nous n'en savons pas plus long qu'au début sur ce qui lui est véritablement arrivé.

Il se tut à nouveau, tourna la paume de ses mains vers lui-même et les examina longuement et pensivement, comme s'il y cherchait une explication.

– Nous avons entendu un grand nombre de personnes, certaines plus longuement que d'autres, pour diverses raisons. Naturellement, nous savions que cela ne manquerait pas de susciter des spéculations. C'est impossible à éviter, dans un endroit comme celui-ci. Les commères s'en donnent à cœur joie, dans ces cas-là. Supputations, cancans. Parfois même diffamation en bonne et due forme. Mais, dans l'ensemble, on peut dire que c'est resté à un niveau relativement raisonnable, vu les circonstances. Jusqu'à ce que Karl-Erik Sjödin, le père de la disparue, s'en mêle. Dès le début, il s'est intéressé à l'enquête d'une façon certes compréhensible mais qui ne nous a pas facilité la tâche. Par la suite, voyant que les recherches ne débouchaient sur aucun résultat, il a décidé de mener lui-même l'enquête, en quelque sorte. Il a sillonné la région sur des kilomètres et des kilomètres, par les grandes et les petites routes, parfois à pied. Il a cherché partout, posé des questions, fouiné. Il lui est même arrivé de se présenter chez les gens sans crier gare pour mener un interrogatoire en règle ! Il nous a fourni des renseignements et exigé que nous les exploitions. Et pas un ou deux, mais des dizaines à la fois ! Et puis il a adressé toutes ces lettres aux journaux et déposé plainte auprès du médiateur. À la fin, il suffisait de lui parler pour être sûr qu'on allait recevoir par la poste un avis de dépôt de plainte. C'est à ce moment-là que les commérages ont commencé à proliférer. Tout d'un coup, un nombre incroyable de personnes ont été sûres de savoir ce qui s'était passé et à qui il fallait s'intéresser de près. On aurait dit qu'on avait mis le pied sur un nid de guêpes. Ça s'est mis à bourdonner. Et à faire mal ! Beaucoup de gens ont cessé de s'adresser la parole et ne le font toujours pas. Il y a donc de bonnes raisons de dire que c'est Karl-Erik Sjödin qui a mis tout ça en branle, mais que ça a fini par se retourner contre lui, ce qui n'était pas très étonnant, à vrai dire. Les gens ont insinué qu'il y avait quelque chose de malsain dans son comportement. Et ces rumeurs ne l'ont pas seulement visé, lui. Sa femme aussi. On a même réussi à y mêler la sœur, alors qu'elle vivait à Stockholm, à l'époque. On disait qu'elle était dans le coup, d'une façon ou d'une autre. « Allez un peu voir dans leur congélateur, à la cave », nous a-t-on dit un jour, au téléphone. Mais nous avions bien entendu passé toute la maison au peigne fin. Et la famille Sjödin aussi. Dans un cas pareil, regarder d'un peu plus près le cercle de famille fait partie de la routine. Mais on n'a jamais pu découvrir quoi qui puisse impliquer Karl-Erik et Margit Sjödin dans la disparition de leur fille. On n'a même pas trouvé de congélateur dans leur cave. Ce qui montre jusqu'où ça peut aller, ce genre de choses…

Il se frotta à nouveau le nez en secouant la tête.

– Ça a été une véritable tragédie pour toutes les personnes concernées. Et même pour celles qui ne l'étaient pas. Il était évident que Karl-Erik Sjödin ne tiendrait pas le coup. C'était une vraie boule de nerfs, ce type, un angoissé de premier ordre. Ça l'a détruit… Avant, il travaillait pour la commune. Après la disparition de sa fille, il n'a jamais repris le boulot. Je suppose qu'il a fini par être mis en retraite anticipée. Sa femme et lui ont divorcé. Ils ont vendu la maison et elle a quitté le pays. Lui, il est resté vivre dans un petit appartement, au centre de l'agglomération, à poursuivre ses recherches. Plus rien n'existait pour lui. Il a eu deux infarctus, au cours des années 70. Et, peu après l'arrivée de la lettre, il a eu une hémorragie cérébrale et il est mort un ou deux jours plus tard.

Il regarda devant lui, l'air pensif.

– Mais il y a toujours des gens qui disent que c'est lui-même qui l'a écrite…

Il se tut et resta immobile sur son fauteuil, les coudes sur le plateau de la table, les paumes jointes et la pointe des doigts sur les lèvres. Au bout d'un instant, Nielsen se racla la gorge.

– Et toi-même ? Qu'est-ce que tu en penses ?

Ivarsson braqua les yeux vers lui.

– Où est-ce que tu loges ? demanda-t-il.

Nielsen lui lança un regard étonné.

– Où je loge ?

– Oui, cette nuit ! siffla l'autre, en secouant la tête d'irritation. Où penses-tu coucher ?

Nielsen secoua la tête.

– Je ne reste ici que la journée. Je repars ce soir…

Ivarsson ne le laissa pas terminer.

– Et c'est ça que tu appelles du journalisme ? Qu'est-ce que tu crois que tu vas avoir le temps de trouver en une demi-journée ? Tu peux venir coucher chez moi, si tu veux. Si tu te conduis bien.

Nielsen tenta de protester, mais l'autre avait déjà fait le tour de la table et se dirigeait vers la porte, en jetant un coup d'œil sur sa montre.

– On y va tout de suite, comme ça ce sera fait. Disons que c'est la pause déjeuner.

Il s'arrêta près de la porte et se retourna, avec un regard d'impatience.

– Allez, bouge-toi plus vite que ça ! Avant que je change d'avis.

Nielsen se leva lentement, en secouant la tête.

– Je me demande quel effet ça fait, au juste, d'être interrogé par toi, finit-il par dire.

Le visage de l'autre s'éclaira d'un sourire enchanté.

– Je peux te le dire : c'est l'enfer !

Il ne fut pas très étonné de constater qu'Ivarsson vivait seul. Cela lui paraissait évident, sans y avoir réfléchi. Il se laissa tomber sur le canapé, dans la salle de séjour du bungalow, et regarda autour de lui. Des moutons dans les coins de la pièce. Sur le plan de travail de la cuisine, une pile d'assiettes qui n'avaient pas encore été placées dans le lave-vaisselle. La manie d'Ivarsson ne semblait pas valoir pour la poussière et la vaisselle, se dit-il non sans soulagement. Il était clair que l'important, pour lui, c'était l'ordre. Que les objets l'entourant fussent rangés en fonction d'un système aux règles bien définies. Quel que fût celui-ci.

Ivarsson le fixa un moment des yeux, l'air pensif.

– J'ai lu une partie de ce que tu as écrit, dit-il. Je veux dire : tes derniers articles. Entre autres. Il est surtout question de crimes, n'est-ce pas ? Et d'autres formes de malheur.

Nielsen lui rendit son regard puis haussa les épaules.

– Et alors ? Ce n'est pas de ton goût ?

L'autre balaya cette objection d'un geste.

– Mais si. Tu écris bien. Tu rends ça très intéressant, passionnant même. Un peu trop, peut-être. Dans la réalité, c'est un peu différent, non ? Les ingrédients les plus fréquents, c'est un sacré tas de bêtises et autant d'eau-de-vie. Je ne sais pas lequel l'emporte. Ou entraîne l'autre.

– Quand on observe quelque chose attentivement, cela finit en général par devenir intéressant.

Ivarsson pouffa légèrement.

– Ah, tu trouves ? À mon avis, c'est plutôt l'inverse.

Il se tut et scruta l'autre du coin de l'œil.

– Pourquoi écrire sur Anna-Greta Sjödin ? Il y a sûrement des centaines d'autres cas sur lesquels il y a plus à dire. Avec ce dont tu disposes, tu n'iras pas bien loin.

– Je ne pense pas, en effet.

– Alors : pourquoi écrire sur elle ?

Nielsen resta un moment silencieux.

– Tu te souviens de cette photo d'elle qu'on a publiée ? demanda-t-il soudain. Juste après sa disparition. Ce n'était pas un vieux cliché d'identité, de classe ou quelque chose dans ce genre-là. Elle avait l'air d'avoir été prise par un photographe expérimenté, à l'extérieur, et la représentait de pied en cap. Elle regardait l'appareil légèrement par-dessus son épaule.

– Je pense que c'est Karl-Erik lui-même qui l'a prise, dit Ivarsson en hochant la tête. C'était un très bon photographe amateur.

– En tout cas, ce n'était pas une photo ordinaire. Plutôt un cliché d'art. Le vent ramenait une mèche de ses cheveux sur son visage. Elle souriait légèrement. On pouvait en quelque sorte sentir qu'elle était en train de bouger. Quel âge pouvais-je avoir… eh bien, j'allais sur mes treize ans. Je me souviens avoir pensé qu'elle ressemblait à Brigitte Bardot. Et je me suis mis à collectionner les photos d'elle, pour ainsi dire. Comme certains collectionnent les portraits de vedettes de cinéma. J'ai lu tout ce qui la concernait. J'ai découpé des articles et des clichés dans les journaux. J'ai même rédigé des notes dans lesquelles je tentais d'imaginer ce qui s'était passé. C'était la première fois que j'écrivais, je crois. Et, d'après moi, elle s'en tirait toujours.

Il marqua une pause.

– C'était presque comme si nous grandissions ensemble, reprit-il. Et je me suis toujours posé des questions à son sujet. Pas seulement à propos de ce qui lui est arrivé. Mais aussi de qui elle était. Le tour qu'aurait pu prendre sa vie, si rien ne s'était passé, si elle avait pu continuer à vivre…

Il se tut. Ivarsson le regarda en fronçant les sourcils.

– Ouais, finit-il par grogner, avec un rien de déception dans la voix, comme s'il s'attendait à quelque chose d'autre. Et pourquoi te mettre à fouiller à nouveau là-dedans ? Pour savoir qui elle était ?

Il haussa les épaules et se redressa sur son fauteuil.

– Je ne peux pas vraiment t'aider sur ce point. Mais je peux te confier ce qui a dû se passer, selon moi. Je veux dire : de façon générale, sans entrer dans de longues considérations sur le pourquoi et le comment. On peut supposer qu'elle n'est plus en vie et qu'il s'agissait bien d'un crime. On pense tout de suite à un crime sexuel, naturellement. Quant à savoir s'il était prémédité ou a été commis par erreur à la suite d'une tentative de viol qui aurait mal tourné, c'est affaire de conjecture…

Il marqua une nouvelle pause, regardant devant lui les yeux mi-clos.

– Tout ce qu'on peut dire avec quelque probabilité, par ailleurs, c'est qu'il s'agissait de quelqu'un qu'elle connaissait, de plus ou moins familier.

– Qu'est-ce qui te fait croire ça ? demanda Nielsen.

– Mon expérience me dit qu'il y a toujours quelqu'un qui voit quelque chose, répondit Ivarsson en étendant les mains. Ils habitaient légèrement à l'écart, c'est vrai, et pourtant certaines personnes l'ont vue revenir chez elle. Il y a toujours quelqu'un qui voit quelque chose. Si un étranger s'était trouvé dans les parages, on l'aurait su…

– Il peut s'agir de quelqu'un qui ne faisait que passer…

– Pas là-haut, où ils habitaient. Et, si quelqu'un l'avait forcée à monter dans une voiture, on aurait entendu des cris. Elle était jeune et robuste, elle aurait résisté. Non, vraisemblablement c'était quelqu'un qu'elle connaissait et qu'elle a donc suivi de son plein gré. Il peut même s'agir d'un rendez-vous qui avait été fixé à l'avance.

– Il existe des indices en ce sens ?

Ivarsson oscilla légèrement la tête d'avant en arrière.

– Il a été établi que c'est elle qui était la plus pressée de quitter l'endroit où ils étaient allés danser. À plusieurs reprises, elle a insisté auprès des autres, en disant qu'il fallait qu'elle rentre. Et, une fois revenue chez elle, elle est restée à les regarder s'éloigner, comme si elle voulait s'assurer de leur départ.

Il respira violemment.

– Mais, encore une fois, ce n'est que des suppositions. Et ça fait un bail. La moitié d'une vie, ou presque. Pour certains, c'est même la totalité, voire plus.

Vers sept heures, il était allé sortir la voiture du garage, un pick-up Toyota de couleur sombre. Il s'était ensuite coulé dans la circulation encore assez peu dense du matin, puis avait pris à nouveau la E4 vers le nord. Peu après Uppsala il s'était arrêté, avait acheté des bouteilles d'eau minérale et des journaux qu'il avait feuilletés. Rien. Il ne s'y attendait d'ailleurs pas. Pas encore. Puis il avait poursuivi sa route, à allure modérée. Il jetait de temps en temps un coup d'œil sur sa montre, afin de régler son allure sur l'horaire qu'il s'était fixé.

Le ciel était bas et d'un gris uniforme. Il y avait de temps en temps des averses mais, au bout d'un moment, les précipitations se firent plus réduites et la couverture nuageuse commença à se déchirer. Il s'arrêta à nouveau à la hauteur de Gävle, cette fois sur un parking. Le ciel était maintenant d'un beau bleu. Un soleil assez pâle léchait la chaussée encore mouillée. Il porta le regard en direction de la forêt, de l'autre côté de la clôture empêchant le gibier de traverser la route. Le paysage avait quelque chose de bien propre, comme toujours à l'automne. Dans la circulation qui ne cessait de défiler devant lui, il y avait quelque chose qui lui inspirait le même sentiment. Il ne se passait rien, à cet endroit, il y avait simplement un flot continu de véhicules et de silhouettes sans visage. Rien qui ait la moindre importance ou à voir avec lui. Il aimait cette sensation.

Il prit son téléphone portable, passa le coup de fil qu'il avait prévu et quitta le parking. Un nouveau coup d'œil à sa montre. Bientôt dix heures. Il avait toujours le temps. Il pourrait même modifier ses projets, si l'envie l'en prenait.

Cette fois, il choisit de passer par le nord. Il s'arrêta à Sundsvall et continua quelques dizaines de kilomètres avant de bifurquer vers l'ouest et de suivre un moment la vallée de l'Indalsälven. Puis il bifurqua à nouveau, vers le sud-ouest, et poursuivit par de petites routes zigzaguantes et mal entretenues.

La maison était située un peu à l'écart de la route et isolée des autres habitations. Les terres qui s'étendaient entre elle et la chaussée avaient commencé à retourner à l'état sauvage. La forêt se trouvait juste derrière.

Il passa devant, alla faire demi-tour quelques kilomètres plus loin, revint en arrière et chercha un moyen de quitter la route. Il finit par trouver un chemin menant à une ancienne carrière de gravier, à quelques dizaines de mètres. Parvenu à cet endroit, il arrêta la voiture et coupa le moteur.

Il n'avait pratiquement pas cessé de conduire depuis le matin et il était maintenant quatre heures de l'après-midi. Il se cala sur le siège, resta immobile et s'efforça de se détendre sans se laisser aller au sommeil. Il attendit que l'obscurité soit complètement tombée avant de mettre le moteur en marche et de regagner la route.

Il conduisait lentement, le regard fixé sur la maison. La lumière était allumée au-dessus de la porte d'entrée ainsi qu'aux deux fenêtres de l'étage inférieur. Il s'engagea dans l'allée, gagna la cour et s'arrêta devant le bâtiment. Il descendit de voiture et avança jusqu'à la porte d'entrée sans rien faire pour se cacher.

Il appuya rapidement sur la poignée de la porte. Comme il l'espérait, elle n'était pas fermée à clé. Il frappa, attendit un instant, puis frappa à nouveau, de façon plus insistante. Des bruits se firent entendre dans l'entrée et il patienta quelques secondes avant d'appuyer sur la poignée et d'ouvrir la porte.

Kennet Eriksson le regarda, bouche bée, et fit un pas en arrière, vers l'intérieur de la maison. Il avait déjà le couteau à la main, le manche dans la paume mais la lame tournée vers le haut, le long de son poignet. Avec sa main droite, il saisit l'autre par l'épaule et le tira vers lui, tout en changeant de prise sur son couteau, puis porta un coup vers le haut, juste sous le sternum.

Il observa le visage qu'il avait devant lui. Au début, celui-ci traduisit plus la surprise que la peur ou la douleur. Puis l'expression qu'il revêtait changea brusquement, les yeux s'écarquillèrent au point de sembler sortir de leur orbite. L'homme ouvrit toute grande la bouche et chercha à reprendre sa respiration, tandis que ses bras s'élevaient latéralement en une sorte de battement d'ailes.

Il frappa une seconde fois avant de retirer le couteau. Puis il fit un pas de côté, tourna autour de l'autre, appliqua sa paume sur sa bouche et lui trancha la gorge d'un geste rapide.

Avant même d'avoir fini d'exécuter ce mouvement, il le regretta. Ce n'était pas nécessaire, cela risquait d'être source d'ennuis. Il sentit le sang gicler par jets successifs et lui couler sur le bras. Avec une mine de dégoût et d'irritation, il repoussa ce corps inerte et le laissa s'affaisser sur le sol de l'entrée. Puis il l'enjamba, ouvrit la porte, gagna sa voiture, en sortit deux sacs plastique et retourna dans la maison.

Les sacs étaient du type assez grossier utilisé dans les usines et sur les chantiers. Non sans mal, il glissa le corps dedans, l'un sur l'autre, et les ficela avec du chatterton. Puis il se pencha en avant, passa les bras sous le paquet, le souleva et le porta jusqu'à l'arrière du pick-up, dans lequel il le déposa.

Pour la seconde fois, il revint vers la maison. Sans se presser. Il entra et referma la porte derrière lui.

Il lui fallut près d'une demi-heure pour effacer à peu près toutes les traces et arranger l'ensemble à sa guise. Il roula le tapis de l'entrée, souillé de sang, et essuya celui-ci avec un chiffon et des serviettes qu'il alla chercher dans la salle de bains. Puis il nettoya le sol, l'essuya à son tour et jeta les chiffons sur le tapis enroulé. Il conclut l'opération en allant chercher dans la cuisine un autre tapis qu'il déroula dans l'entrée.

Il était bien conscient que, si l'on se livrait à une enquête un peu approfondie, on ne manquerait pas de trouver des traces de sang. Mais quelques taches par-ci par-là n'avaient pas grande importance. Le propriétaire des lieux pouvait s'être coupé ou avoir saigné du nez. En outre, il était très probable qu'on ne passerait pas la maison au peigne fin.

Ensuite, il regarda attentivement autour de lui, décrocha les clés pendues près de la porte d'entrée, les essaya et les mit dans sa poche. Puis il passa dans la cuisine. Elle sentait le renfermé et, près du mur, étaient posés des sacs contenant des boîtes de bière vides. Dans l'évier, des bouteilles également vides et de la vaisselle sale. Des vêtements accrochés au dossier des chaises. Une pile de journaux et de publicités sur la table de la cuisine.

Il gagna ensuite la table, sortit de sa poche l'horaire des trains et une brochure qu'il avait prise en allant acheter le billet, les chiffonna et les laissa tomber sur le sol. Puis il passa dans la chambre à coucher et, après avoir cherché un instant, trouva une penderie dans laquelle étaient suspendus une veste et des pantalons. Il prit la veste et l'un des pantalons avant de jeter les autres sur le lit. Puis il ouvrit quelques tiroirs, fouilla dedans et s'abstint de les refermer.

En sortant, il s'arrêta dans la salle de séjour et en fit le tour des yeux. Sur la table basse, devant la télévision, étaient posées une portion entamée de purée de pommes de terre et quelques tranches de saucisse. Il s'avisa alors qu'il n'avait rien mangé depuis le matin et sentit soudain la faim le tirailler. L'espace d'une seconde, il éprouva une envie inexplicable de se laisser tomber sur ce canapé usé et affaissé et de dévorer ces restes.

Mais son corps fut pris d'une sorte de réflexe de dégoût et il se figea. Il se secoua violemment, porta ses mains à son visage, y planta ses ongles. Il resta un instant dans cette position, avant de pousser un juron et de baisser les mains. Puis il fit demi-tour, gagna l'entrée, prit sous son bras le tapis taché de sang, les chiffons et les vêtements, éteignit la lumière et sortit. Il referma la porte derrière lui, la verrouilla, gagna la voiture, s'assit et démarra.

Le chemin se terminait en cul-de-sac. À la lumière des phares il vit, d'un côté, un mur de gravier et, de l'autre, des rochers couverts çà et là de pins et qui montaient légèrement. Il coupa le moteur et resta un moment assis dans l'obscurité compacte. Puis il prit sa lampe frontale, la fixa sur sa tête et l'alluma, avant d'ouvrir la portière, de contourner la voiture et d'ôter la bâche.

Il tira vers lui le corps, qui avait commencé à se rigidifier, se pencha en avant, fit glisser le paquet sur son épaule, pivota sur ses talons et se mit à marcher.

Il avait environ cent cinquante mètres à parcourir. Le sol était à peu près plat mais rendu glissant par l'humidité. Il marchait lentement, ployé sous son fardeau. À deux reprises, il mit un genou en terre pour se reposer, mais sans lâcher le sac.

Arrivé au bord de la faille, il s'arrêta, jambes écartées, penché en avant, pour attendre que sa respiration se fasse plus normale, puis reprit son souffle et fit basculer le cadavre dans le vide et le noir au moyen d'un brusque mouvement du corps.

La faille était large d'environ un mètre et demi à son sommet. Elle s'enfonçait dans le sol par un à-pic assez raide, avant de se resserrer. Il s'accroupit et orienta la lumière de sa lampe vers le fond. Le corps avait disparu presque totalement. À l'endroit où la faille se resserrait, à environ un mètre de profondeur, il vit la lumière de sa lampe se refléter sur un pan du sac en plastique noir. Il réfléchit un instant mais décida finalement de ne rien faire à cela. Le poids de la neige, au cours de l'hiver, puis l'eau de fonte enfonceraient sans doute le sac plus profondément encore dans la faille.

Il regagna la voiture, s'assit et inclina le siège en arrière. Un instant, il vit devant lui le visage du défunt, mais remarqua que ses traits étaient déjà flous, en train de s'effacer. En fait, il ne se souvenait que des yeux et de leur expression. Ils étaient aussi troubles et méfiants que la fois précédente, mais ils reconnaissaient ce qu'ils voyaient. Puis l'étonnement et la peur les enflammaient, jusqu'à ce que la vague de douleur vienne les éteindre. Enfin, le regard semblait se tourner vers l'intérieur et disparaissait.

Il était impossible de dire le moment exact de la

mort, pensa-t-il. Peut-être n'existait-il même pas. Peut-être les différentes fonctions corporelles s'arrêtaient-elles l'une après l'autre, à des moments différents. La mort arrivait par étapes, au fur et à mesure que la vie battait en retraite, tout en résistant, en livrant toujours le même combat à la fois obstiné et désespéré.

La vallée était orientée nord-sud sur un peu plus de cinq kilomètres. C'était une sorte d'ancien fjord dans lequel une petite rivière paresseuse serpentait à travers les parties les plus basses, à moitié recouvertes par la végétation. En cette période du début de l'automne, le courant était très faible. Vers l'ouest s'étendait une zone de forêt, encore presque intacte. À l'est, on voyait les immeubles de la banlieue.

Nielsen lâcha Tjarrko et le laissa courir à sa guise. Pas le moindre cheval de monte à proximité. Le troupeau de génisses qui paissait là en été avait également disparu. Il avait le sentiment d'être seul dans la vallée et marchait lentement en plissant les yeux sous la lumière rasante du soleil. Le vent lui caressait le visage par bouffées successives. L'automne lui paraissait chaque année plus doux et il ne voyait pas d'objection à cela. Automnes doux et hivers sans neige ne le dérangeaient pas.

Ce qu'il tolérait mal, en revanche, c'était l'obscurité. Du moins désormais. Ces mois de pluie battante, de routes verglacées et de ténèbres. Quelques rares heures de lumière permettant tout juste de respirer ou plutôt de ne pas étouffer. En avait-il toujours été ainsi ? Il haussa les épaules à cette pensée, avec un petit sourire. Sans doute, mais il ne s'en souvenait pas. Il était peu probable que les choses aient été plus satisfaisantes jadis. À part sa mémoire.

Au loin, un cavalier apparut. Il tenta de rappeler le chien, mais celui-ci paraissait soudain atteint de surdité et de cécité et ne prêta aucune attention à ses appels ni à ses gestes. Il finit pourtant par le rattraper et lui passer sa laisse, à la grande indignation de l'animal, comme s'il lui infligeait un tort inexplicable.

Il fit demi-tour, revint sur ses pas, maintenant avec le vent dans le dos. Et il se mit à repenser à la conversation qu'il avait eue avec Ivarsson.

Deux jours s'étaient écoulés et la presse n'avait toujours pas soufflé mot de la macabre découverte. Il avait appelé différentes rédactions pour leur demander ce qu'il en était, mais personne ne semblait au courant de rien. Et Ivarsson n'avait pas rappelé. Sans doute n'avait-on pas encore fini de procéder à l'identification. Ou bien alors s'était-on aperçu qu'il ne s'agissait pas d'Anna-Greta Sjödin mais de quelqu'un d'autre. Quelque vieillard perturbé ayant un jour disparu d'une maison de santé de la région pour ne plus jamais revenir, par exemple.

En fait, il avait de bonnes raisons d'espérer que ce squelette soit celui d'Anna-Greta Sjödin. Ce serait un don du ciel. Il avait besoin d'un bon sujet d'article et de l'argent que celui-ci représentait pour lui. Mais il avait surtout besoin de quelque chose pour le tirer de sa torpeur. Il savait qu'il se trouvait bien trop près d'un paysage dans lequel il ne voulait pas revenir. Il fallait qu'il se remette en marche, un pas après l'autre.

En même temps, il était un peu découragé à l'idée que ce soit elle et qu'elle ait été l'objet d'une agression de plus : ce squelette découpé en morceaux et fourré dans un sac en plastique. Comme pour confirmer qu'elle n'avait plus aucune importance.

Et il sentait en lui quelque chose qui le dissuadait de revenir sur les lieux de sa disparition. Il n'avait pas été particulièrement bien accueilli, la première fois, et doutait de l'être beaucoup mieux à présent.

La maison qui avait été le foyer d'Anna-Greta Sjödin pendant son enfance existait toujours mais n'avait nullement l'apparence qu'il s'était imaginé. Le bâtiment avait tout d'une résidence cossue pour directeur de société. Légèrement difforme et un peu trop décorée. Vaguement exposée au nord, coincée contre la forêt, en haut d'un talus assez raide qui dominait la route, sur le devant.

Ivarsson désigna le bâtiment d'un signe de tête.

– C'est sûrement un riche commerçant qui l'a fait construire dans les années 30. Le résultat a été à peu près celui auquel on pouvait s'attendre, pas vrai ? Mais cela convenait peut-être à Karl-Erik Sjödin.

– Qu'est-ce que tu entends par là ?

Ivarsson haussa les épaules.

– Bah, il avait tendance à se pousser un peu du col et il pensait sans doute que cette maison correspondait à son standing de haut fonctionnaire de la municipalité. Je crois que cela ne lui déplaisait pas qu'on ne le confonde pas avec le commun des mortels.

– Tu le connaissais bien ?

– Tout dépend de ce qu'on entend par connaître. Je le rencontrais de temps en temps. Surtout pour des raisons de service, on peut dire. C'était le genre d'homme qui aimait attirer l'attention sur différentes choses. Même avant l'histoire de sa fille.

– Et elle, Anna-Greta, tu la connaissais ?

– À peine. Je savais qui elle était, bien entendu. Je l'ai

vue en compagnie de son père, à plusieurs reprises. Et puis elle ne détestait pas s'attarder sur le terrain de sport, quand les garçons s'entraînaient. J'étais à la tête de l'équipe première et de celle des juniors, à l'époque. J'ai d'ailleurs joué moi-même jusqu'à l'âge de trente ans.

Nielsen eut un sifflement d'admiration.

– Tu étais bon ?

Ivarsson éclata de rire.

– Assez pour la sixième division. J'étais arrière central. À ce poste, il s'agissait surtout de se trouver au bon endroit et de dégager loin. Même un invalide en était capable…

Il s'interrompit dans son évocation et eut l'air de réfléchir un instant.

– Je disais donc qu'elle venait là de temps en temps. À vrai dire, c'était un peu le lieu de rencontre. Mais la dernière année – ou les dernières – je ne me rappelle pas l'y avoir vue. Des différences apparaissaient entre les gens. Entre ceux qui allaient devenir quelque chose et les autres. Comme d'habitude.

Il se tut à nouveau et observa la maison au-dessus de la route.

– C'est là que ça s'est passé. Là que s'arrêtent les pistes, plus exactement. La baraque a dû être revendue deux fois, je crois, depuis ce temps. C'est maintenant un jeune couple qui l'habite, avec ses enfants. Ils ne sont pas de la région. Je ne sais même pas s'ils sont au courant de cette histoire. Mais Westling est toujours là, lui. Le dernier témoin oculaire.

Il tourna la tête et désigna la maison la plus proche, un peu plus bas. Un petit bâtiment en bois dont la peinture rouge était légèrement passée et qui semblait narguer sa grande sœur un peu prétentieuse, de l'autre côté de la route.

– Il doit avoir plus de quatre-vingts ans, maintenant,

mais il a toujours toute sa tête. Du moins c'était le cas la dernière fois que je l'ai vu. Ça te dit de lui parler ?

Sur le plan physique, Einar Westling était encore impressionnant. Trapu, robuste, les épaules bien marquées et les bras musclés. Et une poignée de main à vous écraser les doigts.

Il observa ses visiteurs de ses yeux bleus scrutateurs. Puis il gagna la fenêtre de la cuisine d'une démarche légèrement oscillante et tendit les larges paumes de ses mains.

– C'est de là que je l'ai aperçue, aussi distinctement que je vous vois. C'était en été, il faisait clair, le jour n'allait pas tarder à se lever. Je les ai entendu faire du boucan, là-bas. C'étaient les garçons qui la raccompagnaient. Ils criaient et faisaient un raffut de tous les diables. Mais c'était la fête et on se rappelle bien comment on était, à cet âge-là. Alors, je les ai laissé faire, c'était pas la peine d'essayer de les en empêcher. Ils finiraient bien par se calmer. Et puis ils sont partis et Anna est restée à les regarder. Moi, je me suis attardé un moment à la fenêtre. Mais j'ai fini par retourner me coucher. Et par me rendormir, au bout d'un moment. J'avais du mal à dormir, à l'époque. C'était pas longtemps après la mort d'Elsy, parce qu'elle a pas fait de vieux os : cinquante-trois ans. Et puis nos garçons avaient déjà quitté la maison. Y en avait un qu'était à Svenstavik et l'autre à Sundsvall. J'avais pas l'habitude d'être seul et j'ai eu du mal à supporter ça, à trouver le sommeil…

Il inspira profondément.

– Et puis, le lendemain, j'ai appris ce qui s'était passé…

Il secoua la tête.

– Une histoire pas possible… On peut pas s'empêcher… Si j'étais resté à la fenêtre un peu plus longtemps… ou bien si j'avais toujours eu Bella, ma chienne, elle aurait sûrement aboyé pour signaler qu'il y avait quelqu'un là-bas… Mais ça, on y pense toujours après. Et il est plus temps pour ça.

Il se tut un instant, inspira de nouveau comme pour reprendre de l'élan et trouver enfin ce qu'il voulait dire précisément. Et, lorsqu'il se remit à parler, ce fut sur un ton plus emporté, presque haineux.

– Et puis, six mois après, au début de l'hiver, le voilà qui s'amène, le Sjödin !

Il donna une sorte de coup de poing en direction de la porte.

– Je l'ai pas laissé entrer, il est resté sur le pas de la porte. « Tu ferais mieux d'avouer, Westling », qu'il m'a dit. « Comment ça s'est passé et ce que tu as fait d'elle. De toute façon, t'y couperas pas. Fais-moi confiance. »

Il soupira lourdement.

– Ah ça merde, alors ! J'en ai pas cru mes oreilles. De m'entendre dire ça. Je la connaissais depuis qu'elle était toute petite, Anna. Elle venait trouver Elsy dans la cuisine quand elle faisait des gâteaux et elle arrêtait pas de farfouiller. Je crois qu'elle se sentait plus chez elle ici que chez Sjödin. Et pareil pour Carina, sa demi-sœur. Elle lâchait pas notre gars. Faut dire qu'ils avaient le même âge. Et Anna, elle suivait la grande comme un petit chien.

Sa respiration se fit sifflante.

– Moi, je suis resté planté là sans bouger. J'aurais dû lui foutre mon pied au cul, oui. Mais… eh bien, j'arrivais pas à saisir ce qu'il me disait…

Il se tut et dut s'appuyer à l'évier. Ivarsson fit la grimace et tendit la main en un geste d'explication.

– Il n'était plus lui-même. Et il l'est jamais redevenu, d'ailleurs. Tu le sais bien, n'est-ce pas ? Et tu n'as pas été le seul à en être victime, tu étais en bonne compagnie. On peut dire que la moitié du pays était dans le même cas.

Westling haussa légèrement les épaules.

– Je le sais bien. Mais n'empêche. Et ça me fait toujours le même effet. Rien n'a plus été pareil, après. Dire qu'il a pu aller croire des choses comme ça. Et pas seulement lui.

Son regard s'attarda un instant sur Ivarsson.

– Vous-mêmes, vous m'avez pas vraiment cru, hein, pas complètement ? Y avait toujours comme un soupçon. Et puis ce que j'ai dit à propos de la voiture, vous y avez pas attaché d'importance…

Ivarsson observa le vieil homme, l'air de très bien saisir ses propos. Puis il hocha la tête.

– Ah oui. Mais ça n'avait pas grand-chose à voir avec le fait qu'on ne te croyait pas, si je me souviens bien. Toi-même, tu n'étais pas vraiment sûr de ce que tu avais entendu, non ?

Einar Westling pouffa violemment.

– Sûr ? Ça oui, que je l'étais. J'ai seulement dit que je savais pas si ça avait à voir avec cette affaire. Mais quant à entendre, j'ai entendu. J'étais pas sourd et je le suis toujours pas !

Nielsen se mêla de la conversation en se penchant en avant.

– Qu'est-ce que vous avez entendu, au juste ? Une autre voiture que celle qui avait déposé Anna-Greta ?

Westling revint vers la table de la cuisine et se laissa tomber lourdement sur l'une des chaises. Son visage était blême et des gouttes de sueur perlaient sur son front. L'âge semblait s'ajouter à l'émotion pour produire sur lui un effet dévastateur. Pourtant, il n'en continua pas moins son récit.

– C'était à peu près une heure avant. J'étais couché,

en train de réfléchir, parce que j'avais du mal à dormir, comme je vous ai dit. C'est à ce moment-là que je l'ai entendue. On aurait dit que ça venait de la forêt, par là-haut. Mais faut vous dire que c'était pas pareil, là-bas, à l'époque.

Il désigna de la tête la rangée de maisons mitoyennes qu'on apercevait un peu plus loin sur la route.

– Maintenant, ça se construit dans tous les coins. On goudronne, on pose des réverbères partout. Les gens arrêtent pas de bouger, toute la journée et toute la nuit. Ça sera bientôt comme en ville. À l'époque, y avait que la baraque des Sjödin et la nôtre. La route s'arrêtait trois cents mètres plus loin. Mais y avait aussi une route forestière qui venait de s'ouvrir vers l'est. On avait fait des coupes claires, l'année d'avant. Et puis y avait aussi une vieille route en mauvais état, juste en dessous de Burberget, là-bas. En fait, c'était surtout pour les chevaux, parce qu'elle était mauvaise et pas entretenue. Mais, si on n'avait pas trop peur d'esquinter sa bagnole, on pouvait quand même s'y risquer. C'est de là que le bruit est venu. Moi, j'étais dans mon lit à l'écouter et je me suis dit que je me lèverais quand il arriverait par ici. Rien que pour voir qui était assez fou pour se lancer dans la montagne à travers bois ! Mais il s'est arrêté et je me suis dit : ah bon, c'est un gars qu'emmène sa petite amie faire un tour dans la forêt. Y vont sans doute être occupés pendant un bon moment. Et je me suis rendormi. Jusqu'à ce que les jeunes – je veux dire Anna et les autres – arrivent. Un moment, j'ai cru que c'était eux qu'étaient allés faire un tour dans la forêt…

Il se tut, à bout de forces. Nielsen attendit un moment.

– Mais vous ne l'avez plus entendue ? finit-il par demander. Je veux dire : l'autre voiture ?

Westling regarda fixement devant lui un moment.

– C'est ça qu'est bizarre. *Il m'a semblé* que je l'entendais. Qu'elle se remettait en marche, là-bas dans la montagne, et qu'elle partait. C'était un peu après. Mais j'étais en train de m'endormir. Enfin. Je l'ai entendue à moitié dans mon sommeil, quoi. Et, par la suite, je pouvais pas vraiment affirmer, en toute bonne conscience, que je l'avais entendue...

Il se racla la gorge et lança un regard appuyé en direction d'Ivarsson.

– Mais quant au fait qu'il y a une voiture qu'est venue dans la forêt un peu plus tôt ce soir-là – ou cette nuit-là, plus exactement – ça, j'en suis sûr, pas de question ! Je peux le jurer encore aujourd'hui.

– Une autre voiture, le même soir ? Tu ne m'en as rien dit. Et je ne me souviens pas d'en avoir trouvé trace dans les documents disponibles.

Ils revenaient vers le centre de la localité. Ivarsson conduisait lentement, car il était obligé de tenir compte des ralentisseurs, devant les nouveaux lotissements, et il se mordait les lèvres d'un air pensif.

– Je m'en souviens à peine moi-même... Mais quand il l'a mentionné... Si, je me souviens qu'il disait avoir entendu une autre voiture.

– Mais on n'a jamais suivi cette piste ?

– Comment ? Comment est-ce qu'on aurait fait ? Ça pouvait être n'importe quoi. Un bruit de moteur à des kilomètres de là. Et tu sais comme le son porte bien, les soirs d'été, parfois. Je pense qu'on a fini par éliminer ça, tout simplement. Pour se consacrer à des aspects qui paraissaient plus importants.

– Pourtant, il avait l'air très sûr de lui.

Ivarsson eut un petit rire sarcastique.

– Je me demande s'il était aussi affirmatif à l'époque !

– Donc, tu n'y crois pas.

– Encore une fois, tout dépend ce qu'on entend par là… Réfléchis un peu. Westling a été un de ceux qui ont été en première ligne, lorsque les commérages se sont déchaînés. C'était le voisin le plus proche. Celui qui l'avait vue en dernier. En plus, il était veuf et vivait seul. Il y en a pas mal qui ont parié sur lui. Et qui le font toujours. Il doit ruminer ça depuis ce temps-là.

Nielsen hocha la tête.

– Pourtant, ça ne cadre pas mal avec ta théorie. À savoir qu'il pourrait s'agir de quelqu'un qu'elle attendait, avec qui elle avait rendez-vous.

– Peut-être. D'un autre côté, Westling ne cadre pas mal, lui non plus. C'est quelqu'un qu'elle connaissait bien. Elle n'aurait pas hésité à traverser la route pour aller bavarder avec lui, s'il l'avait appelée.

– Alors tu crois que ces bruits sont fondés ?

Ivarsson se récria aussitôt.

– Non, bon sang ! Tout ce que je veux dire, c'est qu'une supposition en vaut une autre. Et qu'il faut peut-être cesser d'en faire, justement. Le moment est venu, il me semble. Qu'est-ce que tu en dis ?

Dès ce soir-là, Nielsen sentit qu'il n'aurait jamais dû accepter de rester.

Il ne cessa de tourner en rond. D'aller dans la salle de séjour, où Ivarsson s'était installé devant le journal télévisé, puis dans la cuisine, d'où il pouvait contempler à son gré la route déserte qui passait devant la maison. Retour dans la salle de séjour, où il resta planté au milieu de la pièce à suivre les images qui défilaient sur l'écran sans parvenir à se concentrer sur elles. Il avait des fourmis dans les jambes. Et un sentiment croissant de malaise.

Le policier – maintenant revêtu d'un survêtement

datant des années 80, l'époque où il faisait du camping – lui lança un regard dépourvu d'aménité.

– Est-ce que ce serait trop te demander que de t'asseoir, un moment ? À moins que tu ne sois payé au mètre arpenté ?

Il haussa les épaules sans répondre et regagna la cuisine et son poste d'observation. Il avait l'impression d'être enfermé, sous surveillance. Le manque d'espace le gênait et l'irritait. Il aurait dû le comprendre plus tôt. Il savait pourtant fort bien qu'il avait de plus en plus de mal à supporter la compagnie et à s'adapter aux habitudes d'autrui.

Il aperçut alors, sur le carré sombre de l'écran, le reflet de l'image d'Ivarsson, immobile devant son poste, dans son fauteuil. Le survêtement le faisait paraître plus mince et plus vieux qu'il n'était. Un vieillard solitaire devant sa télé. Nielsen leva les yeux et regarda les lumières de la petite cité. Ce n'était sûrement pas ça qui manquait par ici, les vieillards solitaires rivés devant l'écran de leur poste de télévision.

Mais peut-être se trompait-il ? Peut-être jeunes et vieux menaient-ils une vie extrêmement riche, dans ce coin ? Il ne savait pas. Que pouvait-il dire, au juste, de l'aspect que revêtait l'existence, à cet endroit ?

Il continua à regarder dans l'obscurité et crut discerner les hauteurs avoisinantes couvertes de forêt. Des contours un peu hirsutes, sous un ciel bas. Il tressaillit devant ce spectacle. Ce n'était vraiment pas son pays. Combien de temps pourrait-il résister avant de devenir complètement fou, se mettre à boire plus que de raison et aller se planter, nu comme un ver, devant l'un des supermarchés de l'endroit et hurler. Ou bien de disparaître dans la forêt de sapins, le long de l'une de ces routes qui ne menaient sans doute nulle part ?

L'image d'Anna-Greta Sjödin lui apparut soudain.

Debout devant la maison de ses parents, le regard fixé sur cette voiture qui s'éloignait. En dessous de cette bâtisse de pierre, sombre et presque de mauvais augure, qui semblait s'accrocher en haut de son talus. Et celle de Westling, de l'autre côté de la route, où la fenêtre de la cuisine était maintenant déserte, depuis que son propriétaire était probablement retourné se coucher.

Que s'était-il passé ensuite ? Était-elle restée sur place ? Quelqu'un était-il arrivé et l'avait-il appelée ? Quelqu'un qu'elle connaissait et qu'elle avait salué avec un certain étonnement ? Ou bien avait-elle, au contraire, longé la maison de Westling en direction de la forêt, où elle savait que quelqu'un l'attendait ?

Il regagna la salle de séjour, se laissa tomber sur le canapé et lorgna en direction de l'écran, qui affichait maintenant la météo.

– Tu n'aurais pas quelque chose à boire ? demanda-t-il.

Ivarsson eut un geste de la main pour écarter cette question et continua pendant un certain temps à suivre très attentivement les prévisions pour les cinq jours à venir, comme s'il s'agissait du dénouement d'un drame passionnant. Il finit par baisser le son au moyen de la télécommande et tourna la tête.

– De l'eau, ça te va ?

Nielsen le regarda, légèrement incrédule.

– Tu n'as même pas une vieille bière, quelque part ?

Ivarsson secoua la tête et pouffa.

– Non. Pourquoi en aurais-je ? Je n'ai jamais bu d'alcool. Je ne vois pas à quoi ça peut servir.

Nielsen lui adressa un petit sourire.

– Les gens ont toujours bu. Depuis que l'homme est homme. C'est même pour ça qu'il s'est lancé dans l'agriculture, tu ne le savais pas ?

– C'est faux, coupa Ivarsson. Et, de toute façon, ce n'est pas une raison pour continuer. Au contraire. On se dit qu'on devrait être un peu plus intelligents, après tout ce temps.

Nielsen resta un moment assis sur le canapé. Puis il haussa les épaules et se leva.

– Je sors faire un tour, se contenta-t-il de dire. Il faut que je bouge un peu.

Il passa dans l'entrée, décrocha son manteau de la patère et eut le temps d'entendre Ivarsson grogner quelques notes, depuis sa place devant la télévision, avant d'ouvrir la porte et de sortir dans l'air froid et humide du soir.

Il n'eut aucun mal à trouver ce qu'il cherchait. Il avait remarqué l'enseigne dès son arrivée, le matin. Une pizzeria-pub. Il se contenta de suivre la route qui constituait l'artère principale de la localité, la E14 reliant Sundsvall à Östersund. Puis il lui suffit de faire quelques pas pour se retrouver devant l'entrée.

Le néon était en panne, ce qui, de loin, pouvait donner l'impression que l'établissement était fermé. Mais la présence d'un groupe de jeunes gens assez bruyants devant la porte lui fit pousser un soupir de soulagement. Il eut une pensée de reconnaissance envers l'immigration et la déréglementation. Quelques années auparavant, il n'aurait rien trouvé d'ouvert, dans une localité de cette importance. Mis à part un misérable kiosque de vente de saucisses tapi à un carrefour battu par les vents.

Il pénétra dans ce local constitué d'un petit restaurant et, d'autre part, d'un pub encore plus petit. Il choisit le second, sombre et exigu, parvint à se frayer un chemin jusqu'au comptoir et commanda une bière. Puis il ôta son manteau et chercha un endroit où l'accrocher.

Il était parfaitement conscient des regards braqués vers lui et savait qu'il détonnait, avec son manteau sur le bras. Il faisait figure de nouveau venu d'un certain âge qu'on ne savait pas très bien comment classer. Pourtant, il se sentit en sécurité et détendu, comme toujours dans ce genre d'endroit. Il avait l'habitude des bars et autres endroits où l'on boit et avait le sentiment d'y avoir passé la plus grande partie de sa vie. C'était d'ailleurs le cas, se dit-il avec un sourire intérieur.

Ce qui se passa ensuite le prit donc totalement par surprise.

Il venait de boire une gorgée de bière et de reposer son verre sur le bar lorsqu'un grand coup dans le dos l'expédia la tête la première sur le sol. Il se retrouva à genoux, cherchant à reprendre son souffle, sans comprendre ce qui lui arrivait, tout d'abord. Il se remit péniblement sur ses pieds et se retourna.

Son agresseur se tenait à moins d'un mètre de lui, négligemment accoudé au bar, sans daigner le regarder. Il avait environ vingt-cinq ans et les cheveux coupés très courts. Le haut de son corps était bâti d'une façon qui laissait penser qu'il pratiquait régulièrement la musculation. Il ne paraissait pas être ivre. Lorsqu'il consentit à tourner la tête et à regarder Nielsen, celui-ci put lire à la fois une certaine attention et un certain espoir dans son regard.

– Tu peux pas faire attention à pas te fourrer dans les pattes des autres, non ? T'a pas appris ça ? Ça peut très mal se terminer, tu sais.

Nielsen prit une inspiration et secoua la tête. Inutile, se dit-il. Il ferait mieux de s'en aller et de quitter l'endroit. De ne pas se laisser entraîner. Mais la fureur qui s'était emparée de lui en même temps parlait un autre langage. L'adrénaline qui se diffusait dans son corps lui donnait un curieux sentiment de légèreté et presque de gaieté.

– T'as rien à faire ici, poursuivit l'autre. T'es pas chez toi.

Nielsen ne répondit pas. Au lieu de cela, il fit un pas rapide en avant, empoigna l'autre par le collet, le tira vers lui et lui planta un coup de boule au milieu du visage. L'homme chancela en arrière et porta la main à son nez. Nielsen le suivit dans son mouvement de recul, pivota légèrement sur lui-même et frappa juste au moment où l'autre baissait la main. Le coup porta sur le côté de la mâchoire et projeta la tête en arrière. L'homme parut rester un instant suspendu en l'air, avant que ses jambes ne se dérobent sous lui et qu'il ne bascule, allant cogner dans le mur qui se trouvait derrière lui.

Nielsen resta un moment sur place, le souffle court, penché sur son adversaire. Puis il fit brusquement demi-tour, revint sur ses pas et ramassa son manteau, qui avait glissé sur le sol. Il jeta un regard au crâne rasé, toujours sur le sol. Le sang coulait de son visage. Sa respiration était sifflante et donnait l'impression qu'il avait la morve au nez. Nielsen se retourna vers l'homme qui se tenait derrière le comptoir, sans doute le propriétaire, qui n'avait pas bougé d'un pouce depuis le début des événements.

– Appelle du secours, lui dit-il.

L'autre ne répondit pas et se contenta de détourner le regard comme s'il avait peur.

– T'as entendu ce que j'ai dit ? reprit Nielsen sur un ton plus sec. Appelle du…

– Oui, j'ai entendu, coupa l'autre. Mais toi, va-t'en. Pour que ça s'arrête là. Allez, file !

Nielsen fit le tour du local des yeux. Il nota que le silence était presque total, à peine troublé par quelques murmures. Il eut le sentiment que quelque chose était en train de se préparer, comme lorsque l'orage menace. Il gagna la porte à reculons, la poussa et sortit. Puis il descendit la rue à pas pressés. De temps en temps, il tendait l'oreille et jetait un coup d'œil par-dessus son épaule. Mais personne ne le suivait.

Il réduisit l'allure et inspira profondément. La colère avait disparu, maintenant, il ne restait plus que la lassitude, la stupeur. Il secoua la tête. Dans quel pétrin s'était-il mis ?

Ivarsson écouta son récit sans rien dire, en le regardant les yeux mi-clos. Puis il eut un petit rire moqueur.

– De toute évidence, il ne savait pas à qui il s'attaquait.

Nielsen haussa les sourcils.

– Qu'est-ce que tu veux dire ?

– Qu'est-ce que tu crois ? dit Ivarsson en pouffant légèrement.

– Ah, je vois. Tu t'es documenté.

L'autre hocha la tête.

– En effet. Tu ne crois quand même pas que je vais m'asseoir avec un membre de la presse sans savoir à qui j'ai affaire ? Et tu n'es pas le premier venu, hein ? Vols de voitures, cambriolages et attaques à main armée, sans compter diverses formes de violence. Tout ça en très peu de temps. Entre dix-sept et vingt ans, environ.

– Y avait du boulot, dit Nielsen avec un bref sourire. Je n'en suis pas particulièrement fier, ajouta-t-il en secouant la tête. Mais je ne cherche pas à le cacher non plus. J'étais stupide, comme souvent à cet âge. Je n'avais pas compris que le crime ne paie pas. Pas sur une petite échelle, en tout cas. Mais, en fait, je me suis surtout battu. Et j'en ai pris sur la gueule. De la part de vos gars, en particulier. J'ai eu de la chance que ça ne tourne pas pareil ce soir. Il a seulement été un peu présomptueux. On ne s'attend pas à ce qu'un vieux vous résiste comme ça.

– Mais pourquoi est-ce que tu es allé mettre les pieds là-bas, bon sang ? demanda Ivarsson, presque fâché. C'est un vrai nid à rats. Ça attire toute la lie du voisinage.

– Ça arrive souvent, ce genre de chose ?

Ivarsson l'observa un instant pensivement.

– Que les gens se fassent attaquer sans raison ? Non, je ne peux pas dire ça. En général, c'est plutôt des querelles d'ivrogne. Entre types qui se connaissent.

– Qui ça pouvait bien être ?

Ivarsson fit la grimace.

– C'est difficile à dire. Ils peuvent venir d'assez loin, tu sais. Mais ne t'inquiète pas. Je vais faire en sorte qu'on s'intéresse de plus près à cette sale boîte…

– Non, laisse, coupa Nielsen. Je ne veux pas que tu fasses quoi que ce soit. Qu'on mette son nez là-dedans. De toute façon, je pars dès demain.

– À cause de ça ? demanda Ivarsson en fronçant les sourcils. Tu crois que quelqu'un a voulu s'en prendre à toi ? Personnellement ?

Nielsen haussa les épaules.

– Non, ça paraît un peu tiré par les cheveux, pas vrai ?

Il lança un rapide regard en direction d'Ivarsson.

– Mais je n'ai pas vraiment de raison de rester, non plus. C'est une vieille histoire, tout ça, il n'y a plus grand-chose à en tirer. Je voulais surtout prendre un peu l'atmosphère. Et je peux dire que j'ai été servi, hein ? ajouta-t-il en riant.

Près d'un an s'était écoulé depuis sa visite à Bräcke. Et près d'une semaine depuis le coup de téléphone. Rien dans les journaux, même pas un entrefilet. Et toujours rien d'Ivarsson.

Finalement, tard un mardi soir, le téléphone sonna. C'était Ivarsson. Sa voix était lasse, oppressée.

– C'est elle. On en est sûrs, maintenant, d'après sa dentition. On a aussi trouvé l'endroit où elle était enterrée. Pas très loin de celui où ce fou est sorti sur la route.

Il observa une légère pause avant de continuer.

– Mais c'est pas tout. On a trouvé deux autres tombes. À deux cents mètres de la première. C'est un maître-chien qui les a découvertes, après être allé faire un tour par-là avec sa bête. Mais c'est un coup de chance. Les corps n'étaient pas ensevelis très profondément dans le sol. Le dégel a dû faire éclater la surface à un moment ou à un autre et un os a dépassé. Mais il aurait été difficile de s'en apercevoir si on n'avait pas su ce qu'on cherchait.

Nielsen se pencha en avant et pressa le combiné un peu plus fort contre son oreille.

– Tu te fiches de moi ? demanda-t-il.

– Tu crois que j'ai l'air de plaisanter ?

Un rien d'irritation était perceptible dans la voix d'Ivarsson. Nielsen ne répondit rien pendant un moment.

– Tu n'as pas une idée… commença-t-il à dire, mais Ivarsson le coupa sèchement.

– Je n'ai pas la moindre idée. De qui ça peut être. Pas encore. Même pas de la durée pendant laquelle ces corps sont restés enterrés. Mais on ne risque pas grand-chose à penser que c'est depuis la même époque, à peu près.

– Tu crois qu'il y a un lien ? Avec Anna-Greta Sjödin ?

Il y eut un instant de silence, avant que le policier ne réponde.

– Qu'est-ce que tu en penses toi-même ? Les restes de trois personnes enterrés là-bas, au fin fond de la forêt, sur une distance de deux cents mètres. Quelles conclusions en tirerais-tu ? Qu'il y a un rapport ou bien que c'est devenu une forme de distraction populaire que d'aller enterrer des cadavres à cet endroit précis ?

Il s'interrompit et garda le silence quelques secondes.

– Autre chose, finit-il par dire. Les deux autres n'avaient pas de crâne.

– Décapités ? demanda Nielsen.

– En effet. On ne sait pas si ça s'est produit avant leur mort. Mais c'est assez probable. Afin de rendre l'identification plus difficile.

Nielsen garda le silence pendant un instant.

– J'arrive, finit-il par dire.

FEU

Qui savait quoi que ce soit sur son compte ? En tout cas, pas ces idiots qui étaient là à baver et grommeler dans le coin opposé du petit parc.

Il baissa son journal pour les observer. L'un d'entre eux, qui n'arrêtait pas de faire les cent pas, poussait des petits cris en forme de bulles. Un autre ne cessait de tenter de s'éloigner et de s'échapper et il fallait le rattraper et le ramener. Pénétrés de leur importance. Boursouflés. Ils ne sont pas vraiment humains, se dit-il, ce sont plutôt des déchets, des résidus. Nés par erreur, superflus, ils auraient dû être éliminés. Quelques-uns d'entre eux avaient certes l'air presque normaux, mais il y avait toujours un petit détail qui les distinguait des autres, quelque chose de déformé et de maladif qui indiquait clairement la couleur.

Pas les idiots. Mais pourquoi pas, au fait ? Peut-être en savaient-ils plus long que les autres, à tout flairer comme des animaux.

L'une des premières fois, l'un d'entre eux s'était avancé vers lui, d'un pas saccadé, en tendant la main avec prudence, comme s'il voulait le toucher. Il était resté immobile, comme paralysé par ce regard vague, sans profondeur, qui passait sur lui de façon hésitante tandis que l'autre approchait lentement sa main charnue.

Une jeune femme avait alors surgi, empoigné cette silhouette informe et s'était éloignée en sa compagnie.

– Il faut l'excuser, avait-elle dit avec un petit sourire. Il cherche le contact, c'est une maladie chez lui, il faut qu'il salue tout le monde.

Il s'était alors penché en avant et avait répondu à son sourire sans lâcher ses yeux du regard.

– Est-ce qu'il ne serait pas plus simple de les tenir en laisse ? S'il faut vraiment les mener paître en public, avait-il dit au bout d'un instant, de sa voix claire et presque dépourvue d'inflexion.

Elle avait sursauté, son sourire avait disparu et elle avait brusquement fait demi-tour, avant de s'éloigner à grands pas, le dos et la nuque raides d'indignation.

Depuis ce jour-là, ils l'avaient laissé en paix. On avait veillé à ce qu'ils restent dans leur coin, de l'autre côté du parc, les jours où il venait s'asseoir sur le banc le plus proche de la rue.

D'où venaient-ils ? D'un foyer situé dans le voisinage, sans doute. Il fallait donc supposer qu'il existait encore des institutions de ce genre. Mais comment vivaient-ils ? Il avait tenté de s'en faire une vague idée, sans y réussir. Tout ce qu'il parvenait à se représenter, c'étaient les mouvements gauches et lents de quelque figure qui se déplaçait dans un espace confiné, comme des chevaux dans leur box, ne cessant d'aller d'avant en arrière pour chercher une issue…

Ils lui donnaient la nausée. Leurs gestes, les bruits qu'ils faisaient. Leurs odeurs corporelles. Et pourtant, il ne cessait de revenir là et il éprouvait un calme étrange à les observer. Ils ne prenaient jamais d'attitude. Ils se contentaient d'exister, là, tels qu'ils étaient.

Il baissa les yeux et tenta de lire les journaux qu'il

avait apportés. De gros titres annonçaient la sensationnelle découverte : « Un monstre surgi du passé ? » … « Un charnier au fond de la forêt. Combien de corps peut-on s'attendre à trouver ? »… Il les dépouilla méthodiquement, réfrénant parfois un sourire devant les hypothèses formulées, toutes plus farfelues les unes que les autres. À moins qu'elles n'aient pas été assez farfelues, justement.

Il jeta un coup d'œil sur le nom de l'auteur de chacun de ces articles. Celui de Nielsen ne figurait pas parmi eux. Il ne l'escomptait d'ailleurs pas, s'agissant de ce genre de journalisme à sensation. Il était évident que Nielsen se contentait de collaborations purement volontaires, désormais. De grands articles de fond très travaillés. Et de plus en plus rares, apparemment. L'espace d'un instant, il se demanda quelle pouvait bien être sa situation économique. Parvenait-il vraiment à vivre de sa plume ? Mais peut-être disposait-il d'autres moyens d'existence ? Il pourrait être utile de chercher à le savoir.

Il replia les journaux, les mit de côté et s'efforça de se remémorer l'article du mois d'avril, en plissant les yeux sous la lumière du soleil. Il le connaissait presque par cœur, maintenant, mais ce n'était plus le texte qui l'intéressait. Il voulait tenter de se forger une image de ses propres réactions et de ce qui l'avait poussé à agir comme il l'avait fait.

Qu'avait-il éprouvé en le voyant ?

Un frisson. Aucun étonnement. Encore moins de la peur. Plutôt de la confiance. Comme s'il attendait cela depuis longtemps : un signal, un message s'adressant directement à lui.

Mais sa raison lui disait que c'était faux, qu'il n'y avait rien de la sorte. Comment cela aurait-il été possible ? Tout se limitait aux apparences : un article à propos d'un fait qui n'avait plus aucune importance. Et dont il n'y avait pas la moindre raison de se soucier.

Et pourtant, il ne pouvait se défaire du sentiment que c'était elle qui le cherchait.

Soudain, il eut un sursaut.

Ce frisson. Il le ressentait toujours. Comme si quelqu'un le secouait. De plus en plus fort. Pour qu'il se réveille.

Il regagna son appartement, ferma la porte à clé derrière lui, se dirigea vers sa table de travail – en fait une sorte de planche qui courait le long de l'un des murs de la pièce – prit le tas de photos posé près de l'ordinateur et le déploya devant lui. Elles recouvraient une vingtaine d'années. La première était extraite d'un journal du début des années 80 et montrait une haute silhouette encadrée par deux solides agents de police, après une poursuite en voiture. Les dernières en date, il les avait prises lui-même, au cours de l'été et de l'automne, à distance, au téléobjectif. Il les examina pensivement. Malgré la différence d'âge – cheveux plus rares, début de double menton, traits plus marqués autour du nez et des yeux – la personne représentée restait reconnaissable du début jusqu'à la fin. Le gros nez légèrement oblique, la bouche et la mâchoire volontaire, le regard scrutateur, légèrement incrédule.

John Lean Nielsen.

Il s'assit et repoussa les photos. Elles en disaient long mais pas tout, naturellement. Il fallait que celui que l'on observait ainsi reste longtemps devant vous, pour se faire une idée un peu précise de lui. L'examiner de près, noter les détails, interpréter son langage corporel et les expressions de son visage. Écouter sa voix : les changements de ton, les doutes, les hésitations, ces petites choses qu'on négligeait bien souvent.

Chercher les failles qui pouvaient s'ouvrir en l'espace d'une seconde, trahissant ce que l'autre n'aurait jamais révélé de lui-même…

Il parvint pourtant à la conclusion qu'il n'en savait pas encore assez long.

Par la pensée, il se reporta à leur bref entretien téléphonique. L'irritation qu'il avait décelée dans la voix, ce ton sec, cette façon de laisser clairement entendre qu'il n'avait pas envie de prolonger la conversation.

Il prit les écouteurs, les posa sur sa tête, mit le magnétophone en marche, revint en arrière, écoutant avec attention. Il le voyait devant lui, tambourinant et grimaçant d'impatience. Puis il fit défiler la bande jusqu'à l'un des derniers enregistrements : ceux d'Ivarsson. Le ton était différent : un intérêt marqué, une curiosité qui n'existait pas dans la première conversation.

Un certain mécontentement s'inscrivit sur son visage. Il dut alors s'avouer qu'il souhaitait cette forme d'attention. Il la lui *fallait*, il avait le droit de l'avoir.

Il était maintenant près de trois heures. Le crépuscule commençait déjà à se faire sentir par une baisse brutale de la lumière. Dans moins d'une heure, il ferait nuit.

Il resta debout à côté de la fenêtre et regarda la rue. La plupart des maisons avaient été rénovées, leur façade ravalée. Partout de nouveaux propriétaires, assez aisés et instruits. Des Interphones et des dispositifs de sécurité en rapport avec le niveau de vie. Sans compter les rondes des sociétés de gardiennage.

Du regard, il perça l'obscurité entre les bâtiments, jusqu'au fond des passages qui les séparaient. Puis sa pensée se porta vers les extrémités, les abords, ces pelouses fatiguées et mal entretenues, ces parkings à moitié vides. À cet endroit, l'obscurité régnait en maîtresse à peu près absolue et incitait les gens à presser le pas, inquiets, en jetant un regard par-dessus l'épaule, et à pousser un soupir de soulagement lorsqu'ils se retrouvaient dans la lumière de l'éclairage public, à un arrêt d'autobus ou une bouche de métro.

Il eut un petit sourire. Il n'avait jamais éprouvé la peur du noir, ne s'y était jamais senti menacé. Il n'avait même jamais ressenti la moindre crainte.

La crainte, la peur. Il savoura ces mots. Pour lui, ils étaient dépourvus de contenu, en réalité. Tout ce qu'il était capable d'éprouver, c'était une accélération de son pouls lorsque survenait un fait inattendu, un éveil, une vigilance qui le préparait à tout. Mais rien de paralysant ni qui incitât à prendre brusquement la fuite. Au contraire, il n'en était que plus concentré. Une sorte de gel semblait alors figer les événements autour de lui, comme si son cerveau, ses fonctions sensorielles se mettaient soudain à travailler avec une rapidité inouïe. Le temps qu'il fallait pour prendre une décision et agir lui paraissait tout à coup interminable et il avait le sentiment qu'il pourrait rester absolument immobile, calculer et choisir de façon presque paresseuse entre les diverses possibilités qui s'offraient à lui.

Mais on pouvait s'y méprendre et confondre ses réactions avec de la peur, un manque d'assurance.

C'est ce qu'avait fait l'homme dont il avait pris le nom. Il avait vu en lui une proie facile, une victime désignée. Quelqu'un dont il pourrait se servir. Il ne lui était jamais venu à l'idée que la situation pouvait être exactement l'inverse. Ah, ce sourire satisfait qui s'était soudain déchiré, quand il avait tenté de comprendre ce qui était en train de se passer…

Il détourna le regard et se tourna de nouveau vers l'intérieur de son appartement. Il s'interrogea un instant sur la démarche suivante, mais décida finalement de ne rien faire, pour le moment. Seulement attendre. Observer. À distance.

Il pensa au piège qu'il avait tendu. À cette incitation, plus exactement. Qu'est-ce qui l'y avait poussé ?

Il ferma les yeux et resta immobile. C'était son fait, à elle, se dit-il soudain. Elle ne voulait pas être oubliée une nouvelle fois.

Ivarsson avait l'air encore plus maigre, cette fois-ci. Son visage osseux était presque émacié. Ses yeux étaient encore plus enfoncés dans leur orbite. Son grand corps drapé dans un manteau moucheté de belle coupe, ses cheveux gris peignés en arrière, il était posté au centre du petit hall d'arrivée, scrutant attentivement le flot des passagers. Un épouvantail de chez le bon faiseur, en quelque sorte, se dit Nielsen en souriant rapidement à cette pensée.

Il prit la main qui se tendait vers lui et désigna la tenue d'Ivarsson d'un signe du menton.

– Tu es en civil, je vois.

– Ah bon, ça se voit ? répondit Ivarsson en penchant la tête sur le côté.

– On dirait que tu te rends à une réunion du Rotary.

– Ou à un enterrement, répondit laconiquement Ivarsson qui empoigna la valise de Nielsen, pivota sur ses talons et se dirigea vers la sortie. Puis il gagna sa voiture, garée sur un emplacement réservé aux taxis. Il mit la valise dans le coffre et la déplaça plusieurs fois avant de paraître satisfait et de refermer le hayon.

– C'est un peu plus calme, maintenant, dit-il une fois qu'ils furent assis dans le véhicule. Les premiers jours, ça se bousculait, par ici. Puis ça s'est tassé, peu à peu. Les nouvelles se défraîchissent vite. Encore heureux.

Nielsen hocha la tête. S'il avait attendu une semaine avant de prendre l'avion, c'était surtout pour cette raison. Pour qu'il soit possible de se déplacer sans buter à chaque pas sur un collègue en quête de sensationnel qui ferait de son mieux pour lui extorquer diverses informations.

– Il y a du nouveau ? demanda-t-il, tandis que la voiture s'insérait dans la petite file quittant l'aéroport.

– Pas grand-chose d'autre que ce que tu as pu lire dans les journaux. On est sûr que ça date de longtemps, toute cette histoire. De la même période. L'analyse du pollen et le reste nous permettent même d'affirmer que cela a dû se passer à peu près au même moment. En tout cas, en ce qui concerne l'inhumation des corps.

– Mais vous ne savez toujours rien à propos des deux autres cadavres ?

Ivarsson se racla la gorge. Sa voix prit alors le ton d'une déclaration officielle à la presse.

– Une personne de sexe masculin, entre vingt et trente ans, et une femme, sans doute un peu plus âgée. L'homme présente, sur le squelette, un certain nombre de fractures consolidées. Il semble donc qu'il ait eu une existence quelque peu mouvementée. Ni l'un ni l'autre n'était enterré très profondément. Une simple couche de pierres et de la tourbe. Aucune trace de matière textile. Ils ont dû être enterrés nus. Quant aux causes du décès : il est clair qu'ils ont été décapités, mais cela s'est produit seulement par la suite, comme on pouvait le supposer. On a trouvé les traces d'un objet tranchant, probablement celles d'un couteau, sur les deux squelettes, dans la zone thoracique. Il semblerait qu'ils ont reçu un certain nombre de coups de poignard dans la poitrine. Chez l'homme, il y a aussi des traces autour du bassin. On pourrait presque penser qu'il a été castré ou quelque chose du même goût...

Il s'interrompit.

– En ce qui concerne Anna-Greta Sjödin, le squelette était en morceaux, comme tu le sais, mais là aussi on a trouvé des traces sur la cage thoracique et le sternum. Et une fracture de la partie supérieure de la clavicule. Il semble qu'elle ait reçu un certain nombre de coups de couteau dans la poitrine, mais aussi à la gorge. Peut-être la lui a-t-on tranchée, tout simplement.

Il se tut de nouveau et s'absorba dans la conduite de la voiture.

Nielsen garda le silence, lui aussi, se contentant de secouer la tête.

– Un vrai massacre, finit-il par dire d'une voix rauque.

Ivarsson opina du chef.

– On peut le dire, je crois. Même si ce n'est pas facile. Et le pire, c'est qu'on ne peut plus rien y faire. Tout ça, c'est prescrit.

Il se frotta la racine du nez et parut réfléchir un instant.

– Curieuse histoire, dit-il avec un soupir. Et ce n'est pas tout. Kennet Eriksson – un de ceux qui étaient de la partie là-haut, sur Raggbergskläppen – est parti en fumée, on dirait.

– Qu'est-ce que tu veux dire ? demanda Nielsen, étonné.

– Rien d'autre que ce que je dis. Il n'est plus là. Il semble qu'il soit parti samedi dernier. Le lendemain des événements.

Il se tut un instant et observa attentivement la route devant lui.

– C'est un de ceux que nous avons interrogés lors de la disparition d'Anna-Greta Sjödin.

Ivarsson conduisait plutôt vite. Posté la plupart du temps près de la ligne blanche, il déboîtait et doublait dès que c'était possible. Et il marmonnait de dépit chaque fois qu'il était obligé de ralentir et de rester dans la queue.

– Ah, les péquenauds et les retraités ! Ils devraient se contenter de leur tracteur. Ou de se faire conduire à destination par les services municipaux.

Nielsen jeta un coup d'œil sur le compteur.

– Il n'y a pas de limitations de vitesse, par ici ?

Ivarsson esquissa un sourire grimaçant.

– Non, en fait. Ça fait partie de la politique en faveur des zones défavorisées. Pour que les gens puissent en ficher le camp vite fait !

Nielsen secoua légèrement la tête et détourna le visage vers le dehors. Le ciel était maintenant bleu clair. Un pâle soleil luisait par-dessus les hauteurs avoisinantes et il y avait du givre sur les arbres. De longs brins d'herbe fanée bordaient la route. Une série de lacs bleu foncé étaient visibles de temps à autre, sur la droite.

C'était un paysage assez désolé, en dépit des constructions qui, çà et là, se regroupaient pour former de petits hameaux.

Nielsen se tourna à nouveau vers Ivarsson.

– A-t-il été soupçonné d'avoir quelque chose à voir avec la disparition, ce Kennet Eriksson ? Je veux dire : dans les années 70.

L'autre secoua la tête, l'air un peu absent.

– Bah, pas vraiment. En réalité, on a interrogé tous ceux qui sont sortis ce soir-là. Et puis, il avait à peu près l'âge d'Anna-Greta. Mais ça n'allait pas plus loin que ça. Et Kennet n'a rien d'un suspect. Pas plus maintenant que jadis. Célibataire, vivant seul, buvant sans doute un peu trop. À mon goût, du moins. Mais inoffensif. Du genre à ne pas se faire remarquer.

Il garda le silence un moment.

– Il n'est pas venu au boulot lundi. Ça n'a rien de très exceptionnel. Mais, le soir, un de ses copains est passé chez lui, a trouvé bizarre qu'il n'y soit pas et a commencé à se demander s'il ne pouvait pas lui être arrivé quelque chose. Il nous a téléphoné et nous nous sommes introduits chez lui. De toute évidence, son départ avait été précipité. On a trouvé un horaire et le numéro d'une agence de voyages de Sundsvall. On l'a appelée et elle nous a dit qu'il avait commandé un billet pour Stockholm le samedi de bonne heure et qu'il était passé le chercher peu après.

Il se mordit les lèvres d'un air pensif.

– Je suppose qu'il n'a pas supporté le choc. Ça ne peut pas s'expliquer autrement.

– Tu as eu le temps de lui parler, avant ? Je veux dire : après ce qui s'est passé ce jour-là.

– Quelques mots, pas plus. L'essentiel. Il n'avait rien de plus à dire que les autres. Et même plutôt moins. Il n'est pas bavard. On dirait qu'il n'ose pas vraiment s'exprimer, ni avoir une opinion. Je suppose que c'est pour cette raison qu'il était de la partie, l'autre jour. Il n'a pas osé refuser.

– Qu'est-ce que vous avez l'intention de faire ?

Ivarsson haussa les épaules.

– Bah : attendre. Il va bien finir par revenir, un jour ou l'autre. Où irait-il ? Et puis, il n'est soupçonné de rien, en fait.

Les bandes de plastique délimitant l'endroit où le corps avait été découvert claquaient dans le vent mais ne semblaient pas avoir découragé les curieux. Bon nombre de traces de pas étaient visibles. Au moment précis où ils arrivèrent sur les lieux, une famille entière surgit sur la route, se jeta dans sa voiture et disparut dans un grincement de roues.

– Qu'est-ce qu'ils s'attendent à voir, je me demande un peu ? demanda Ivarsson en secouant la tête.

En effet, il n'y avait absolument rien à voir. Mis à part le petit trou dans lequel les corps avaient été enterrés. Et la terre mêlée de cailloux qui avait été rejetée sur les bords.

Nielsen fit le tour de l'endroit des yeux.

– On aurait pu croire que ça aurait poussé un peu plus. En l'espace de trente ans.

– La terre n'est sans doute pas bien riche, sur ce versant, répondit Ivarsson en haussant les épaules. Et puis on déversait pas mal de produits, à l'époque, pour lutter contre la végétation envahissante. Je suppose que ça y a contribué. Mais certaines choses ont poussé, malgré tout.

Il eut un geste de la tête.

– Là-bas, à l'autre endroit, il a fallu couper deux bouleaux pour dégager un des squelettes. Ça nous a d'ailleurs facilité la datation. Il suffisait de compter les cercles du tronc pour se faire une idée approximative du temps pendant lequel le corps était resté là.

Ils firent demi-tour et regagnèrent la voiture. Nielsen jeta un regard circulaire autour de lui. La coupe s'étendait sur un kilomètre, estima-t-il. Peut-être même un peu plus, car elle escaladait le versant et disparaissait derrière celui-ci. Le sol était trempé, après la pluie et la neige qui étaient tombés ces derniers temps. Il sentit l'humidité et le froid percer les minces semelles de ses souliers de ville et regarda d'un air envieux les grosses chaussures à semelle épaisses d'Ivarsson, qui le précédait.

– Pourquoi choisir un tel endroit, au juste ? lança-t-il en pressant le pas.

– Bah, pourquoi pas ? répliqua Ivarsson par-dessus son épaule. C'est pas si mal choisi, pour cacher quelque chose, non ? La preuve, c'est qu'on a mis trente ans à trouver l'endroit, hein ? Et on a eu une drôle de veine, en plus.

– Je veux dire : en ce lieu précis. Celui qui a fait ça a bien dû avoir une raison, connaître l'endroit. Qu'est-ce qu'il y a autour ?

– Rien.

Il tourna la tête et eut un geste en direction de la crête située derrière eux.

– Il y a un réseau de grottes, là-haut, vers le sud, ajouta-t-il. Mais ce n'est pas ça qui manque, dans le secteur, les grottes. Je crois que c'est les plus longues du pays. On vient même de loin, désormais, pour les voir et s'y glisser à quatre pattes.

Parvenu à la route, il monta sur la chaussée, s'arrêta et fit un large geste du bras.

– Mais ici, précisément, à cet endroit ? Rien d'autre que ce que tu vois. De la forêt et des flancs de montagne.

Il regagna sa voiture et s'assit. Nielsen le suivit, ouvrit la porte du côté du passager et parvint à plier son grand corps en deux et à s'installer sur le siège.

Le soleil couchant effleurait les sommets avoisinants. Sous cet éclairage rasant, les sapins paraissaient encore plus noirs. Çà et là, un tremble qui n'avait pas encore perdu ses feuilles luisait telle une série de taches de rouille sur le fond noir de la nuit. De la vapeur montait du val où serpentait le petit cours d'eau.

Il grelotta et attendit que la température monte un peu à l'intérieur de la voiture.

– Vous ne savez toujours rien sur l'individu qui est à l'origine de tout ce cirque ? demanda-t-il.

Ivarsson se mordit un instant les lèvres.

– On sait certaines choses, malgré tout, finit-il par dire. Il est très probable que c'est le même homme qui a déterré Anna-Greta Sjödin. On a trouvé une pelle et on peut supposer qu'il l'a abandonnée quand il a pris la fuite. Une petite pelle pliante, très pratique. Il semble qu'il l'ait également utilisée pour briser le squelette, pas seulement pour le déterrer. Il y avait de la terre et des morceaux d'os sur la partie métallique. Pas d'empreintes digitales. Il est peut-être tombé par hasard sur cette tombe, ou alors il savait déjà où elle se trouvait. Quoi qu'il en soit, il est difficile de déterminer pour quelle raison il a décidé de déterrer ces restes et de les emporter.

– Mais vous ne disposez toujours d'aucun signalement véritable ? Mis à part qu'il était de taille moyenne, d'âge moyen et d'une blondeur tout ce qu'il y a de moyenne, aussi. Ça ne va pas très loin.

– À propos de l'âge, finit par dire Ivarsson, les yeux dans le vague. Je me suis posé des questions. Byström est catégorique, dans sa déposition : selon lui, l'individu devait avoir trente-cinq ans, quarante au plus. Et il était en bonne condition physique. Mais on ne pouvait guère s'attendre à ce qu'il dise autre chose, étant donné la râclée qu'il a reçue.

Il observa une courte pause.

– Mais j'ai aussi eu le temps, n'est-ce pas, de parler un peu à Kennet Eriksson. Quel âge crois-tu qu'il avait, environ ? je lui ai demandé. Il a d'abord dit : à peu près comme moi. Mais il s'est repris très vite, quand il a vu mon air étonné. Il a alors rectifié : à peu près comme nous – comme s'il voulait dire : les autres qui étaient de la partie. Et donc plutôt dans la quarantaine. Mais il n'avait pas l'air tranquille, en disant ça. Il était un peu stressé. Et d'ailleurs, il s'est dépêché de filer. Mais c'est dans ses habitudes, il est comme ça, en général, et personne n'y a attaché d'importance.

Nielsen ne put s'empêcher de siffler.

– Il l'a peut-être même reconnu, dit-il pensivement.

– Cette fois, je t'épargne le canapé. Je t'ai préparé la chambre.

Ivarsson ouvrit la porte de celle-ci et posa la valise. Nielsen entra sur ses talons et fit des yeux le tour de la petite pièce. Elle était meublée du strict nécessaire : une table de nuit, une chaise, un lampadaire, un lit de camp pliant. Le couvre-pieds était bordé très serré, d'une façon qui rappelait le lit au carré des militaires.

Le petit bungalow était un peu mieux rangé, cette fois, comme si son propriétaire s'était contraint à une discipline de fer. L'évier était vide et d'une propreté impeccable. Pas la moindre tasse non lavée en vue. Dans la salle de séjour, non plus, il n'y avait rien qui ne fût à sa place. Tout était parfaitement en ordre. Sur l'étagère, les livres étaient alignés impeccablement, comme s'ils avaient été disposés à l'aide d'un niveau d'eau. Autour de la table basse, les deux fauteuils formaient un angle droit parfait et un vase en céramique était placé au centre géométrique de la table.

Nielsen vit Ivarsson traverser la pièce et, comme en passant, repousser du pied quelques-unes des franges du tapis qui recouvrait la plus grande partie du sol.

Il secoua la tête devant sa propre bêtise. C'était de la folie, de venir loger là à nouveau, se dit-il. C'était donner des verges pour se faire fouetter. Mais, en même temps, il ne put s'empêcher de sourire en voyant Ivarsson, maintenant affublé d'un petit tablier autour de la taille, penché sur le plan de travail et plongé dans l'étude de ce qui devait être un livre de cuisine. Ces épaules légèrement arrondies, cette partie presque entièrement chauve, sur le derrière de la tête, et cette nervosité un peu forcée qui se manifestait même quand il ne bougeait pas. Quel âge pouvait-il avoir ? Soixante, soixante-cinq ans ? À peu près comme l'oncle Janne, s'il était encore vivant. Ou bien son propre géniteur, d'ailleurs.

Ivarsson leva les yeux.

– Tu n'as pas de famille, hein ? demanda-t-il, comme s'il avait deviné les pensées de son cadet. Je veux dire : je le suppose, puisque c'est toujours toi qui réponds au téléphone.

Nielsen resta un moment sans rien dire.

– Tout dépend de ce qu'on entend par famille, finit-il par répondre. Il y a quelqu'un d'autre à la maison, en tout cas.

– Ah bon ?

– J'ai un chien, crut-il bon de préciser, devant le regard interrogateur de l'autre.

Ivarsson le considéra un moment en silence.

– Un chien, répéta-t-il en secouant légèrement la tête. Est-ce que ça ne cause pas un tas de soucis ? Pour toi qui es toujours par monts et par vaux ? Qu'est-ce que tu en fais, dans ces cas-là ?

– Je le mets en pension dans un chenil. Ça existe, tu ne le savais pas ? Le Hilton des chiens. Il n'a jamais la vie aussi belle que quand je ne suis pas à la maison.

Ivarsson eut un petit rire étouffé.

– En pension ? C'est à croire qu'on s'est trompé dans le choix de son existence, cette fois-ci, dit-il en clignant des paupières. Moi, je ne suis pas vraiment un ami des animaux, pas de cette façon-là. De nos jours, c'est à peine si on peut mettre le pied dehors sans écraser une merde de chien. Non, je n'ai jamais trouvé de raison de m'en procurer un. C'est un tas de soucis inutiles, si tu veux mon avis.

Nielsen alla s'appuyer contre le chambranle de la porte et le fixa du regard.

– Ne dis pas ça. Tu peux toujours lui apprendre à redresser les franges de ton tapis pour t'éviter de le faire.

Ivarsson lui rendit son regard, bouche bée. Puis il baissa la tête et son maigre corps fut soudain secoué par un éclat de rire réfréné.

– Tu es vraiment un sale type. Mais tu le savais déjà, hein ?

Ils avaient fini de manger le gratin de poisson qu'Ivarsson avait préparé en gardant un œil sur le livre de cuisine, comme s'il devait suivre la recette jusqu'à la moindre virgule.

Il repoussa son assiette, se rejeta en arrière sur sa chaise et observa Nielsen pensivement.

– J'ai pensé à une chose, dit-il. Personne ne s'est manifesté, après ton article du printemps dernier ?

Nielsen hocha la tête.

– Si, dit-il, en regardant fixement devant lui. Pas mal de gens. Un peu de tous les genres. Mais tu penses à quelqu'un qui pourrait avoir un rapport avec ce qui s'est passé ? J'y ai pensé aussi, naturellement. Mais non. Rien qui m'ait frappé. Rien de plus tordu que d'habitude. Personne qui ait avoué ça, pas plus que l'assassinat de Palme. Certains voulaient avoir mon avis sur la question. D'autres cherchaient seulement à bavarder. Y compris un type un peu prétentieux qui désirait savoir comment je travaillais, les sources que j'utilisais, si j'avais des raisons personnelles de m'intéresser à l'affaire…

– Ils donnaient leur nom, ceux qui t'appelaient ? coupa Ivarsson.

Nielsen le dévisagea un instant.

– Bien entendu, dit-il. Je demande toujours le nom

de mon interlocuteur, dans ces cas-là. S'il veut bien le donner.

Ivarsson attendit un instant. Voyant que Nielsen n'en disait pas plus, il haussa les épaules.

– Un bon conseil. Si tu avais l'intention de fouiller un peu dans l'existence de ceux qui t'ont appelé. Ne te lance pas là-dedans en solitaire. Ce n'est peut-être pas très utile, en l'occurrence.

– Qu'est-ce que tu veux dire ?

Ivarsson se frotta le menton.

– Si un type en a tué à moitié un autre à coups de pied en l'espace de quelques secondes, mieux vaut ne pas l'approcher de trop près. En privé. Si tu trouves quelque chose, prends plutôt contact avec nous, bon sang.

Nielsen hocha la tête.

– Bien sûr. Ne te fais pas de bile. Mais je ne crois pas que le risque soit grand. Je veux dire : qu'il m'appelle pour bavarder un peu. Je ne pense pas vraiment qu'il ait le genre à ça, hein ?

Ivarsson s'esclaffa.

– Pour ma part, je n'ai pas la moindre idée du genre qu'il a. Et toi ?

Nielsen le regarda un moment.

– Qu'est-ce que vous êtes en mesure de faire, au juste, si vous lui mettez le grappin dessus ? De quoi pouvez-vous l'accuser ?

Ivarsson afficha un sourire en biais.

– Je suppose qu'on finira par trouver quelque chose. Vol de voiture. Mauvais traitements. Détention d'armes. Violation de sépulture, peut-être. Ça te suffit ?

Nielsen haussa légèrement les épaules.

– Mais pas la mort d'Anna-Greta Sjödin ? Ni celle des deux autres ?

– Non, sur ce point on ne peut rien faire. C'est trop vieux, tu le sais.

Ivarsson regarda fixement devant lui un instant.

– Mais, au moins, on aurait quelqu'un à interroger, marmonna-t-il ensuite entre ses dents. Et c'est beaucoup plus qu'on ne pouvait en dire voilà vingt-huit ans.

Au cours de la nuit, la souffrance revint, diffuse, mal localisée. D'abord située dans la jambe, comme d'habitude. Puis de plus en plus abstraite. Une colonne de douleur se frayait un chemin dans son corps, montait, descendait puis remontait. Elle finit par le contraindre à se lever, dans un état de demi-sommeil et d'épuisement nauséeux.

Il se mit sur son séant sur le bord du lit, en se balançant d'avant en arrière. En général, cela lui faisait du bien de bouger. Comme si la douleur se contentait de se rappeler à son bon souvenir. Ou désirait seulement de la compagnie.

Il prêta l'oreille en direction de la salle de séjour. Silence complet. Manifestement, Ivarsson dormait. Depuis sa dernière visite, il savait qu'il avait, lui aussi, l'habitude de se lever la nuit. Il sourit légèrement à la pensée qu'ils risquaient de se relayer dans leurs activités nocturnes, à regarder par la fenêtre pour voir si une lumière tamisée, quelque part, ne trahissait pas que d'autres qu'eux veillaient également, dans cette petite localité, et étaient là à marcher en rond et à regarder dans le noir.

Il pensa à la raison de sa présence. Que pouvait-il faire, au juste ? À part bavarder, interroger, écouter ? L'identification des corps, le travail d'enquête sur place, tout cela se déroulait en dehors de lui. Quant à l'homme qui avait surgi sur cette route forestière, il se trouvait pour sa part sans doute loin de là.

Soudain, l'image d'Anna-Greta Sjödin lui apparut à nouveau. Elle était devant lui, vivante, dans la lumière douce et grise de la nuit d'été. Sur le seuil de la vie. Et de la mort. Il décida que c'était sur elle qu'il devait se concentrer. Non pas pour tenter de trouver la solution de l'énigme, un détail ayant été négligé ou une clé cachée, mais pour la faire apparaître de nouveau dans la lumière, lui permettre de se trouver là l'espace d'un bref instant.

Il avait vu Nielsen partir en taxi, tôt le matin, laissé passer la voiture et attendu un moment avant de démarrer et de faire demi-tour. Puis il l'avait suivi jusque sur l'autoroute en prenant soin de toujours laisser deux ou trois véhicules entre eux, juste assez pour ne pas le perdre de vue. Lorsqu'il avait vu le taxi s'engager sur la bretelle menant à l'aéroport d'Arlanda, il avait continué tout droit et l'avait vu disparaître dans son rétroviseur. Il était parfaitement informé du but du voyage mais avait tenu à suivre Nielsen, malgré tout, pour s'assurer que rien n'avait été modifié au dernier moment. Et puis, il avait tout son temps.

Il revint alors vers la maison et gara sa voiture un peu plus loin sur le chemin en terre battue, à un endroit souvent utilisé à cet effet par les promeneurs. Il était maintenant trois heures. Il resta assis à observer le crépuscule qui commençait à tomber et repensa à la brève rencontre de ce matin-là.

Il avait éprouvé un sentiment de fièvre, lorsque le taxi était passé près de lui. Leurs regards s'étaient croisés l'espace d'une seconde et il avait pu lire sur le large visage de Nielsen cette sorte de fausse apathie qui y était inscrite. Un visage de travailleur manuel, avait-il pensé. Celui d'un homme fort peu porté aux confidences. Mais le regard était tendu, vigilant, prêt à tout noter mentalement. C'étaient des yeux auxquels nul détail n'échappait et qui le mettaient aussitôt en mémoire. Mais était-il bien dans le vrai ? Il secoua légèrement la tête. Non, il ne se trompait pas. Il y avait là quelque chose qu'il reconnaissait, une similitude entre eux, se dit-il avec un bref sourire.

Il décida de ne plus attendre, sortit de la voiture, la ferma à clé et s'éloigna à grands pas vers la maison.

C'était une résidence secondaire, plusieurs fois modifiée mais toujours assez petite, presque une maison de poupée. Un peu plus loin sur le chemin, il y en avait une autre, de style assez identique mais presque en ruine car inutilisée depuis longtemps. À son avis, c'étaient les restes d'une ancienne zone de pavillons datant des années 40 ou 50. Juste derrière se trouvait un petit bois et, au-delà, c'était l'habituel paysage de banlieue, avec ses immeubles que l'on pouvait apercevoir entre les troncs dénudés des feuillus.

Il poussa la barrière métallique grinçante et poursuivit son chemin en direction de la maison. De même que la fois précédente, il se servit d'un passe électronique pour ouvrir. Il pressa le petit appareil – à peine plus gros qu'une boîte d'allumettes – contre la serrure, l'activa, attendit que le paneton de polymère souple s'introduise dans le cylindre, gonfle, épouse la forme des barbes et durcisse, le tout en l'espace d'une quarantaine de secondes. Puis il tourna cette clé artificielle, appuya sur la poignée de la porte et entra.

Une odeur de chien lui monta aussitôt au visage, dans le petit vestibule. Il fronça le nez, pénétra dans la seule pièce véritable et regarda autour de lui. Des étagères débordant de livres couraient sur deux des murs. La table, au centre, supportait des piles de livres et de journaux, certains avec des signets. Divers vêtements étaient posés çà et là. Une veste était accrochée au dossier d'une chaise. Mais, par ailleurs, il n'y avait guère de touche personnelle, dans cette pièce. À part les livres, bien entendu.

Il approcha du bureau, s'assit, tira vers lui l'ordinateur portable fermé, l'ouvrit et le mit en marche. Comme il n'y avait pas de mot de passe, il put accéder sans difficulté aux différents fichiers et ouvrir certains d'entre eux. Mais il s'agissait uniquement d'articles dans leur version définitive. Pas de notes ni de lettres.

Il resta là pendant près d'une heure, à feuilleter et à lire. Il trouva l'article concernant Anna-Greta, le lut attentivement et parvint à la conclusion que c'était le même que celui qui avait été publié. Puis il éteignit l'ordinateur, se pencha et ouvrit les tiroirs du bureau. Dans l'un, il trouva quelque chose qui devait constituer une sorte de comptabilité : une série de factures et de reçus entassés à la va-vite. Mais, là non plus, pas la moindre note ni le moindre matériau, comme s'il portait tout sur lui ou l'avait en tête dans sa totalité.

Il referma les tiroirs avec un rictus de mécontentement et se rejeta en arrière sur le fauteuil. Que cherchait-il ? Une sorte d'ouverture. Quelque chose qui s'entrebâillerait et révélerait ce qu'il y avait derrière.

Il fit le tour de la pièce des yeux. Entre les étagères et sur le mur de la fenêtre, un certain nombre de photos en noir et blanc étaient épinglées. Probablement des tirages papier de clichés de presse. Presque uniquement des visages, d'âge, de sexe et de nationalité différents. Plusieurs avaient été pris lors d'accidents et de catastrophes. D'autres étaient plus banals et difficiles à situer. Mais il y avait toujours un ou plusieurs visages au premier plan.

Il joignit la pointe des doigts et pivota lentement sur

le fauteuil, le sourire aux lèvres. Nielsen était un homme qui collectionnait les visages et les étudiait.

Il sourit à nouveau à la pensée de ce qu'il y avait de commun entre eux. Avec cette différence qu'il avait toujours un pas d'avance. Il se trouvait en dehors du cadre de la photo et était celui qui observait l'observateur.

Il se leva, fit une fois le tour de la pièce et vérifia les deux émetteurs qu'il avait placés lors de sa visite précédente. En outre, il avait branché sur la ligne téléphonique une prise qui lui permettait à la fois d'écouter les conversations et de les enregistrer. Il pouvait, de la sorte, avoir connaissance de tout ce qui se passait dans la maison. Par moments, il passait d'ailleurs des heures entières à écouter en direct ce qui était capté : les pas de Nielsen, les mots qu'il marmonnait, ses exclamations, les aboiements et grognements du chien, puis le silence lorsqu'ils avaient tous deux quitté la maison. Il n'ignorait pas que c'était là une fixation qui ne lui apprenait pas grand-chose et qui formait une sorte de tapis sonore ayant tendance à endormir sa vigilance. Désormais, il se limitait donc presque exclusivement aux conversations téléphoniques et écoutait régulièrement les enregistrements.

Cet équipement était perfectionné mais pas très difficile à découvrir, si l'on savait ce que l'on cherchait. Mais rien ne laissait penser que Nielsen nourrissait des soupçons. Pourquoi en aurait-il eu ? Jusque-là, il ne lui avait fourni que de vagues indices. Rien de concret, d'inquiétant, qui puisse le mettre en garde et l'inciter à la réflexion.

Il regarda autour de lui. Le moment n'était pas venu. Pas encore. Il allait se contenter d'attendre, de voir venir. D'observer ce qui se passait. De regarder la pierre dévaler la pente, rebondir et changer de direction avant de poursuivre sa course.

Lorsqu'il quitta la maison, la nuit était tombée. Il entendit le bruit de fond des voitures sur la rocade et divers cris en provenance des immeubles situés à proximité, ainsi que des aboiements venant du côté de la zone réservée à la promenade. Il s'arrêta un instant près de la barrière, observa les environs et prêta l'oreille. Puis il se dirigea à pas lents vers l'endroit où il avait laissé sa voiture. Un autre véhicule y était garé et le chauffeur était en train d'en descendre avec deux chiens tenus en laisse. Il ne fit aucun effort pour éviter la rencontre et regarda au contraire l'autre très franchement avant de le saluer de la tête et de regagner sa propre voiture, de s'y asseoir et de démarrer.

Il resta un moment assis, le moteur tournant à vide, à contempler le rectangle de lumière que les phares découpaient dans l'obscurité ambiante.

Il pensa à nouveau à elle.

Ils étaient cinq, dans la voiture. Au début, c'était lui qui conduisait. Par la suite il avait pris place à l'arrière, serré contre la portière, à côté des deux qui allaient mourir. Il sentait leur odeur, poisseuse et étouffante, près de lui. À plusieurs reprises, il avait été obligé de baisser la vitre et de se pencher à l'extérieur, jusqu'à ce que son voisin lui plante son coude dans les côtes et lui dise :

– Ferme ça, bon dieu ! Ça fait courant d'air. T'as qu'à courir à côté de la voiture, si tu veux de l'air !

Il ne s'était pas soucié de répondre et avait attendu, au lieu de cela. Il sentait grandir dans sa poitrine cette flamme glacée de plus en plus puissante. Il savait maintenant qu'il n'hésiterait pas. Au contraire. Il lorgnait sur sa montre pour compter le temps qui les séparait de l'arrivée à destination.

Désirée était assise à l'avant. Elle avait été prise de l'une de ses quintes de toux, de nouveau. À certains moments, elle était presque pliée en deux sur son siège et son corps était secoué de convulsions, tandis qu'elle luttait pour reprendre son souffle. Ils s'étaient arrêtés et il l'avait emmenée à l'écart pour la masser et la forcer à bouger, afin qu'elle puisse vomir ses glaires. Elle geignait, gémissait et le maudissait, mais il n'avait fait aucun cas de ses protestations.

Après avoir retrouvé une respiration normale, elle l'avait regardé avec un sourire. Puis elle avait pris sa tête entre ses mains et l'avait serrée contre sa poitrine.

– Tu es ma vie, tu le sais, n'est-ce pas ?

L'espace d'un instant, il avait été sûr qu'elle parlait sérieusement. Puis elle l'avait repoussé en riant de façon taquine.

Ils avaient alors regagné la voiture. L'homme était venu vers eux.

– Vous en avez mis un temps, bon Dieu ! Mais c'est vrai, ça prend du temps, de baiser. Elle a l'air d'avoir apprécié.

D'un regard Désirée l'avait réduit au silence. Elle avait une façon de dévisager les gens qui leur faisait perdre contenance, en quelque sorte, et rester là bouche bée, à danser d'un pied sur l'autre. Il émanait d'elle une énergie incroyable à laquelle il était impossible de résister ou d'échapper.

Ils avaient fait le reste du chemin en silence. La femme était recroquevillée dans un coin du siège arrière, en train de dormir. L'homme, lui, était plongé dans une sorte d'hébétude, due à un mélange d'alcool et de tranquillisants, et regardait fixement devant lui. Il n'avait aucune objection à cela, personnellement. Cela ne pouvait que faciliter la chose, se disait-il.

Mais il s'était trompé.

Avant même que la voiture vienne se ranger devant la maison, l'homme était sorti de sa torpeur, s'était redressé sur son siège et avait commencé à regarder le paysage. Ils avaient à peine eu le temps de s'arrêter qu'il avait déjà ouvert la portière et était sorti d'un pas mal assuré.

– Qu'est-ce que c'est que ça, bon Dieu ! Une baraque de vacances ! Pourquoi pas des chiottes, pendant que vous y êtes ? Vous m'aviez pas dit qu'il y avait qu'à se baisser pour remplir le coffre ? Mais qu'est-ce qu'on peut trouver à piquer, là-dedans ? Du papier-cul ?

Il n'avait pas pu attendre plus longtemps. Il avait ouvert la portière et contourné la voiture sans se presser, presque avec nonchalance. Il s'était arrêté devant lui et avait fait un geste de la main comme s'il s'apprêtait à dire quelque chose. Mais son couteau était déjà placé le long de son poignet. Puis il s'était soudain jeté en avant, en fléchissant légèrement les genoux pour se mettre en position, et avait planté le couteau à deux reprises, en frappant vers le haut. L'homme s'était alors mis sur la pointe des pieds, s'était figé sur place et avait poussé quelque chose qui ressemblait à la fois à un cri et à un grognement. Mais il ne tombait pas. Il était resté immobile une bonne seconde avant de se jeter soudain en avant et de tenter de lui saisir le cou.

Il avait alors reculé et frappé à nouveau, plusieurs fois. L'autre semblait à peine s'en apercevoir et continuait à tenter d'avancer en hurlant désormais d'une voix rauque.

Finalement il s'était agenouillé, avait soigneusement visé et porté un coup violent, de bas en haut, dans la région de l'aine. Il avait senti le couteau s'enfoncer et presque ouvrir le corps de l'autre depuis l'entrejambe jusqu'à la taille. Il l'avait ensuite regardé rester debout, comme en équilibre sur un pied, tandis que le sang s'écoulait à flots. Son visage était devenu de plus en plus pâle et ses yeux étaient déjà presque aveugles. Puis il s'était effondré sur le sol.

La femme était alors sortie de la voiture. Son visage encore mal réveillé était déformé par la frayeur et elle avait tendu les mains vers lui en sanglotant…

Il manœuvra, rebroussa chemin, retrouva la rocade et se glissa au milieu des autres voitures.

Il se trouvait à nouveau sur la coupe, devant les bandes de plastique claquant au vent dans ce froid qui montait le long de son corps et le paralysait. La nuit n'allait pas tarder à tomber et il ne savait pas ce qu'il était venu faire là, seul, pourquoi il était de retour sur les lieux…

Conscient qu'il était en train de rêver, Nielsen tenta d'ouvrir les yeux et de se mettre sur son séant. Mais le rêve persista encore un moment en lui, appuyant sa paume sur sa poitrine comme s'il n'en avait pas encore terminé avec lui. Il parvint finalement à se hisser sur les coudes, fit passer ses jambes par-dessus le bord du lit et resta un instant assis dans cette position, à cligner des yeux sous la lumière grise venant de la fenêtre et dans le froid de la chambre. Il tendit le bras pour tâter le radiateur : celui-ci était à peine tiède. Une vertu de plus chez Ivarsson : le sens des économies.

Il s'habilla, entra dans la salle de séjour en grelottant et regarda autour de lui. Puis il passa dans la cuisine. Un petit mot posé sur la table l'informa brièvement qu'Ivarsson était au travail et rappelait son numéro de téléphone, mais rien d'autre. Il écarta le morceau de papier et se mit à fouiller dans la cuisine.

Dans le réfrigérateur, il trouva un pot de yaourt entamé et une boîte de beurre allégé, ainsi qu'un peu de pain dur à la suédoise dans le placard. Il consacra quelques minutes à chercher en vain un morceau de sucre, avant d'y renoncer, de s'asseoir à la table et verser le yaourt dans une assiette, y émietter un peu de pain, avaler quelques cuillerées et finir par repousser ce petit déjeuner insipide.

Puis il se leva, se dirigea vers la fenêtre de la cuisine, l'entrouvrit et alluma une cigarette. Il resta debout pour la fumer, tendant simplement le bras de temps en temps vers l'évier pour secouer la cendre. Il fixait des yeux un ciel gris foncé qui promettait une chute de pluie ou de neige. En jetant un coup d'œil à la pendule, il constata qu'il était bientôt dix heures. Mais le jour n'était pas encore vraiment levé. Et il était maintenant inutile d'espérer beaucoup mieux, ce jour-là.

Il poussa un soupir, tira une dernière bouffée sur sa cigarette et la jeta par la fenêtre. Il revint dans la salle de séjour, chercha son carnet d'adresses dans sa valise et le feuilleta. Puis il se leva, quitta la pièce et se mit en quête du téléphone. Il finit par le trouver au fond de la chambre à coucher d'Ivarsson. Il hésita un instant avant de s'asseoir sur ce lit très bien fait et de trouver le numéro de Carina Holmlund, seule survivante de la famille Sjödin.

– Non, je n'ai pas envie de vous parler. Même pas au téléphone. Je vous l'ai déjà dit.

– Vous ne pensez pas que ce qui vient de se passer modifie quelque peu la situation ?

– Non, comment ça ? Pas pour moi, en tout cas.

Nielsen écoutait sa voix. Pas très coopérative, même si elle n'était ni hostile ni froissée. Elle était plutôt lasse, dégoûtée de tout.

– Il existe maintenant une chance de savoir ce qui est arrivé à Anna-Greta…

– Et il suffirait pour ça que vous puissiez me parler ? coupa-t-elle. Non, je n'en crois rien. Vous non plus, d'ailleurs.

Elle observa une courte pause.

– Et à quoi cela servirait-il, de savoir ? Maintenant. Il est trop tard pour y faire quoi que ce soit, non ? Qui peut être heureux de savoir « ce qui s'est vraiment passé » ? Pas moi. Maman et Karl-Erik, peut-être, s'ils étaient toujours vivants. Mais maintenant, ça n'a plus de sens. Sauf pour ceux qui cherchent à réveiller l'intérêt d'un tas de gens qui n'ont rien à voir avec cette affaire. Et qui auront tout oublié, à nouveau, dans un jour ou deux.

Nielsen ne répondit rien et tenta seulement de se représenter son visage. Il aurait bien aimé la voir, se dit-il. Présentait-elle une quelconque ressemblance avec Anna-Greta – telle qu'elle serait aujourd'hui ?

– À supposer que ce soit elle qu'on ait trouvée, ajouta soudain Carina Holmlund.

– Vous ne le pensez pas ?

– Si vous en aviez entendu autant que moi pendant toutes ces années, vous seriez peut-être sceptique, vous aussi.

Elle eut un petit rire sarcastique avant de continuer.

– Si, c'est probablement elle. Ça ne fait guère de doute. Mais ça paraît plutôt irréel, maintenant. Et assez absurde. Je crois que Karl-Erik lui-même n'aurait pas éprouvé un grand soulagement et que ça n'aurait rien changé, pour lui…

Elle s'interrompit un instant avant de reprendre à nouveau.

– Vous savez ce qu'on a dit. Que c'était lui… Ce n'était pas mon vrai père, vous le savez aussi. J'avais cinq ans, quand ils se sont mariés. Je crois d'ailleurs que je ne l'ai jamais appelé papa, simplement Karl-Erik. Et il n'était pas étonnant qu'il ait un faible pour Anna-Greta : c'était sa vraie fille, elle. Et la petite dernière, en plus. En fait, je crois qu'il désirait qu'elle le reste à jamais. Comme tous les pères, peut-être. Mais quant à insinuer qu'il ait quoi que ce soit à voir avec sa disparition ou qu'il ait touché à un seul de ses cheveux… c'est tellement ridicule que je ne veux même pas me prononcer à ce sujet !

Elle s'interrompit à nouveau.

– Eh bien, on peut dire que vous l'avez eue, votre interview, en tout cas. Vous êtes content ?

Nielsen attendit un instant avant de répondre.

– Il ne s'agit pas d'être content ou pas. Tout ce que je cherche, c'est à me faire une idée d'elle, de la personne qu'elle était.

– Là-dessus, je ne pourrais pas vous aider, même si je le voulais. Je n'ai pas grand-chose à dire. J'avais six ans de plus qu'elle et j'avais déjà quitté la maison quand elle a commencé à grandir. Ensuite – après sa disparition et ce qui s'en est suivi – l'image que j'avais d'elle s'est effacée graduellement et a disparu, elle aussi. Vous comprenez ce que je veux dire. Je *ne peux rien* vous dire sur elle, c'est tout !

Elle se tut.

– Vous devriez parler à Bernt Larsson, finit-elle par ajouter au bout d'un moment. Il pourrait vous dire certaines choses, lui. À supposer qu'il en ait envie. C'était lui qui la connaissait le mieux.

– C'était son petit ami ?

– Je dirais plutôt un camarade. C'est ce que je crois, du moins. Ils se connaissaient depuis l'école primaire.

– Bernt Larsson, répéta Nielsen, pensif. Il est toujours dans le secteur ?

Carina Holmlund eut un petit rire étonné.

– Vous voulez dire que personne ne vous a encore cité son nom. Oh oui, il est toujours là.

Nielsen resta assis un moment, à regarder autour de lui dans la chambre. Il se leva, gagna le bureau, près de la fenêtre, ouvrit les tiroirs l'un après l'autre et en examina le contenu. Puis il se dirigea vers la penderie, ouvrit les portes et fit de même. Malgré une pointe de mauvaise conscience et de gêne, il ne put s'empêcher de pénétrer dans cet espace exigu. Il regarda les costumes qui y étaient accrochés, les compta et parvint au nombre de sept. Il secoua légèrement la tête avec un sourire, puis les écarta pour voir la série de chemises et un nombre presque incalculable de cravates.

Mais quelque chose tout au fond retint son attention. Il tendit la main, tira le vêtement vers lui et resta figé de stupeur. C'était une robe. Rouge. Qui n'avait probablement pas été portée depuis des années. Peut-être même depuis des décennies, se dit-il, en tâtant l'étoffe. Elle était assez raide et semblait sur le point de s'effriter au contact des doigts. Il la lâcha rapidement, remit la robe en place, sortit de la penderie et referma la porte derrière lui.

Puis il s'assit de nouveau sur le lit en regardant fixement devant lui. L'explication était sans doute toute simple. Mais il eut du mal à trouver comment il pourrait poser la question à Ivarsson.

Avec l'image de cette robe fixée sur sa rétine, il prit l'annuaire du téléphone et se mit à chercher le nom de Bernt Larsson.

La maison paraissait de construction relativement récente. C'était un grand bâtiment de deux étages, en bois lasuré de gris. Rien à voir avec les pavillons préfabriqués, nota Nielsen en extrayant péniblement son grand corps du taxi. Elle donnait plutôt l'impression d'avoir été dessinée par un architecte et, de toute façon, d'avoir été assez coûteuse. Ce n'était pas exactement ce à quoi il s'attendait.

Il s'arrêta un moment dans la cour, pour étudier les environs. La maison étant située en hauteur, la vue devait être impressionnante, par temps clair. Pour l'instant, le ciel était gris et la neige commençait à tomber. Il tenta de s'orienter et de deviner où se trouvait la localité, mais renonça au bout d'un instant en constatant, découragé, que tout se ressemblait, dans quelque direction qu'il se tournât. Autour de lui se dressaient des hauteurs qui disparaissaient dans la grisaille. Il pourrait errer pendant des mois sans parvenir nulle part, se dit-il. Et sans qu'on s'aperçoive de sa disparition, probablement, ajouta-t-il avec une grimace à l'intention de lui-même.

Il se retourna et se dirigea vers la maison. Il monta rapidement le perron, frappa et attendit.

« Vous allez chez Larsson ? » lui avait demandé le chauffeur de taxi avec un regard de côté. « Il sait que vous venez ? » Il lui avait rendu son regard, légèrement étonné. « Oui, je l'espère. En tout cas, je l'ai appelé au téléphone et je lui ai parlé. » Le chauffeur avait alors hoché la tête. « Parfait. Parce qu'il aime pas beaucoup les visites inattendues. On peut même dire les visites de façon générale. »

Bernt Larsson était menu et de petite taille. Son visage était étrangement petit, bien formé et doté de deux yeux gris-bleu. Il paraissait nettement plus jeune que ses quarante-sept ou quarante-huit ans. Il se déplaçait avec aisance et même avec légèreté. Il fit demi-tour et le précéda à travers l'entrée pour gagner une cuisine assez vaste dans laquelle il désigna une chaise de la tête et s'assit en face.

– Vous vouliez me parler.

– Oui. D'Anna-Greta Sjödin. J'en suis venu à penser que vous étiez peut-être parmi ceux qui la connaissaient le mieux.

Larsson pencha la tête de côté.

– J'ai lu ce que vous avez écrit le printemps dernier, dit-il. Et on vient de publier pas mal de choses, à nouveau. Est-ce que ce n'est pas assez comme ça ?

Nielsen soutint son regard.

– Peut-être. Mais je ne crois pas que cela puisse faire du mal, non plus. Et vous ?

– Vous n'ignorez pas ce qui s'est passé. Les rumeurs qui ont circulé.

– C'est précisément la raison pour laquelle il serait bon de tenter de trouver le fin mot de l'histoire, si possible.

Larsson continua, un instant, à l'observer de façon attentive.

– Et vous pensez être en mesure de le faire ? Vous ne croyez pas que c'est au-dessus de vos forces ? Mais je n'ai pas d'objection à vous dire ce que je sais, si vous y tenez.

Il détourna le regard vers la fenêtre et se caressa le menton.

– C'est loin, tout ça, poursuivit-il, l'air pensif. Pourtant on ne peut pas l'oublier. On se connaissait depuis l'école primaire, Anna et moi. Depuis le cours élémentaire. C'est cette année-là qu'on est venus habiter ici, ma mère et moi.

Il tourna le regard vers Nielsen et esquissa un sourire.

– Je crois qu'on peut dire qu'Anna s'est chargée de moi.

Nielsen fronça les sourcils.

– Que voulez-vous dire par là ?

Larsson haussa légèrement les épaules.

– Bah, vous savez bien. J'étais nouveau, à la fois dans la classe et dans le pays. Je n'étais pas grand, je n'avais pas de père… Ce n'était pas facile à vivre, dans ce temps-là.

– On vous l'a fait sentir ? Vous avez été brimé par les autres ?

– Oui, on peut le dire. Jusqu'à ce que je montre les dents. Alors, ça s'est calmé.

Il eut à nouveau un rapide sourire.

– Mais Anna a pris ma défense dès le début. Elle était ainsi. Et on est restés copains. Essentiellement à cause de ça. Comme s'il y avait un pacte entre nous.

Il se tut. Nielsen hocha la tête, attendant la suite.

– Et par la suite, vous avez continué à vous fréquenter ? Pendant l'adolescence, au lycée ? finit-il par demander.

Larsson secoua la tête.

– Un peu moins. Parce que, à la fin de la troisième, j'ai quitté l'école et j'ai pris la mer pendant quelques années.

– La mer ? demanda Nielsen, étonné.

– Oui, la mer. Je n'ai pas navigué sur les lacs du coin, si c'est ce que vous pensez.

Larsson pencha la tête de côté et eut à nouveau un de ses brefs sourires.

– Je suis parti deux ans. J'ai d'abord été cuistot sur un des paquebots faisant le service de l'Amérique. Après, je ne suis pas beaucoup sorti de la Baltique. À part quelques petites excursions sur le continent. Je suis rentré pour de bon en 76, si je me souviens bien.

Nielsen le regarda en fronçant les sourcils.

– Vous n'étiez donc pas ici quand Anna-Greta Sjödin a disparu ?

Larsson secoua la tête.

– Pas depuis la troisième, je vous l'ai déjà dit. Mais on a correspondu, tous les deux. Et je suis revenu à la maison un certain nombre de fois. Nous ne nous sommes jamais perdus de vue.

– Et en 72, quand ça s'est passé ?

– Cet été-là, j'étais à Rotterdam. Ça n'en finissait pas. On attendait un chargement de pièces détachées qui n'arrivait pas. Mais, bien entendu, j'ai appris ce qui était arrivé. Par petits morceaux, peut-on dire. En lisant les journaux sur lesquels je réussissais à mettre la main. Et puis on captait la radio suédoise.

Il garda un moment le silence. Son visage prit un air assez décidé.

– Je n'arrivais pas à y croire, à comprendre. Que ça ait pu arriver. Et précisément à Anna. C'était irréel. Et ensuite, quand je suis rentré, il était à peu près impossible de parler d'elle, de citer son nom. À cause de toutes les saloperies qu'on racontait.

Il se tut à nouveau et se redressa.

– Mais ça suffit sur mon compte. C'est pour parler d'elle que vous êtes venu, n'est-ce pas ? Vous vouliez savoir qui elle était ?

Il éclata soudain de rire.

– Je ne sais pas si vous savez qu'elle était drôlement *forte*. Elle me battait toujours, à la lutte. C'est vrai que ce n'est pas très difficile, ajouta-t-il avec un geste ironique des deux mains, comme pour souligner la modicité de ses forces physiques. Mais les autres ne valaient pas mieux, face à elle. Je crois que c'était la plus costaude de la classe, même au collège.

Il secoua la tête, toujours avec un petit sourire sur les lèvres.

– Mais elle était forte d'une autre façon, également. Elle ne se laissait pas faire et disait carrément ce qu'elle pensait. Tout le temps. Elle tenait ça de Karl-Erik, son père, je crois. Il fallait que tout soit *juste*. Et le dire si ce n'était pas le cas.

Il observa à nouveau une petite pause.

– Le fait est qu'il lui arrivait d'être un peu naïve, puérile si vous voulez. Elle donnait l'impression de croire que les choses iraient comme il fallait si chacun disait ce qu'il pensait, qu'on pouvait tout éclaircir, que tous les gens étaient bien, qu'il était possible de les convaincre. Mais c'est faux, n'est-ce pas, Nielsen ? Il y a des gens qu'on ne peut pas persuader de se conduire décemment, ni même de comprendre. On en a eu la preuve, hein ?

Il observa un instant Nielsen, l'air d'attendre de lui la confirmation de ce qu'il venait d'avancer. Puis il prit une inspiration en regardant fixement devant lui.

– Encore que : naïve... Elle n'était qu'une enfant quand c'est arrivé. Adolescente. Puisqu'elle n'avait pas encore vingt ans. À cet âge-là, on a le droit de faire confiance aux gens, hein ? On devrait pouvoir le faire, du moins, non ?

Nielsen opina du chef et Larsson lui lança à nouveau un bref regard.

– Vous voulez voir des photos d'elle, au fait ? Je les ai sorties à la suite de votre coup de téléphone, mais je n'y ai pas touché. Je ne voulais pas les regarder, en réalité.

La salle de séjour était meublée avec une sorte d'élégance sobre : fauteuils, canapé, table basse, des livres sur une étagère, le long de l'un des murs. L'ensemble était manifestement choisi avec soin. On avait pourtant l'impression que cela ne servait pas très souvent, se dit John Nielsen. De même que le reste de la maison. Elle donnait le sentiment de ne pas être vraiment habitée. Comme s'il s'agissait d'un appartement témoin.

Il approcha de l'étagère, prit l'un des livres et haussa les sourcils.

– Tchekhov ? dit-il. C'est votre lecture favorite ?

– Qu'est-ce que vous pensiez ? Sigge Stark[1] ? demanda Larsson avec un sourire.

Nielsen poursuivit l'inspection.

– Pas vraiment ça, en tout cas. C'est presque une histoire complète de la littérature que vous avez là !

– J'ai très bien pu l'acheter au mètre dans une vente aux enchères, non ?

Larsson l'observa un instant, toujours avec le sourire. Puis il se dirigea vers la commode, dans un coin de la pièce.

– J'ai commencé quand j'étais en mer, dit-il pardessus son épaule. J'ai pensé qu'il fallait bien faire quelque chose. Et depuis, j'ai continué. On dit qu'il faut toujours savoir occuper ses loisirs, n'est-ce pas ?

Nielsen regarda ce dos très menu.

– Vous n'êtes pas vraiment le genre d'homme qu'on rencontre habituellement au fond des bois, dit-il.

– Non, c'est exact. Les bois que je possède, moi, ils tiendraient dans une boîte d'allumettes.

– Que faites-vous, alors ?

Larsson haussa légèrement les épaules.

– Ça dépend. Je suppose qu'on pourrait me qualifier de saisonnier.

Il revint en tenant à la main une poignée de photos.

– Elles ne sont pas très nombreuses, vous savez, dit-il en les posant sur la table basse. Je n'ai rien d'un collectionneur. C'est Karl-Erik qui a pris la plupart d'entre elles.

1. Auteur suédois de romans de « divertissement » [N.d.T.].

Nielsen étala les photos devant lui et les regarda de près. Elles montraient Anna-Greta Sjödin et Bernt Larsson à l'âge de dix ou douze ans. À l'évidence Karl-Erik Sjödin était un bon photographe. Ces clichés n'avaient rien de statique et, en même temps, il en émanait un sentiment particulier de vie et de proximité. Et de tendresse, se dit-il. Il était clair que c'était dû au fait qu'il s'agissait de la fille de celui qui les avait pris et qu'elle en était l'objet principal. Elle était toujours au centre de l'intérêt, alors que Larsson se trouvait un peu à l'écart, presque au point de faire l'effet d'une sorte de décor ou de faire-valoir. Pourtant, le photographe avait également réussi à capter en lui quelque chose de spécial : l'expression de ce petit visage de garçon en train de regarder sa camarade de jeu, une sorte d'étonnement authentique, comme s'il ne parvenait pas vraiment à en croire ses yeux.

L'une de ces photos, plus récente, montrait Anna-Greta Sjödin à peu près à l'âge qu'elle devait avoir lors de sa disparition. Cette fois, il était évident que ce n'était pas son père qui était derrière l'appareil. Elle était floue et avait l'air d'avoir été prise par un amateur lors d'une fête quelconque. Elle représentait trois personnes qui riaient, appuyées les unes contre les autres. Anna-Greta se trouvait au centre et les deux autres – un garçon et une fille à peu près du même âge – penchaient la tête contre la sienne. Il y avait une gaieté évidente, peut-être même une ivresse, dans l'expression de ces trois jeunes gens.

Pourtant, bien qu'Anna-Greta fût, cette fois encore, au centre de l'image, ce n'était pas elle qui attirait les regards en premier. Elle paraissait un peu pâle, incolore, en comparaison des autres. Le garçon, à sa droite, cheveux blonds mi-courts, avec un visage d'une beauté de statue. Et la fille, plus brune, de type presque méridional, avec un regard intense qui semblait vouloir percer celui qui l'observait.

– C'est vous qui avez pris celle-ci ? demanda Nielsen en désignant la photo du menton.

Larsson secoua la tête.

– Non, elle me l'a envoyée. J'étais en mer, à l'époque.

Il prit le cliché, le regarda et eut une sorte de frisson de gêne.

– Elle n'est pas bonne. À bien des égards. Ça, c'est les Härlin, dit-il en tapant du doigt sur la photo. Le frère et la sœur. Des jumeaux. Vous en avez peut-être entendu parler ?

Nielsen bondit sur son siège.

– Härlin ? dit-il lentement. Kaj Härlin ?

– Vous êtes au courant. Naturellement, si vous avez bien appris votre leçon.

Nielsen ne répondit pas. Il regardait devant lui et tentait de se souvenir. Cette voix basse, presque ronronnante. La façon qu'avait eue cet homme de répéter son nom. Avec une lenteur calculée, presque comme s'il l'épelait.

– Non, dit-il en secouant la tête. Mais j'ai été appelé au téléphone par un homme qui portait ce nom. Au printemps dernier. À propos de mon article sur la disparition d'Anna-Greta.

Larsson le regarda un instant.

– Vous avez dû mal entendre. En tout cas, ça ne peut pas être le même. Il lui aurait fallu forcer beaucoup son talent. En effet, toute la famille Härlin, le père, la mère et les deux enfants, a péri dans l'incendie de sa maison. L'année de la disparition d'Anna-Greta, au début du printemps. C'est pour cette raison que je pensais que vous en aviez entendu parler. Deux tragédies en l'espace de six mois. C'est beaucoup, pour un endroit comme celui-ci.

Nielsen garda un instant le silence, mais fronça les sourcils.

– Qu'est-ce qui s'est passé ? Pouvez-vous me le dire ? finit-il par demander.

Larsson hocha la tête.

– En fait, ça n'a pas été un banal incendie. Une vraie tempête de feu. Göte Härlin avait une firme de terrassement et il creusait des puits. Il faisait aussi sauter différentes choses, parfois. Et, de toute évidence, il conservait des explosifs chez lui, ce qui n'était pas seulement illégal mais aussi d'une bêtise incroyable. La moitié de la baraque a volé en éclats et le reste s'est effondré. Sans compter que l'ensemble a brûlé. Un brasier comme on n'en a pas souvent vu.

– Vous disiez que les Härlin étaient *jumeaux* ?

– On les appelait comme ça. Le frère et la sœur. Ou plutôt : frère et sœur adoptifs. Car ils avaient été adoptés tous les deux. Ils avaient le même âge et ils étaient dans la classe d'Anna, au lycée.

– Vous les connaissiez ?

– Non, pas du tout, répondit Larsson en secouant la tête. Ils sont arrivés ici après mon départ. La famille venait du sud. Je les ai sans doute croisés, quand je suis revenu en visite chez moi. Mais l'essentiel de ce que je sais sur leur compte, je l'ai appris par ouï-dire. Et ce n'étaient pas les rumeurs sur leur compte qui manquaient.

Nielsen attendait la suite et Larsson finit par faire la grimace.

– Oui, poursuivit-il à contrecœur. On jasait beaucoup à propos des fêtes qu'ils organisaient dans la maison de campagne familiale.

– Quel genre de rumeurs ?

Larsson étendit les mains.

– L'alcool, bien entendu. On disait aussi qu'on y fumait. Pas que du tabac. Et qu'on s'envoyait en l'air.

Il eut un petit sourire en coin en voyant l'air étonné de Nielsen.

– C'était au début des années 70, que diable ! Vous pensez que ce genre de choses était encore inconnu par ici ?

Puis il haussa à nouveau les épaules.

– Il ne faut y attacher plus d'importance que ça n'en a. Des cancans. Vieux de trente ans. Mais il semble malgré tout que ces sauteries étaient assez poussées.

Nielsen le regarda.

– Et Anna-Greta était de la partie ?

– Sans doute. Elle ne m'en a jamais rien dit dans ses lettres. Je l'ai appris par la suite. Mais il ne faut pas trop se fier aux bruits qu'on entend, par ici. Ça risque de vous induire en erreur et de vous fiche la frousse.

Il eut un geste en direction de Nielsen.

– Mais le mieux est de demander à Ivarsson. Il doit en savoir long. Il était là, lui, à l'époque.

Nielsen haussa les sourcils.

– Vous savez que je loge chez lui ?

– Je l'ai entendu dire, répondit Larsson avec un sourire. Les secrets sont difficiles à garder, ici, vous savez. J'ai aussi appris que Kennet Eriksson est parti en vacances plus tôt que prévu.

Nielsen l'observa en se frottant le menton.

– Et qu'est-ce que vous en pensez ? Du fait qu'il soit parti ?

Larsson soutint son regard.

– Rien, répondit-il sèchement. Je ne me donne même pas la peine de me poser la question. Je laisse ça aux autres et il n'en manque pas pour le faire. Et puis, j'ai d'autres chats à fouetter, ajouta-t-il en lançant un coup d'œil sur la pendule. J'espère que vous êtes satisfait de ce que je vous ai appris.

Il se leva sans attendre la réponse.

– Vous êtes venu en taxi, n'est-ce pas ? Je descends dans le centre : je peux vous reconduire en voiture.

Non loin de la maison se trouvait un bâtiment qui ressemblait à un entrepôt. Larsson se dirigea à grands pas dans cette direction et ouvrit les portes. Nielsen resta dans la cour et le regarda faire marche arrière. Par l'ouverture, il aperçut deux autres voitures et un chariot élévateur.

– Ça rapporte, apparemment, le métier de saisonnier, dit-il en s'installant dans la voiture et désignant le bâtiment d'un geste de la tête. Vous avez de quoi faire tourner une entreprise de transport. C'est peut-être ce que vous faites, d'ailleurs.

L'autre ne répondit pas et se contenta de piloter le véhicule, d'une seule main, pour lui faire descendre la sortie de garage, qui était assez raide.

– Personne ne meurt de faim, dans ce pays. Et quand on n'est pas trop bête, on peut avoir un peu plus que le nécessaire.

Il s'engagea sur la petite route et accéléra. Il faisait maintenant presque nuit. Nielsen fixait la route des yeux. Le revêtement en asphalte noir et humide brillait sous la lumière des phares. La neige fondue tombait toujours par bourrasques et venait se coller sur les essuie-glaces. Il sentit la fatigue revenir, lourde, écrasante. Il n'avait rien à faire là, se dit-il, et ferait mieux de partir, de rentrer chez lui. Quoi qu'il puisse y faire. Dormir. Lire. Longer la rivière dans la brume grisâtre, avec Tjarrko trottant, les pattes raides, à une vingtaine de mètres derrière lui, entièrement occupé par tout ce qu'il flairait sur l'allée boueuse.

– C'est bien, chez Ivarsson ? La pension complète ?
La voix de Larsson le tira de sa rêverie.
– Pas de quoi se plaindre, dit-il. En tout cas, c'est très propre et bien rangé.
Le visage de Larsson se fendit d'un sourire en coin.
– J'imagine.
– Vous le connaissez ? demanda Nielsen.
L'autre secoua légèrement la tête.
– Disons qu'on s'est déjà croisés. Plusieurs fois.

Ivarsson le regarda comme s'il n'en croyait pas ses oreilles. Il fit ensuite quelques pas de côté.
– Larsson, dit-il à voix basse en secouant la tête. Tu as vraiment pris contact avec Bernt Larsson ? Tu aurais mieux fait de m'en parler avant.
Nielsen eut un petit sourire.
– Tu trouves que j'aurais dû te demander la permission ?
– Non, mais il aurait peut-être été utile que tu saches à qui tu avais affaire. Bernt Larsson ! poursuivit-il en étendant les mains. Tu veux que je te dise qui c'est ? Si tu cherches une sorte de parrain en miniature, il n'y a pas plus indiqué dans le secteur.
– Qu'est-ce que tu veux dire, au juste ? demanda Nielsen, intrigué.
– Simplement qu'on rencontre son nom huit fois sur dix dans toutes les saloperies commises par ici. Tu peux prendre tous les exemples que tu veux. Depuis les mauvais traitements jusqu'aux vols, en passant par les escroqueries. Tu le trouveras quelque part sur la gamme. Il est toujours là, à l'arrière-plan.
Nielsen se rejeta en arrière et haussa les sourcils.
– Tu as des preuves de ce que tu avances ?
– Contre Bernt Larsson il n'y a jamais de vraies preuves, pouffa Ivarsson. Il est au plus « concerné par

l'enquête ». Il se tient toujours à l'écart et laisse les autres faire le boulot. Il faut le connaître pour savoir ce qu'il a dans le crâne.

– Et toi, tu le connais.

Ivarsson se figea et lança à l'autre un rapide coup d'œil.

– Il t'a dit quelque chose ?

Nielsen secoua la tête.

– Pas beaucoup. Qu'aurait-il dû me dire, selon toi ?

Ivarsson pouffa à nouveau.

– Il est prêt à raconter n'importe quoi ! La seule chose qu'on puisse affirmer, c'est qu'on ne peut pas se fier à lui.

Il continua à arpenter la pièce.

– Et maintenant il ressort cette vieille histoire Härlin et te fait croire qu'elle cache quelque chose !

– C'est moi qui l'ai soulevée en évoquant la conversation téléphonique que j'ai eue, ce n'est pas lui.

– Ce n'est pas ce que tu pouvais faire de plus intelligent : parler de ça avec lui. Et sans m'en informer au préalable. Si tu l'avais fait, je t'aurais tout de suite affranchi : il ne peut en aucun cas s'agir de Kaj Härlin qui était camarade de classe d'Anna-Greta.

– C'est exactement ce qu'a dit Larsson, lui aussi.

Ivarsson fit la grimace.

– Ce que dit Larsson ne m'intéresse absolument pas. L'intéressant, en général, c'est ce qu'il ne dit pas.

Nielsen examina le visage fermé du policier. Il y lut une aversion qui confinait à la haine.

– Tu ne m'as jamais parlé de cet incendie, dit-il.

– Pourquoi l'aurais-je fait ? Ça n'a rien à voir. Pas plus maintenant qu'à l'époque. Ça a été une tragédie, mais elle est explicable. Un banal court-circuit. Plus le fait que Härlin avait manifestement entreposé des explosifs dans sa cave.

– Et il est certain que toute la famille a péri dans cet incendie ?

– Si tu avais vu le résultat, tu n'aurais pas posé la question ! Un véritable cratère, ajouta-t-il en secouant la tête. Ni plus ni moins. Inga Härlin, la mère, a été retrouvée sous les restes de la partie de la maison qui s'est effondrée sous l'incendie. Les autres devaient se trouver dans la cave, ou juste au-dessus, lorsque s'est produite l'explosion – ou plutôt les explosions. Il a fallu chercher à la loupe pour trouver le peu qu'il restait d'eux. À part les mains de Göte Härlin, qui étaient dans la petite rivière, à trente mètres de là.

– Il a donc été établi incontestablement que personne n'a survécu à cet incendie ?

– Je peux te montrer les résultats de l'enquête technique, si tu n'es pas convaincu, siffla Ivarsson en s'avançant vers Nielsen. Mais pourquoi ne pas t'informer auprès de celui qui t'a téléphoné ? Lui demander s'il continue à se promener dans la nature, bien qu'il soit déclaré mort depuis trente ans ?

– J'ai essayé, répliqua Nielsen. Je l'ai appelé cet après-midi. Mais il n'y a pas de Kaj Härlin à ce numéro. Pas plus que dans la région de Stockholm de façon générale.

Ivarsson le regarda.

– Conclusion : tu as mal entendu.

Nielsen secoua la tête.

– J'ai noté le nom. Et le numéro.

Il sortit un carnet d'adresses de sa poche intérieure et le jeta sur la table.

– Je t'ai déjà dit que je le fais toujours. Et je me souviens avoir vérifié le numéro sur l'indicateur d'appel. Mais l'abonné à ce numéro, c'est un certain Bengt Andersson. Ou plutôt *c'était*, car il a résilié son abonnement au printemps dernier. Peu après la publication de mon article et cet entretien téléphonique. Et il n'est pas indiqué d'autre numéro auquel s'adresser.

Ivarsson resta silencieux un instant.

– Il est facile de se tromper, finit-il par dire. On peut être absolument sûr de soi et puis, un jour, on se trouve en face d'un petit fait qui vous prouve que vous êtes dans l'erreur. J'ai vu ça se produire bien des fois, en particulier à propos de témoignages.

Nielsen secoua la tête.

– Dans ce cas, elle est plutôt étrange, cette erreur, tu ne trouves pas ? Comment expliques-tu que j'aie entendu ce nom-là, précisément, et pas un autre ?

– Il peut s'agir de n'importe quel cinglé, bon sang, répondit Ivarsson en fronçant pensivement les sourcils. Un type auquel c'est monté à la tête et qui veut faire le malin. Ce qui ne veut pas dire que ce soit plaisant pour autant. Mais, en tout cas, tu n'as pas besoin de te soucier de Kaj Härlin. Pas de celui auquel je pense.

Nielsen le regarda. Il en était venu à penser à la robe qu'il avait vue dans la penderie. Mais il comprit : jamais il ne pourrait demander à Ivarsson la raison de sa présence à cet endroit.

Il parcourut à nouveau les journaux d'un œil rapide. Cela faisait un certain temps qu'il n'y avait rien eu. Mais cela n'avait pas d'importance. Il était convaincu que Nielsen allait continuer. Qu'il fouinerait partout, à sa manière méticuleuse et spéculative, chercherait des motifs et explications, tenterait de se faire une image, de comprendre. Il ne lâcherait pas prise tant qu'il n'aurait pas trouvé une réponse.

Il sourit à cette pensée : un vieux chien flairant partout, qui perdait de temps en temps la piste et restait là, la queue basse, désorienté. Sans doute faudrait-il lui en fournir de nouvelles, pour l'inciter à poursuivre ses recherches.

Puis il se reprit, en colère contre lui-même : il fallait qu'il se retire, au contraire, qu'il recule d'un pas et disparaisse. Comme s'il ne s'était jamais trouvé là. Il n'avait aucune raison de poursuivre ce petit jeu, c'était absurde.

Mais il sentit soudain qu'elle l'observait, la tête penchée sur le côté, avec ce sourire moqueur, excitant. Elle le tentait, le forçait à continuer.

Personne ne peut te voir, disait-elle. *Tu peux faire ce que tu veux. Tu es invisible. On est invisibles, tous les deux.*

Comme cette fois-là.

Ils avaient traversé la localité tout droit, en plein jour, sans que personne ne les remarque. Désirée sur le siège avant, vitre baissée, un sourire fébrile sur les lèvres. Comme si elle croyait vraiment qu'ils étaient invisibles. À moins qu'elle n'ait souhaité qu'on la voie, au contraire ?

Était-ce pour cette raison qu'elle avait pris contact avec Anna ? Pour redevenir réelle ? Pour que quelqu'un la voie, la prenne par le bras et la réveille ?

Anna était blême et tremblait de tous ses membres, en venant vers eux. « Ce n'est pas possible », avait-elle dit à plusieurs reprises. « Ça ne peut pas être possible. » Désirée, elle, riait, entre deux quintes de toux. « Non, ce n'est pas possible. On n'est pas possibles ! »

Et les deux cadavres dans le coffre avaient déjà commencé à exhaler une odeur douceâtre et écœurante, malgré le fait qu'ils circulaient vitres baissées. Anna avait fait la grimace et exprimé sa gêne. « Mais qu'est-ce qui pue comme ça ? Vous ne sentez pas ? Est-ce que c'est dans la voiture ? »

Il savait déjà ce qu'il fallait qu'il fasse. Il n'y avait plus d'autre issue, pas pour lui.

Il observa les arbres, au-dehors. La neige qui s'était mise à tomber. Soudain, il éprouva un sentiment d'impatience, de fièvre. Le même que cette fois-là, à savoir que c'était à lui de prendre la responsabilité de ce qui allait se passer. Il fallait qu'il continue.

Malgré l'époque de l'année, le visage de Marianne Linde était bronzé comme si elle revenait de vacances dans les pays du soleil. Ou si elle se rendait régulièrement dans un solarium. Ses yeux et le coin de sa bouche étaient entourés d'un réseau de petites rides. Nielsen s'efforça de deviner son âge, en l'observant.

Elle soutint son regard.

– J'avais environ trente ans, alors, dit-elle. Vous n'avez qu'à faire le calcul, si ça vous intéresse. C'est bien ça qui vous préoccupe, n'est-ce pas ?

– J'aurais dit quarante ans, pas plus, répondit-il.

Elle éclata de rire.

– Flatteur, avec ça ? Vous vous êtes dit que ça marchait toujours, avec les vieilles bonnes femmes, n'est-ce pas ?

– Plus ou moins, dit-il en hochant la tête. Je ne suis pas très original.

Elle rit à nouveau.

– On le croirait pourtant, à vous voir.

Il l'avait aussitôt trouvée à son goût et il continua à l'observer, le sourire aux lèvres.

Il avait mis un jour à trouver la trace de celle qui pourrait lui parler à la fois d'Anna-Greta Sjödin et des

Härlin. Par l'intermédiaire de l'inspection académique, il avait obtenu le nom de divers professeurs de lycée en poste à l'époque et avait trouvé l'adresse de l'un d'eux, un historien en retraite dans la région, qui acceptait de parler. Mais ses souvenirs étaient vagues, assez généraux et n'offraient guère d'intérêt. Malgré ce qui s'était passé, il ne se rappelait pas très bien ces trois jeunes gens. Mais il avait fini par s'interrompre, réfléchir un instant et dire : « Vous devriez parler à l'une des infirmières scolaires, si vous parvenez à mettre la main dessus. Elles connaissaient bien la situation, en général. »

Marianne Linde avait été infirmière scolaire pendant la période en question.

– Je le suis restée jusqu'à la fin des années 70, avait-elle confirmé. Puis je suis retournée dans le secteur hospitalier et j'y suis demeurée pendant près de dix ans. J'ai fini par y voir une sorte de punition de mes péchés. Quand j'ai compris qu'il n'était pas interdit aux gens comme moi de gagner de l'argent, je suis partie en Norvège pendant un certain temps. C'est là que j'ai réuni de quoi me constituer un capital-retraite…

Elle s'interrompit brusquement.

– Mais ceci, c'est une autre histoire. Vous vouliez que je vous parle d'Anna-Greta Sjödin. Oh oui, je me souviens très bien d'elle. Je l'ai vue un certain nombre de fois au cours de ces trois années, mais elle n'avait pas d'ennuis de santé particuliers. Peut-être était-elle en trop bonne santé pour que nous puissions établir un contact véritable, justement, conclut-elle en riant.

Nielsen approuva de la tête.

– Pour quelles raisons est-elle venue vous voir, alors ?

Marianne Linde le dévisagea un instant.

– Je ne sais pas si je suis autorisée à vous répondre, trois décennies plus tard : il y a le secret médical. Mais je ne voudrais pas insinuer certaines choses qui pourraient nuire à sa mémoire.

Nielsen l'interrompit d'un geste.

– Ce n'est pas non plus ce que je vous demande. La seule chose que vous puissiez faire, c'est de décider si vous avez confiance en moi ou non.

Elle attendit un instant en le fixant du regard. Puis elle hocha rapidement la tête.

– En fait, il ne s'agit de rien de vraiment sensationnel. Je crois que c'était principalement des conseils au sujet des moyens contraceptifs. C'était l'époque de la pilule et le sujet était assez controversé, si je me souviens bien. Je m'occupais d'information en matière de sexualité et de contraception. Et les filles, surtout, désiraient s'en entretenir en particulier.

Elle rit à nouveau.

– En fait, c'était *exclusivement* les filles. Je ne me souviens pas qu'un seul garçon soit venu me trouver pour cette raison.

Elle se tut et resta un instant à regarder pensivement devant elle.

– Je me demande s'il en irait autrement aujourd'hui. J'en doute un peu, même si j'aimerais bien le croire. Malgré tout ce qui s'est passé. Le sida et le reste. Je me demande à quoi c'est dû. Vous pourriez me l'expliquer ?

– En tant que représentant du sexe masculin ? Je suppose que c'est parce que nous sommes une bande de salauds, répondit Nielsen avec un rien d'amertume dans la voix.

– Toujours aussi susceptibles, en tout cas, dit Marianne Linde en le regardant. Vous pouvez me dire pourquoi ?

Il secoua la tête avec l'esquisse d'un sourire.

– Revenons à Anna-Greta Sjödin, dit-il. Si vous

voulez bien continuer à m'en parler. De quoi d'autre vous souvenez-vous, à propos d'elle ?

– Qu'elle était ouverte, qu'il était facile de parler avec elle. Elle était plus douée que beaucoup, soucieuse de son avenir, même si elle ne tenait pas vraiment la tête de la classe. Assez harmonieuse. Il était facile de s'attacher à elle.

– Des petits amis ?

– Je ne sais pas si elle en avait un à cette époque. Mais si vous voulez savoir si elle avait une vie sexuelle, je peux vous dire qu'elle avait fait ses premières armes, pour employer une expression imagée.

Elle le regarda non sans un petit air malicieux.

– Ce qui ne veut pas dire qu'il était facile de la culbuter, pour s'exprimer plus vulgairement.

Elle garda le silence pendant un instant.

– C'était une jeune personne agréable, tout simplement. Mûre pour son âge. Mais pleine de vie.

Nielsen hocha la tête et se rejeta en arrière sur son siège. Rien de ce qui venait d'être dit ne modifiait l'image qu'il s'était fait d'elle. Pas plus que cela ne l'approfondissait. Cela tendait plutôt à faire d'elle quelqu'un d'assez prévisible, se dit-il. Élève modèle, camarade modèle. Quelqu'un de presque trop bien.

– Je m'interroge un peu sur ses fréquentations, dit-il. Le frère et la sœur Härlin, par exemple. Ils étaient dans la même classe, n'est-ce pas ? Est-ce que vous vous souvenez d'eux ?

Marianne Linde eut un petit sursaut et le regarda un moment en silence.

– Les jumeaux, finit-elle par dire. Vous avez le goût des tragédies, vous, on dirait. Mais c'est peut-être professionnel.

Elle eut une sorte de frisson.

– Eh bien, on les voyait souvent ensemble. Surtout

la dernière année. Il est vrai qu'ils venaient du même endroit. Bien sûr que je me souviens des Härlin. Ce qui leur est arrivé a fait l'effet d'un choc encore plus brutal que la disparition d'Anna-Greta, du moins au collège. En plus, c'était à la fin de l'année scolaire et ils devaient le quitter quelques semaines plus tard. On aurait dit qu'on avait lâché un gros rocher sur l'établissement, ces jours-là. Et on n'avait pas encore inventé les cellules de soutien psychologique. Anna-Greta, elle… ça s'est passé à la fin de l'été, c'était un peu plus lointain, en quelque sorte. Même si on en a beaucoup plus parlé. Mais cela ne nous frappait pas aussi directement, aussi personnellement.

Elle prit sa respiration, avant de poursuivre, avec une soudaine intensité dans la voix.

– Désirée et Kaj Härlin. Difficile de les oublier. Surtout Désirée. Il émanait d'elle une fascination que je n'ai jamais éprouvée ni avant ni depuis. Si vous l'aviez connue, vous auriez compris ce que je veux dire par là. C'était… très intense… presque palpable.

Elle s'interrompit un instant, semblant chercher ses mots. Puis elle regarda Nielsen droit dans les yeux.

– Je vais être franche. Elle possédait un pouvoir d'attraction que je qualifierais d'*érotique* et auquel je crois que nul ne pouvait rester indifférent, homme ou femme, jeune ou vieux. Sans pour autant se comporter de façon provocante. Physiquement, elle était très menue, presque maigrichonne. Elle ne possédait pas ces formes très féminines dont Anna-Greta Sjödin, par exemple, était déjà dotée. Mais il y avait comme un champ magnétique à haute tension autour d'elle. On avait l'impression qu'on risquait de se brûler rien qu'à la regarder.

Nielsen l'observa d'un air pensif.

– On dirait que vous en avez fait l'expérience vous-même ?

Marianne Linde eut un bref sourire.

– Naturellement. Comme je vous l'ai dit, je crois que personne ne pouvait éviter de… comment dire : de *tomber sous sa coupe*. Et je dis cela en dépit du fait que j'étais – et que je suis toujours – tristement hétérosexuelle. Et puis, c'était une élève et encore une enfant, en fait. J'avais presque le sentiment d'être frappée de peur devant ce qui se passait en moi quand elle me regardait !

Elle s'interrompit à nouveau.

– Je vous gêne peut-être, à parler ainsi ? En fait, c'est moi qui devrais être gênée. Mais, à mon âge…

Elle plissa les yeux et fronça les sourcils.

– Je ne sais pas à quel point elle était consciente elle-même de l'effet qu'elle produisait sur les autres. On avait parfois l'impression qu'elle ne s'en apercevait absolument pas. Mais, à d'autres, j'ai eu le sentiment qu'elle le savait très bien. Et qu'elle ne manquait pas de le mettre à profit.

– Comment êtes-vous entrée en contact avec elle ? Est-ce aussi pour des conseils ayant trait à la sexualité ?

– Oh non, absolument pas, dit-elle en riant à nouveau. Nous n'avons jamais parlé de ce genre de choses. Elle n'effleurait même pas le sujet. Et je ne crois pas que j'aurais osé l'aborder de ma propre initiative. Pas avec elle. Non, c'était pour des raisons très différentes.

Elle lui lança un regard interrogateur avant de poursuivre.

– Elle était atteinte d'une maladie chronique qui porte le nom de fibrose kystique – FK, en jargon médical. Vous savez ce que c'est ?

– Vaguement, dit-il en fronçant les sourcils. Elle affecte les fonctions respiratoires, je crois.

Elle opina de la tête.

– Entre autres. C'est un mal héréditaire, génétique, qui durcit les glaires sécrétées par le corps et les rend beaucoup plus épaisses que la normale. Elles se concentrent dans les poumons, il est très difficile de s'en débarrasser et elles causent des infections. La région gastro-abdominale, le pancréas et le foie peuvent également être affectés. Et l'organe atteint finit par être détruit.

– Et c'est inguérissable ?

Marianne Linde hocha la tête.

– De nos jours, on procède à des expériences de thérapie génique et on a trouvé de nouveaux médicaments. La plupart des personnes atteintes mènent une vie normale, je crois que l'espérance de vie se situe autour de cinquante ans et ne fait qu'augmenter. Mais, à l'époque, le pronostic était beaucoup plus mauvais. Et le traitement bien plus primitif. Antibiotiques, gymnastique respiratoire et physique, produits pour rendre les glaires plus fluides. Je crois que l'espérance de vie ne dépassait guère trente ans, à l'époque.

– Et, malgré cette maladie, Désirée Härlin réussissait bien dans ses études ?

– Elle était particulière, je vous l'ai déjà dit. Elle possédait une énergie incroyable. J'avais parfois l'impression que c'était partiellement dû à sa maladie. Son rayonnement aussi. On aurait dit qu'elle était constamment sur le fil du rasoir et qu'il n'y avait pas de place pour quoi que ce soit de banal, dans sa vie. Tout ce qui la touchait de près ou de loin était investi d'une intensité douloureuse, comme si sa vie en dépendait, d'une certaine façon.

Elle prit sa respiration et eut l'air d'éprouver à nouveau ce sentiment.

– Mais, naturellement, si sa vie pouvait suivre un cours à peu près normal, c'était aussi grâce à Inga

Härlin, sa mère. Elle avait été infirmière, auparavant, mais elle était désormais mère au foyer. On peut dire qu'elle avait voué sa vie à sa fille. Elle veillait à ce qu'elle suive son traitement, elle était inflexible sur les exercices respiratoires et la gymnastique et elle la massait pour lui permettre d'expulser ses glaires. Avec l'aide de Kaj, en fait. Il était presque son tuteur. Au collège, ils étaient à peu près inséparables. C'est pour ça qu'on les a appelés « les jumeaux ». En plus du fait qu'ils avaient le même âge. Du moins sur le papier.

Elle s'interrompit un instant et regarda Nielsen.

– Vous n'ignorez pas qu'ils étaient adoptés, tous les deux, n'est-ce pas ? Les Härlin ne pouvaient pas avoir d'enfant. Et le cas de Désirée était un peu particulier. Elle faisait partie d'un groupe de réfugiés des pays de l'Est – je crois que c'étaient des Tchèques – qui étaient parvenus jusqu'à Malmö. Sa mère biologique était morte peu après leur arrivée et aucun des autres membres du groupe ne voulait se charger d'elle. Peut-être savaient-ils qu'elle était atteinte d'une maladie, ou bien le soupçonnaient-ils. Et puis ils se disaient sans doute qu'ils avaient assez de difficultés eux-mêmes. Comme elle n'avait pas de papiers, on ne savait pas exactement son âge, on a été obligé de l'évaluer.

– Et les Härlin n'étaient pas au courant de sa maladie, quand ils l'ont adoptée ?

– D'après Inga Härlin, elle ne l'a su que l'année suivante. À peu près au moment où ils ont adopté Kaj. Elle n'aurait pas dû le faire. La fibrose kystique se manifeste très tôt, souvent à l'âge d'un an. Il est donc probable qu'elle en était informée ou s'en doutait. Elle n'était pas dépourvue de connaissances médicales, je vous l'ai dit. Mais je ne crois pas que cela aurait changé grand-chose. Elle voulait cet enfant, cela se voyait. Quand elle la regardait, quand elle en parlait…

Et Kaj, eh bien, c'était un peu inévitable, mais on avait le sentiment qu'il était arrivé dans cette famille à cause d'elle, qu'il était destiné, dès le début, à être son sauveur, à lui venir constamment en aide.

Nielsen hocha pensivement la tête.

– Vous avez l'air très bien informée. Sa maladie, la situation familiale…

Marianne Linde éclata de rire.

– Oui, mais ça n'a rien de très étonnant. On peut dire que j'ai été appelée à exercer les fonctions de sauveur numéro 2. Par Inga Härlin. Et, quand elle avait décidé quelque chose, personne ne pouvait s'y opposer.

Elle regarda devant elle, la tête sur le côté.

– C'est étrange, en fait, quand on y repense. On aurait dit une petite souris grise, tellement elle était banale. Elle ne disait presque rien. C'était au point qu'on pouvait la trouver un peu bornée. En tout cas, c'est l'erreur que j'ai commise. Et elle m'a bien eue ! Sous cet aspect extérieur, elle était dure comme une lame de couteau et elle parvenait toujours à ses fins, d'une façon ou d'une autre. Je ne veux pas dire par là qu'elle m'ait manipulée, mais elle savait toujours très bien ce qu'elle voulait et s'y entendait parfaitement pour obliger les autres à faire ses quatre volontés. Un vrai politicien en matière d'habileté, conclut-elle avec un petit sourire, avant de poursuivre :

– Mais, au fond, c'est peut-être ce qu'elle était. Elle avait milité dans le mouvement de la paix, après la guerre. Elle a passé deux ans comme bénévole en Europe centrale, à la fin des années 40, à ce que j'ai entendu dire. Et, ici, elle a été conseillère municipale socialiste. Elle avait des opinions assez radicales, sur le plan politique. Il est vrai que, dans le secteur, il est toujours assez radical, pour une femme, de se mêler de politique…

Elle s'interrompit et resta un moment à observer pensivement le visage de Nielsen.

– Mais cela fait près d'une demi-heure que nous parlons de la famille Härlin, alors que nous avons consacré cinq minutes à Anna-Greta Sjödin. À qui vous intéressez-vous en premier lieu ?

Il haussa légèrement les épaules.

– Je vous écoute, dit-il évasivement. Et il semble que vous ayez encore des choses à dire à leur sujet, n'est-ce pas ?

Elle continua à le regarder, puis hocha la tête.

– Oui, je suis bien obligée de l'avouer. Si Anna-Greta n'avait pas connu le sort qui a été le sien, je pense que je ne me serais guère souvenue d'elle, au milieu de tous les autres. Mais les Härlin, je ne les aurais pas oubliés, même s'il ne leur était rien arrivé. C'est aussi simple que ça.

– Le frère aussi, donc ? demanda-t-il.

Elle secoua la tête d'un air dubitatif.

– Kaj ? Je ne serais pas aussi affirmative. C'est de toute la famille qu'on se souvient. En premier lieu Désirée. Puis Inga. Kaj venait en sus, pour ainsi dire. Il était là, mais il était difficile d'en dire long sur son compte. Il manquait un peu de netteté, en quelque sorte. Il ne s'affirmait qu'à travers sa sœur.

– Et le père ?

Marianne Linde éclata d'un rire sonore, cette fois.

– Göte Härlin ! Je devrais me souvenir de lui, aussi. Il était un peu fou. Il avait une entreprise de terrassement, il creusait des puits et ce genre de choses, je crois. Mais, ce qui l'intéressait, c'était les grottes, la spéléologie ! Je suppose qu'il y a un rapport entre les deux, d'ailleurs. Quoi qu'il en soit, on ne pouvait pas le voir sans qu'il vous assène un cours de géologie. La nature des roches, la formation des failles et tout le bataclan. Il vous racontait les expéditions auxquelles il avait participé, vous disait qu'il avait rampé des jours et des jours dans les profondeurs du sol. Il était intarissable. C'est sûrement l'une des raisons pour lesquelles ils étaient venus s'installer ici. Il y a tout un réseau de grottes, dans la région, c'est bien connu. À cette époque, je ne savais même pas que des gens se livraient à ce genre d'activité, pour leur plaisir. À quoi est-ce que ça sert ? lui ai-je demandé un jour. Bah, ça permet de s'évader un peu de chez soi, m'a-t-il répondu avec un clin d'œil. Et puis ça peut toujours être utile de savoir un peu ce qu'il y a en dessous du sol, puisqu'on finit toujours par aller y passer pas mal de temps…

Elle se tut un instant et secoua la tête.

– On peut dire que c'était une famille étrange. Et puis cet incendie, cette tragédie incompréhensible… Pas étonnant qu'on se souvienne d'eux. Des années après, je me surprenais encore à penser à eux, à la vie qu'aurait eue Désirée s'il n'était rien arrivé de tout ça…

Elle soupira en lorgnant en direction de Nielsen.

– Et je ne crois pas avoir été la seule. On ne les oubliait pas si facilement. Vous avez peut-être entendu les bruits selon lesquels on les aurait revus par la suite et ils auraient joué les revenants ?

Nielsen se pencha en avant.

– Après l'incendie ? Toute la famille ?

– Uniquement Désirée et Kaj, le frère et la sœur, dit-elle, les yeux dans le vague. Mais ça n'a rien d'extraordinaire. C'est presque normal, par ici, de revenir en visite après sa mort.

Nielsen haussa les sourcils.

– Vous croyez à ce genre de choses ?

– Non, dit-elle avec un petit sourire. Pourtant, dans le cas de Désirée Härlin, je n'en jurerais pas. Je suis prête à penser qu'elle était capable d'en prendre à son aise avec les lois de la nature. Si quelqu'un en était capable, c'était bien elle.

Il tenta de se faire une idée un peu plus précise de ce qu'il avait appris au cours des derniers jours et comprit que la seule chose sensée était de tourner la page de cette histoire sur cette coupe où le corps d'Anna-Greta Sjödin avait finalement été découvert, au bout de trois décennies. Et que l'inconnu de la route forestière reste non identifié, comme il le serait sans doute à jamais. De même que les deux autres cadavres.

Il était inutile de tenter de trouver un lien entre eux – à supposer qu'il en existât. Cela ne servait qu'à l'entraîner sur les sables mouvants de la spéculation et des hypothèses les plus gratuites.

Tout ce dont il disposait, à part cela, c'était d'étranges coïncidences. Des rumeurs et des superstitions. Des cancans. Des accusations. Des souvenirs à forte coloration personnelle et sans doute peu fiables. Autrement dit : rien dont il puisse se servir. Et rien qui puisse ressembler à une explication un tant soit peu plausible et de la disparition d'Anna-Greta Sjödin et des événements de ces derniers temps. Un écheveau de fils qui n'étaient accrochés à rien et ne menaient nulle part.

Cette coupe dans la forêt, là étaient le début et la fin. Le reste devait lui permettre, dans la mesure du possible, de se faire une image assez exacte d'Anna-Greta Sjödin de son vivant et, en même temps, d'avoir un rapport avec cette série de tragédies personnelles à laquelle sa disparition avait donné lieu. Il n'y avait pas d'autre épilogue possible.

C'était un drame du passé, dont il n'était plus possible de trouver les coupables, quels qu'ils fussent.

Pourtant il éprouvait un certain malaise qui le rongeait de façon désagréable. Le sentiment de s'être trompé, de ne pas avoir été assez lucide. Quelque chose lui échappait, qu'il devait voir, qu'il devait chercher.

Et un vague sentiment de menace : quelque chose – il aurait été incapable de préciser quoi – était dirigé contre lui.

Il se reprit, mécontent de lui-même, tira sa valise et y fourra ses vêtements en jetant un coup d'œil sur sa montre. Bientôt midi. Il avait modifié sa réservation pour rentrer par un avion partant un peu plus tôt dans la soirée, mais il avait encore largement le temps. Le bus qu'il avait l'intention de prendre pour se rendre à l'aéroport ne partait que dans deux heures.

Il avait à peine aperçu Ivarsson, au cours des dernières vingt-quatre heures. Celui-ci quittait la maison de bonne heure et rentrait tard. En outre, il lui paraissait plus renfermé et moins loquace depuis la conversation qu'ils avaient eue à propos de Bernt Larsson. Comme s'il s'était senti offensé d'avoir ainsi été tenu à l'écart.

– Je ne serai pas revenu avant ton départ, s'était-il contenté de dire à Nielsen, mais tu sais où mettre la clé, avait-il ajouté en désignant sèchement l'endroit de la tête.

Il alla jusqu'à la fenêtre. Il faisait toujours aussi gris, dehors, mais les nuances étaient plus nettes, plus froides. Il y avait même quelques petites déchirures bleues dans la couverture nuageuse. Ainsi qu'une mince couche de neige sur le sol. La température avait chuté. Il faisait environ –10°, maintenant. Pas de vent. Personne à l'horizon, mais des maisons les plus proches montaient des volutes de fumée qui restaient suspendues, presque immobiles, dans l'air froid. Une bonne odeur de feu de bois parvenait jusqu'à l'intérieur.

Il huma cet arôme avec une pointe de mélancolie,

esquissa un sourire et secoua la tête, en se demandant quel centre nerveux de son cerveau il pouvait activer. Normalement, il n'aurait rien dû ressentir, puisqu'il n'avait pas de souvenirs liés à la vie à la campagne ni au chauffage au bois. Peut-être était-ce donc génétique, une sorte de souvenir collectif datant de millénaires passés autour des feux de camp et dans des grottes enfumées…

Le téléphone se mit à sonner. Il attendit un peu avant de se décider à aller répondre, prêt à entendre la voix d'Ivarsson. Il lui fallut donc un certain temps avant de comprendre à qui il avait affaire.

– Je ne m'attendais pas à ce que vous m'appeliez *ici*, dit-il.

Il entendit le petit rire de Bernt Larsson, au bout du fil.

– Ce n'est pas répréhensible, hein ? Ivarsson lui-même ne pourrait pas le prétendre. Et, en fait, c'est vous que je cherchais. Auriez-vous un moment ?

– Qu'est-ce que vous voulez ?

– Je ne peux pas le dire au téléphone. Je vais passer. J'ai quelque chose qui devrait vous intéresser.

Nielsen réfléchit une seconde.

– Je pars cet après-midi, dit-il. Quand pouvez-vous venir ?

– Tout de suite. Je suis devant la maison.

Nielsen se leva, regarda par la fenêtre et chercha un instant.

– Vous n'êtes quand même pas dans cette vieille Volvo 240 ? finit-il par dire. Qu'est-ce qui vous arrive ? Les temps seraient-ils devenus plus durs, brusquement ?

– C'est la météo qui est devenue plus dure. Presque au point de circuler en tracteur. Eh bien ? Est-ce que je peux venir ? Je n'en ai pas pour longtemps.

Nielsen s'efforça de trouver de la place pour ses jambes, dans la voiture. Puis il tourna la tête, tendit le bras et désigna sa montre en frappant dessus.

– Je suis un peu pressé, vous le savez.

Larsson eut un rictus d'impatience.

– Je ne suis pas sourd. Ni stupide. N'ayez pas peur, je vous laisserai partir.

Il passa devant le petit nombre de boutiques servant de centre à la localité puis accéléra. La vieille Volvo n'avait pas l'air d'apprécier beaucoup ce genre de mauvais traitement et penchait assez fortement dans les virages. Larsson lança un regard à son passager.

– J'ai pensé à ce dont nous avons parlé la dernière fois. Les Härlin. Il y a certaines choses qu'il serait bon que vous sachiez.

– Des cancans ? demanda Nielsen. Je croyais que vous laissiez ça aux autres.

Larsson eut un petit rire.

– Ah bon, vous vous souvenez de ça ? Mais tout est affaire de nuances. À moins que ça ne vous intéresse pas.

Nielsen ne répondit pas, tout d'abord, puis il haussa les épaules.

– Je suis là, oui ou non ?

Larsson se mordit la lèvre et ferma à moitié les yeux.

– On a beaucoup parlé de l'incendie lui-même. Mais savez-vous que ses causes n'ont jamais été véritablement établies ? On a parlé de court-circuit, mais c'est le genre d'explication à laquelle on a recours quand on ne sait pas exactement. Et puis on n'a jamais établi, non plus, le nombre exact de personnes qui se trouvaient dans la maison. On a trouvé le corps d'Inga Härlin. Et celui de Göte. Des morceaux, tout du moins. Ainsi que des lambeaux de vêtements qu'on a supposé avoir été éparpillés par l'explosion et qui auraient appartenu à la fille. Mais rien d'autre.

– Je croyais qu'il y avait eu une enquête technique ? dit Nielsen.

– C'était il y a trente ans. Rien à voir avec ce qui se fait aujourd'hui. En outre, j'aimerais bien connaître les moyens qu'on a jugé bon de dégager. On savait qu'ils étaient chez eux. Les gens les avaient vus ce soir-là. Et puis, je l'ai déjà dit, cela a été une vraie tempête de feu. Même si on n'a pas pu prouver avec certitude qu'ils avaient péri tous les quatre dans l'incendie, la conclusion s'imposait d'elle-même.

Ils avaient quitté la route principale et emprunté une voie secondaire sur quelques kilomètres, vers le nord. Larsson freina alors et arrêta la voiture. D'un côté de la route la forêt, de l'autre de l'eau. Un peu plus loin, la forêt prenait fin et on voyait un peu de terrain découvert, de toute évidence toujours cultivé. Une rangée de balles de plastique contenant du fourrage et ressemblant à des œufs de dragon était alignée le long de la lisière de la forêt.

– C'est là qu'était la baraque.

Nielsen examina le sol, au bord de la route. Des restes de fondations dépassaient de la mince couverture neigeuse. Des fers à béton tordus. Un peu plus loin, un fourré de buissons impénétrables et des troncs d'arbres fruitiers morts.

– Il ne reste rien, à part un peu de ferraille du garage et de l'atelier. Le reste a disparu quand on a élargi la route. Mais, de toute façon, il n'y avait plus grand-chose. La maison d'habitation a volé en éclats et une bonne partie a atterri dans la rivière, là-bas. Peut-être a-t-on supposé que cela expliquait qu'on ait retrouvé si peu de choses.

Larsson désigna de la tête la rivière, à une vingtaine

de mètres de là. À cet endroit, elle s'élargissait au point de former presque un petit lac allongé.

– Et puis, aucun d'eux ne s'est manifesté, par la suite. On avait donc lieu de penser que toute la famille avait péri là, dans l'incendie. À cette époque, en tout cas…

– Une seconde, coupa Nielsen. Feriez-vous allusion, par hasard, au fait que, par la suite, quelqu'un a affirmé avoir vu le frère et la sœur Härlin ?

Larsson le regarda avec un bref sourire.

– Ah bon, je vois que vous avez laissé traîner vos oreilles. On dirait que ça vous intéresse, dites donc.

Nielsen secoua la tête.

– C'est pour ça que vous m'avez amené ici ? Pour me raconter des histoires de revenants ?

Larsson ne l'avait pas lâché des yeux.

– Ils ont été vus non pas une seule fois mais à plusieurs reprises, finit-il par dire. Par différentes personnes. Juste avant la disparition d'Anna.

Nielsen ne put s'empêcher de pouffer.

– Et, d'après vous, cela prouve qu'ils sont vivants ? Et que cela avait à voir avec la disparition d'Anna-Greta Sjödin ?

Larsson garda un moment le silence.

– Il y a autre chose, finit-il par dire. Kennet Eriksson – le nom vous dit peut-être quelque chose – aurait reconnu Kaj Härlin. Et il aurait eu la frousse de sa vie. Assez, en tout cas, pour prendre la poudre d'escampette. Non pas parce qu'il avait vu un fantôme. Ça, il en avait l'habitude, je crois même qu'il en avait vu pas mal, après toutes ses beuveries. Non, on dirait que cela fait trente ans qu'il a peur de Kaj Härlin. En dépit du fait qu'il ne devrait plus avoir la moindre raison pour cela.

Il observa une petite pause avant de poursuivre.

– Kennet Eriksson participait à ces fêtes dont je vous

ai parlé, chez les Härlin. Il ne faisait pas partie du cercle des intimes. Il était un peu plus âgé et il travaillait déjà. Mais il avait le permis de conduire. Et une voiture. Cela lui a servi de billet d'entrée. Il buvait déjà, à l'époque, mais pas quand il conduisait. Ça ne se voyait pas, en tout cas. Sauf une fois. La fois de trop. Il a tenté de violer Désirée Härlin. Ou à peu près…

Il secoua la tête.

– Il croyait qu'elle était d'accord et il était sans doute trop saoul pour s'apercevoir du contraire. Mais c'était plutôt stupide de sa part. Parce que Kaj n'était pas loin. D'ailleurs, Kaj n'était jamais loin, quand il s'agissait de sa sœur. Il a menacé Kennet de lui trancher la gorge, avec son couteau, et l'a forcé à se déshabiller. Il lui a demandé par quelle partie de son corps il devait commencer. Mais une des filles qui était présente s'est mise à hurler. Il l'a alors lâché et lui a dit de filer, de courir jusqu'à l'épuisement de ses forces. Et de ne plus jamais revenir. S'il le revoyait, il le saignerait comme un cochon.

Il prit rapidement sa respiration.

– Kennet a pris la chose au sérieux. Il a disparu dans la forêt. Nu comme un ver. On ne sait pas trop comment il a fait pour rentrer chez lui, mais il lui a fallu des semaines pour oser venir chercher sa voiture. Et, on peut dire qu'il ne s'est jamais vraiment remis de son émotion. On ne l'a plus beaucoup vu, après ça. Il a passé le plus clair de son temps à picoler dans son coin. Et maintenant, on ne le voit plus du tout.

Nielsen s'était tourné sur son siège et faisait presque face à Larsson.

– Comment savez-vous tout ça ?

L'autre eut un geste évasif.

– J'ai prêté l'oreille, comme je vous l'ai déjà dit. Et puis j'ai recollé les morceaux.

– Ce serait donc Kaj Härlin qu'on a vu l'autre jour, dans la forêt ? Et Kennet Eriksson l'aurait reconnu ? Au bout de trente ans ?

Larsson haussa légèrement les épaules.

– Il devait savoir quelque chose, finit-il par dire à voix basse, comme s'il se parlait à lui-même. Il semble qu'il ait passé son temps à attendre que Kaj Härlin réapparaisse. Il devait être au courant de quelque chose à son propos, s'être douté que ça ne s'était pas terminé lors de l'incendie.

Nielsen le regardait avec une stupéfaction croissante.

– Vous voulez dire que vous prenez cette histoire au sérieux ? demanda-t-il. Un ivrogne souffrant de manie de la persécution. Et un tas de ragots. Vous y croyez vraiment ?

Larsson se tourna vers lui.

– Il vous a pourtant donné de ses nouvelles, non ?

Nielsen étendit la paume de ses mains.

– Je me suis trompé. J'ai mal entendu.

L'autre eut un petit rire sarcastique.

– Vous y croyez vous-même ?

– C'est la conclusion que vous avez tirée, vous aussi, quand j'en ai parlé pour la première fois. Si je me souviens bien, vous n'avez pas eu l'air d'y attacher beaucoup d'importance, à ce moment-là. Et pourtant, vous connaissiez ces rumeurs depuis longtemps, de toute évidence.

Larsson l'interrompit d'un geste d'impatience.

– Il fallait que je réfléchisse un peu, c'est tout. Et je n'avais pas envie de passer pour un cinglé aussi facilement que ça. Je n'ignorais pas ce qu'Ivarsson vous dirait de moi. Mais j'en étais sûr déjà à ce moment-là.

Il regardait fixement devant lui.

– Je le savais depuis le début, dit-il d'une voix soudain

un peu rauque. Je sentais qu'il y avait quelque chose de louche à leur sujet ! Je le voyais à ce qu'elle m'écrivait…

Il avait posé les mains sur le volant et ne cessait de les ouvrir et de les fermer. Nielsen l'observa, surpris. Le visage de Larsson était maintenant celui d'un possédé. Et, en même temps, il trahissait une douleur violente, bien que contenue. Ses yeux se réduisaient à de minces fentes.

Puis il prit rapidement sa respiration et se tourna vers Nielsen. Un bref sourire passa à nouveau sur ses lèvres.

– Vous me prenez pour un dingue, hein ? Mais il y a des faits qu'on ne peut pas expliquer. Ni prouver. Et pourtant, on sait qu'ils cachent quelque chose. On peut le sentir, par tous les pores de sa peau, par le nez…

Nielsen ne put réfréner une moue.

– Dans un cas comme celui-là, il faut plus qu'un odorat exercé, dit-il. D'après Ivarsson, il ne fait aucun doute qu'ils sont morts dans l'incendie, tous les quatre.

Larsson lui lança un long regard.

– Ivarsson, dit-il avec un sourire en coin. Ça ne m'étonne pas de lui. Mais il n'a pas inventé la poudre. Et sa cervelle n'est pas bien grande. Quand il a réussi à y caser une idée, il fait attention à ce qu'elle n'en sorte pas, pour plus de sûreté. Il ne faut peut-être pas prendre ce qu'il dit pour parole d'Évangile.

Nielsen le regarda pensivement.

– Est-ce qu'il n'en a pas autant à votre service ?

Larsson se cala sur son siège et laissa éclater son rire.

– Je vois : la bonne vieille histoire sur le grand méchant loup. Je serais au cœur de la pègre du coin ! Mais je peux vous dire qu'il n'y en a pas beaucoup qui sont de son avis, par ici !

Il balaya cela d'un geste avant de rire à nouveau.

– Regardez un peu autour de vous. Est-ce que vous croyez vraiment que c'est l'endroit idéal pour la criminalité organisée ? Autant se lancer dans la culture des bananes, ça rapporterait sans doute autant. Moi, je ne m'occupe que de mes affaires. De ce qui marche. Si j'en prends un peu à mon aise avec certains règlements, je ne suis pas le seul à le faire. Ce ne sont pas les exemples qui manquent.

Il secoua à nouveau la tête.

– Je lui ai marché sur les pieds une ou deux fois et il ne l'a pas oublié. Mais ça ne me fait ni chaud ni froid, je vous jure.

Il mit le moteur en marche, fit demi-tour et revint vers la localité.

Nielsen observait, sans rien dire, le paysage couvert de neige. De temps en temps, il lançait un regard en direction de Larsson, lui aussi silencieux et plongé dans ses pensées. Il conduisait plus lentement, maintenant, et se rangeait volontiers pour se laisser doubler. Au bout d'un moment, il tourna la tête.

– Nielsen... dit-il. C'est danois ou norvégien, comme nom ?

Nielsen haussa brièvement les épaules.

– C'est suédois, dit-il. Dans mon cas. À peu près autant que Larsson, je suppose.

L'autre eut un sourire en coin.

– Toujours aussi susceptible, bon sang ? Simple curiosité de ma part. Peu importe ce que c'est.

Nielsen eut un geste de la main.

– Ma famille est venue du Danemark. Mon arrière-grand-père côté maternel, je crois. Il s'est installé à Stockholm et, depuis, nous n'en avons pas bougé. Vous êtes satisfait ?

Larsson hocha pensivement la tête.

– Arrière-grand-père côté maternel, avez-vous dit ? C'est donc le nom de votre mère ?

– Oui, et alors ?

– Pas de mal à ça. Mais votre père ? Parce que je suppose que vous en avez un ?

Nielsen poussa un soupir.

– Qu'est-ce que c'est ? Un interrogatoire ?

Larsson lui adressa un sourire de côté.

– Jusqu'ici, c'est vous qui avez posé presque toutes les questions. Je me suis dit qu'on pourrait changer de rôles. Mais, si c'est trop déplaisant, dites-le.

Nielsen lui lança un coup d'œil et haussa les épaules.

– Mon père. Il ne l'a pas été bien longtemps. Presque pas du tout, on peut dire. Ma mère m'a eu à l'âge de dix-sept ans. Ils n'ont jamais vécu ensemble. Je l'ai vu une ou deux fois, pas plus. Et je dois reconnaître que j'ai été plutôt déçu. Il était tellement borné. C'était à pleurer. C'est l'impression que j'ai eue, du moins. Il n'y avait peut-être pas de mal à ça. Mais je n'ai jamais pu me faire à l'idée qu'il était mon géniteur. Je désirais quelqu'un qui me permette d'impressionner les autres ou leur fiche la frousse quand ils m'embêtaient trop. Il aurait pu être n'importe quoi, mais pas aussi affreusement *ordinaire*. Et radin, en plus. La dernière fois que je l'ai vu, il m'a donné un billet de dix couronnes. J'avais dix-sept ans. Je lui ai demandé : « Tu penses que je devrais le faire encadrer ? » J'avais déjà une tête de plus que lui et j'ai eu l'impression qu'il avait peur de moi. Et je crois bien que j'en étais fier.

– Est-ce qu'il vit toujours ?

Nielsen garda un instant le silence, soudain étonné à la fois de s'être montré aussi bavard et d'être obligé de réfléchir pour répondre à cette question.

– Non, il est mort, finit-il par dire. Il y a dix ans. Je

ne l'ai su que six mois après. Il s'était marié et avait à nouveau quitté sa femme. Ils ont dû m'égarer sur la route, quelque part.

Il se tut et fronça les sourcils. Qui avait-il été, au juste ? Il y avait là une énigme qui devrait l'intéresser. Et pourtant, il ne ressentait rien, pas même de l'indifférence. Cela aussi faisait partie de l'énigme.

– Et votre mère ?

Il se tourna vers son chauffeur, mi-irrité mi-amusé par une curiosité aussi obstinée.

– Ça commence à être douloureux, dit-il, conscient qu'il devenait sérieux.

Larsson haussa les épaules.

– Je ne vous ai pas encore entendu crier.

Nielsen poussa un soupir désabusé.

– Elle était un peu trop jeune, tout simplement. Elle n'était pas à la hauteur de la situation. J'ai surtout vécu chez un de ses frères et son épouse. Ils m'ont tenu lieu de parents, on peut dire. Une ou deux fois, ma mère a essayé de me reprendre chez elle, mais ça n'a pas bien marché. Je voulais toujours retourner chez Janne et Kerstin.

Il sortit un paquet de cigarettes de sa poche, le tendit, avec un regard interrogateur, à Larsson, qui secoua la tête. Puis il baissa légèrement sa vitre, alluma une cigarette et sentit le vent glacial lui frapper le visage.

– Quand j'avais dix ans, elle est partie en week-end dans les îles d'Åland, avec des camarades de travail. Et elle n'est jamais revenue.

Larsson le dévisagea rapidement.

– Qu'est-ce qui s'est passé ?

– On ne sait pas. Un accident. Un suicide. Un crime. On n'a jamais su. On n'a pas trouvé de cadavre. Mais ses vêtements étaient encore dans sa cabine. On a supposé, du moins, que tout ce qu'elle avait emporté s'y trouvait. Sauf les vêtements qu'elle avait sur elle. Plus quelques bijoux et un peu d'argent, peut-être.

Il tenta de jeter la cendre de sa cigarette par la fenêtre.

– Moi, j'attendais son retour, naturellement. Comme le font toujours les enfants. La preuve que cette histoire était une erreur, si seulement…

– Vous n'avez jamais essayé de savoir ce qui s'est passé ? demanda Larsson.

– Non. Jamais.

Nielsen secoua rapidement la tête puis il eut un frisson, comme s'il était irrité de sa propre faconde. Il jeta ensuite un coup d'œil en direction de la petite silhouette à côté de lui.

– Vous allez sûrement dire que ça explique que je fouille dans cette histoire-ci ? dit-il.

Larsson secoua la tête.

– Non, bon sang. Je n'en ai pas l'intention. Pas avant que vous me proposiez des honoraires dignes d'un psychiatre. Ce genre de diagnostic, ça va chercher loin, en général, non ?

Nielsen éclata de rire, tira une dernière bouffée sur sa cigarette et rejeta la fumée par la fenêtre ouverte. C'était bien entendu exact, se dit-il. D'une certaine façon. C'était lié. De même que le reste. La vie n'était-elle pas un écheveau passablement emmêlé de causes et d'effets, dans lequel il était impossible de distinguer les unes des autres ?

– Il m'est arrivé, une fois, de penser que je pouvais tenter de suivre ce fil. De retrouver sa trace. Mais j'ai compris qu'il s'était écoulé beaucoup trop de temps. Il n'y avait plus grand-chose à suivre.

Il secoua la tête.

– Comme dans le cas d'Anna-Greta Sjödin, ajouta-t-il. Ou du frère et de la sœur Härlin. Il y a trop longtemps de ça. On peut seulement émettre des hypothèses.

– Peut-être. Mais il y a des différences. En ce qui concerne les Härlin.

Le visage de Larsson avait retrouvé l'expression de concentration décidée qui était le sien peu auparavant.

– À savoir ?

– Kaj a, en fait, donné de ses nouvelles. Laissé des traces.

Il avait encore réduit l'allure et avançait maintenant à la vitesse d'un escargot, sur le bord de la route. Il se tourna vers Nielsen.

– Il veut qu'on sache qu'il est là, quelque part. Vous ne vous en rendez pas compte ?

Nielsen secoua la tête.

– Désirée Härlin était malade, vous ne le saviez pas ? dit-il. Elle était atteinte d'une maladie chronique. Sans doute ne serait-elle plus en vie aujourd'hui, de toute façon.

Il rapporta brièvement l'entretien qu'il avait eu avec Marianne Linde, mais Larsson l'écarta avec mépris.

– Je me fiche pas mal de savoir à quel point elle était malade, d'après ce qu'on en a dit. Et comment savez-vous que c'était la vérité ? Avez-vous vérifié ?

Nielsen poussa un soupir.

– Non. Et je n'ai pas l'intention de le faire. Je ne pense pas que ce soit nécessaire. Il y a trente ans de ça, vous ne voulez pas l'admettre ? Personne ne peut rester caché aussi longtemps, ce n'est pas possible. Pas dans ce pays. Et deux jeunes gens d'à peine dix-neuf ans, seuls…

– Qui a dit qu'ils étaient seuls ? coupa Larsson.

Nielsen le dévisagea.

– Vous ne pensez pas qu'ils l'étaient ?

Larsson secoua la tête.

– Je ne l'ai jamais cru. Il devait y avoir quelqu'un d'autre. Ou plusieurs personnes.

PISTES

Il descendit la voiture dans le garage et resta un moment assis à réfléchir. Peut-être devrait-il s'en débarrasser et en changer, pour plus de sûreté. On pourrait trouver des traces de sa visite chez Kennet Eriksson. Mais il secoua la tête, la moue aux lèvres. Non, il n'avait plus besoin de mesures de sécurité – d'aucune mesure de ce genre, en fait.

Il respira rapidement, les yeux mi-clos. Désormais, il se trouverait toujours là. À côté, presque visible. Assez proche pour se manifester en tendant la main.

Il sourit à cette pensée et sentit une excitation – une fièvre monter en lui – en s'imaginant ce léger contact, la façon dont l'autre sursauterait, se retournerait…

Mais il se réfréna et se reprit dans un sursaut de répugnance. Il effaça cette image mentale et la remplaça par une autre. Plus de tentative de contact. Plus de rapports entre eux. Il resterait simplement tapi dans l'ombre, immobile, à guetter. Il serait en même temps celui qui observait et celui qui manipulait. Nul autre sentiment qu'une froide expectative, la recherche de la bonne occasion.

Il se reprit de nouveau, le visage désormais impassible, recula son siège et tendit la main pour attraper ses vêtements sur le siège arrière, avant de se changer. Puis il descendit de voiture, rectifia la position de sa chemise et de sa veste, sous son pardessus de couleur sombre, avant de se diriger vers la sortie à grands pas décidés. Une fois dans son appartement, il resta un moment debout dans l'obscurité, comme d'habitude, après avoir refermé la porte. Il attendit, l'oreille aux aguets, avant d'allumer la lumière. Puis il ôta son manteau, passa dans son bureau et s'assit à sa table de travail.

Nielsen était revenu. Il ne restait plus qu'à attendre ce qu'il allait faire.

Il resta immobile, à fixer le store baissé, devant lui, écouter le léger ronronnement de la circulation, dans la rue, et à tambouriner sur son bureau. Il éprouvait un léger sentiment de déception. Peut-être s'était-il trompé, peut-être cette impression d'indécision et de lourdeur que donnait le journaliste n'était-elle pas une simple apparence ? Peut-être était-il vraiment ainsi : lourd comme un bœuf et se laissant mener n'importe où en secouant simplement l'anneau qu'il avait dans le museau ? Sans parvenir à faire un pas de côté et à découvrir ce qui n'était pas totalement évident. Incapable de voir ce qu'il en était, bien que ce fût là, devant lui, presque à lui crever les yeux.

Il secoua la tête. Non ce n'était pas ce qu'il désirait. Il voulait que l'autre voie, découvre, comprenne ce qui s'était passé. Qu'il y soit forcé.

Il pensa à Anna. Cela s'était avéré nécessaire. Il éprouvait encore une sorte de fureur sourde, en y repensant. Le regard impératif et goguenard de Désirée, quand elle avait décidé qu'ils allaient se voir.

Et ensuite, dans la voiture, cette odeur douceâtre de cadavre qui se faisait de plus en plus pressante et écœurante. Désirée était assise sur le siège avant, riant et gazouillant comme s'il s'agissait d'un pique-nique.

Était-ce un jeu ? Ou bien comprenait-elle vraiment de quoi il s'agissait ?

Avant même qu'ils descendent de voiture, il savait ce qu'il devait faire. Il sentait sur lui les yeux d'Anna, cherchant une explication. Désirée n'avait presque rien dit à propos de l'incendie, rien de sensé. Il y avait en elle quelque chose de plus en plus fiévreux et partagé.

Il était difficile de comprendre ce qu'elle disait, ce qu'elle voulait, simplement qu'elle devait retourner à la source, revenir en arrière. C'était tout ce qui avait de l'importance, semblait-il.

Anna se tenait près de lui, comme si elle cherchait protection. Il lui avait adressé un bref sourire, mais en évitant de la regarder, et avait passé un bras protecteur autour de ses épaules.

Puis il avait pris une inspiration, était passé derrière elle, lui avait fait une clé aux bras et avait senti son corps se raidir soudain sous cette prise et commencer à se débattre. Pourtant, cela avait été facile et terminé en l'espace de quelques secondes. Un simple glouglou, lorsque le couteau lui avait tranché la gorge et que sa tête avait basculé vers l'avant. Puis il l'avait lâchée et poignardée à plusieurs reprises à la poitrine, mais toujours sans regarder son visage.

Il voulait être sûr qu'elle ne puisse le voir, éviter d'avoir à affronter son regard une nouvelle fois.

Pendant ce temps, Désirée était restée légèrement à l'écart. Il tentait de déchiffrer l'expression de son visage. Il lui avait semblé, l'espace d'un éclair, y lire du dégoût. Mais ensuite il avait compris qu'il s'était trompé. En fait, il n'y avait rien. Elle n'avait rien vu. Elle ne le regardait pas. Elle aurait aussi bien pu ne pas être là.

Bengt Andersson existait bien, à en croire l'annuaire du téléphone. Et même à plusieurs centaines d'exemplaires, pour la seule région de Stockholm. Et, parmi eux, le titulaire du numéro qu'il avait noté, même si l'abonnement avait été résilié. Pourtant, un certain Bengt Andersson était toujours domicilié à l'adresse mentionnée. Par l'intermédiaire du service des impôts, il avait aussi obtenu son numéro national d'identification et des renseignements d'ordre fiscal[1].

Il fixa un moment des yeux les informations qu'il avait devant lui : Bengt Andersson, né en 1950, travailleur indépendant, consultant – mais il n'était pas précisé dans quelle branche. Et un revenu d'une modicité étonnante. Du moins à en croire sa déclaration. Mais peut-être ces soupçons n'étaient-ils pas fondés. Peut-être était-ce un homme d'affaires honnête mais pas très efficace. Apparemment célibataire. Et toujours en vie, d'après l'état civil. Même s'il n'était pas très facile à joindre.

Cela faisait trois jours qu'il était chez lui. Il avait d'abord consacré son temps à terminer deux articles qu'il

1. Ceux-ci sont publics, en Suède [N.d.T.].

avait promis pour le mois précédent. Il les rédigea d'un trait, sans trop s'interroger sur leur contenu. Tout en pensant à celui sur Anna-Greta Sjödin et à la suite qu'il pourrait lui donner. Il ne s'était rien passé de nouveau. Deux brèves conversations téléphoniques n'avaient fait que confirmer ce qu'il savait déjà. Il n'avait pas été possible d'identifier les deux derniers cadavres. Il ne pouvait d'ailleurs être question que l'enquête débouche sur l'ouverture d'une information pour meurtre, car les événements remontaient à plus de vingt-cinq ans. Rien de nouveau, non plus, à propos de l'homme aperçu dans la forêt. Et toujours pas de nouvelles de Kennet Eriksson.

Les deux fois, Ivarsson avait répondu par monosyllabes et semblait surtout désireux de mettre fin à l'entretien. Il y avait dans sa voix quelque chose d'à la fois irrité et distrait, comme s'il pensait à autre chose.

– Tu m'appelles s'il y a du nouveau, n'est-ce pas ? avait demandé Nielsen.

– Tu ne crois pas qu'il y en a eu assez comme ça, du nouveau ? avait répondu Ivarsson sur un ton assez bourru. Je ne suis pas une attachée de presse, moi, bon sang.

Puis, il avait ajouté, après un bref silence :

– Bon, si ce n'est pas confidentiel. Et si je suis d'humeur.

Les sautes d'humeur d'Ivarsson commençaient à lui porter sur les nerfs. Il jouait un peu trop les divas susceptibles ou les enfants gâtés. Il fallait manifestement le ménager, ne pas lui marcher sur les pieds. Or il n'excellait personnellement ni dans l'un ni dans l'autre de ces arts.

Tjarrko grognait, dans l'entrée, où il était couché contre la porte. Il se mit sur le dos et resta un moment ainsi, exposé sans pudeur, avant de bondir sur ses pattes et d'aboyer.

Nielsen attrapa sa veste, ouvrit la porte, le laissa sortir et le suivit.

La journée était douce et le ciel couvert. Le temps s'était réchauffé. Il y avait dans l'air quelque chose de faussement printanier, infirmé par cette obscurité qui tombait de plus en plus tôt. De l'autre côté de la rivière, la lisière de la forêt était déjà difficile à distinguer, alors qu'il n'était que quatre heures.

Le chien flaira attentivement autour des marches du perron, fidèle à son habitude de ces derniers jours. Il aboya à deux reprises, comme s'il voulait dire quelque chose. Puis il se secoua et suivit son maître, le museau toujours au ras du sol.

Il lui passa sa laisse, traversa la rue et se dirigea vers la rivière et la zone réservée aux promeneurs, où il se laissa guider par l'animal vers la tour d'observation ornithologique, à la limite des roseaux. Là, il s'arrêta, détacha le chien et s'adossa à l'échafaudage pour allumer une cigarette.

De là où il se trouvait, il pouvait apercevoir sa maison. Elle faisait assez piteux effet, sur le fond des immeubles se dressant derrière elle. Cela faisait quatre ans qu'il en était locataire. La propriétaire était une vieille dame qu'il n'avait jamais rencontrée et qui vivait sans doute depuis longtemps dans une maison de retraite. Il versait le loyer à son petit-fils, mais n'avait pas vraiment de bail. La maison était située dans une zone appartenant à la commune et devait être abattue pour faire place à un lotissement de pavillons mitoyens, en bordure des immeubles. Il ne l'ignorait d'ailleurs pas en venant y vivre. La plupart des autres maisons du même type, le long du chemin, étaient déjà rasées. Il ne louait donc qu'à l'année. Au début, il avait passé quelques communications pour tenter de voir clair dans la situation. Mais il y avait longtemps qu'il y avait renoncé. Il avait parfois le sentiment que cette maison, voire cette partie de la ville, était passée à la trappe de la machine bureaucratique et se trouvait dans une sorte de zone franche vouée à l'oubli. Il serait donc stupide de rappeler son existence.

Il jeta sa cigarette, chercha Tjarrko des yeux et le siffla. Puis il se mit à réfléchir à nouveau en attendant le retour du chien.

Bengt Andersson.

Qu'est-ce qui lui prouvait que cet homme avait un rapport quelconque avec la disparition d'Anna-Greta Sjödin ? Rien d'autre que le nom de Kaj Härlin et ce numéro de téléphone qu'il avait noté. Et, dans les deux cas, il avait fort bien pu se tromper.

Au bout de quelques phrases, il entendit Lasse Henning protester, au bout du fil.

– Bon sang, Johnny, je peux pas te fournir ça !

– Pourquoi pas ? Je veux seulement savoir si un jugement a été prononcé contre lui. Ce n'est pas secret, que je sache. Ça ne peut pas rencontrer d'obstacles.

– Eh bien alors, fais-le toi-même !

– Mais tu es beaucoup mieux placé que moi. J'en aurais pour des jours, alors que toi, tu le feras en un tournemain. Avec les compétences qu'on te connaît et ton flair…

– Qui est-ce que tu crois mener en bateau ? Pas moi, en tout cas. T'es un feignant, Johnny, c'est tout !

Nielsen écoutait l'autre se déchaîner, non sans un sourire intérieur.

– Sois sympa, Lasse, dit-il une fois que l'autre fut calmé. Sois sympa. Fais ça pour moi. Je te demanderai plus jamais rien.

Henning prit sa respiration.

– Tu sais que t'es une vraie sangsue, en plus. Tu lâches jamais prise.

Nielsen sourit à nouveau.

– Je ne peux que t'approuver sur ce point également.

– Bon. Qu'est-ce qu'il a fait, ce Bengt Andersson ?

– C'est justement ce que j'aimerais savoir. Rien, j'espère. Du moins pour lui. C'est toujours agréable d'avoir la conscience tranquille.

– Qu'est-ce que t'en sais ? pouffa Henning.

Il observa un moment de silence avant de poursuivre.

– Faudrait qu'on prenne une bière, bientôt, Johnny.

– Je suis justement en train d'en prendre une.

– C'est bien ça le problème.

La voix de l'autre avait maintenant un ton à la fois revêche et légèrement ennuyé.

– Je sais, dit Nielsen. Je sais et je suis navré. D'être celui que je suis. Un pauvre type. Un sale ingrat qui ne donne de ses nouvelles que quand il a besoin de quelque chose. Tu es satisfait ?

– Non, mais toi tu as de quoi l'être, répondit sèchement Henning. En matière d'apitoiement sur toi-même, t'as pas ton pareil, tu sais.

Nielsen poussa un soupir.

– Au printemps, dit-il au bout d'un instant. On la prendra au printemps, cette bière. À cette époque-ci de l'année, je ne suis pas une compagnie très réjouissante. Mais, au printemps, je suis un autre homme.

Il se versa une nouvelle bière, agrémentée d'un peu de vodka. Après avoir fixé le verre des yeux pendant un moment, il rajouta un doigt de vodka.

Ces deux dernières semaines, il avait à peine bu une goutte d'alcool et n'en avait d'ailleurs même pas eu envie. C'était ainsi que cela fonctionnait : quelque chose se manifestait et retenait entièrement son attention. Ou alors il s'y agrippait comme à une bouée de sauvetage.

Maintenant, il savait qu'il allait continuer à boire, jusqu'à toucher le fond. Il ne se souciait plus de trouver des explications. Ni des excuses. Il n'y avait plus que cette soif insatiable. Cette absence de mesure. Il ne pouvait plus arrêter.

Il savait qu'il pourrait continuer pendant un certain temps à se comporter de façon convenable en société mais qu'il ne manquerait pas, non plus, d'atteindre un point de non-retour, de dissolution dans le néant, passé lequel rien n'existerait plus, n'aurait plus d'importance.

À moins qu'un événement ne se produise.

Il se rejeta en arrière et pensa à Henning. Il savait qu'il pouvait lui demander n'importe quoi, en principe. Si c'était possible, Lasse le ferait. Ou alors il lui indiquerait un autre moyen d'y parvenir. Il savait qu'il jouissait auprès de lui d'une confiance illimitée, comme si la pensée ne pouvait même pas l'effleurer qu'il puisse faire mauvais usage de cette confiance.

« Ou bien tu es le meilleur connaisseur de la nature humaine qui existe », lui avait-il fait remarquer, un jour, « ou alors tu es parfaitement stupide ».

Lasse avait rigolé.

– L'un n'empêche pas l'autre, tu ne crois pas ? C'est les deux faces de la même médaille.

Depuis combien de temps se connaissaient-ils ? Cela devait faire près de vingt-cinq ans, si sa mémoire était exacte. Il en avait dix-sept lorsque son chemin avait croisé pour la première fois celui de Henning. Dans une voiture de police. À cette époque, Lasse était toujours affecté à la sécurité publique et, sous le coup de la fureur, il avait tenté de lui asséner un coup de poing, mais sans grand succès. Il croyait se souvenir que Lasse l'avait tranquillement repoussé, avant de le plaquer au sol au moyen d'une prise très simple, sans effort et sans se laisser provoquer.

Par la suite, Lasse avait été son tuteur et celui qui lui avait fait faire ses premières armes en matière de journalisme en lui procurant une place de stagiaire au journal local de Norrtälje, sa ville d'origine.

Il n'y avait guère que sept ans de différence entre eux et pourtant Lasse n'avait pas tardé à tenir le rôle de substitut parental que Janne et Kerstin n'avaient pas été en mesure d'assumer. Quoi qu'il en soit, il était celui qui avait su lui imposer des limites.

« Il y a un mot que tu dois apprendre », disait-il toujours. « C'est : non. Après ça, tout est plus simple, en général. »

« Facile à dire pour quelqu'un comme toi, avait-il répliqué. Chez toi, c'est inné. Et ton vocabulaire ne va pas beaucoup plus loin que ça, non plus. »

Vers huit heures, le téléphone avait sonné.

– Tu es encore lucide ?

Il releva la pointe de sérieux derrière la plaisanterie.

– Oui, oui, dit-il. Pas de problème. Tu n'as pas à t'inquiéter. Tu me connais, n'est-ce pas ?

– Oui, c'est bien pour ça que je pose la question.

Nielsen fit la grimace. Il sentait presque le poids du regard de Henning sur ses épaules.

– On dirait que tu fais des heures supplémentaires, ma parole.

L'autre pouffa de rire.

– Comment veux-tu que je trouve le temps de tout faire, sinon ?

Il y eut un instant de silence, puis il poursuivit.

– Il a fallu que je remonte un peu en arrière. Et

même pas qu'un peu. Mais il n'a pas toujours été un enfant de chœur, ton type. Ça t'intéresse de savoir ?

Nielsen hocha la tête et écouta en posant de temps à autre une petite question. Lorsque Henning eut terminé, il resta un instant silencieux.

– Bon, mais ce n'est pas très grave, tout ça, finit-il par dire. J'aurais pu m'en rendre coupable moi-même.

Henning éclata de rire.

– Je sais.

– Tu n'as rien trouvé de pire que ça ?

– Un ou deux petits ennuis avec le fisc. Mais rien de grave. Il semble s'être décidé à s'acheter une conduite. Et avoir tenu parole. Ou bien il a peut-être trouvé la grâce, qui sait, ou quelque chose dans ce goût-là.

Nielsen hocha la tête. Il savait que ce n'était pas une plaisanterie. La plupart de ceux qui rompaient avec leur passé le faisaient à la suite d'un événement qui avait bouleversé leur vie sentimentale. L'amour, par exemple. Ou encore une conversion d'ordre politique ou religieux.

– Il n'est pas possible d'avoir sa photo ?

Henning poussa un soupir.

– Ah non, ça suffit ! Qu'est-ce qu'il a fait, ce type, exactement ?

Il s'interrompit, mais reprit la parole sur un ton un peu plus doux, au bout d'un moment.

– À dire vrai, j'en ai cherché une. Par curiosité. Pour voir si c'était quelqu'un dont je me souvenais. Mais il n'a pas son permis, ce type. Il ne s'est jamais fait établir un passeport, non plus. Alors, si tu veux sa photo, tu n'as plus qu'une solution : aller le trouver et la lui demander gentiment.

Il se tut à nouveau un instant.

– Tu ne trouves pas que c'est assez comme ça ? Ou bien est-ce qu'il te faut encore quelque chose ?

– Je ne sais pas, répondit Nielsen. Je ne vois pas vraiment…

Il s'interrompit pour réfléchir.

– Est-ce que tu vois toujours Harri ? demanda-t-il alors.

Henning poussa un sifflement.

– Harri Rajamäki ? Ah, je vois ce que tu as derrière la tête. Demander à Harri. C'est pas une mauvaise idée. Je crois qu'il habite toujours à la même adresse. S'il n'a pas encore réussi à se faire expulser.

La peau de son cou était molle et ridée comme celle d'un vieillard. Et son visage semblait s'être creusé, d'une façon ou d'une autre. Harri Rajamäki faisait bien plus que ses quarante-quatre ans et il eut du mal à le reconnaître.

Ses gestes saccadés trahissaient de longues années d'abus de l'alcool. Et d'abus de toute sorte d'ailleurs, se dit Nielsen en le regardant. Mais ses yeux bruns étaient toujours aussi vigilants et calculateurs, il ne faisait pas de doute qu'il voyait clair.

– Eh bien ! Ça ne date pas d'hier, Johnny ! Je croyais pas que je te reverrais dans le secteur. Je pensais que tu étais trop bien pour revenir au foyer.

Harri Rajamäki pencha la tête de côté et afficha un grand sourire, révélant une mâchoire presque édentée. Lorsqu'il s'avisa du regard de Nielsen, il releva sa lèvre supérieure avec les doigts en lui adressant un clin d'œil.

– J'ai enfin perdu mes dents de lait, tu vois. Mais je vais bientôt en avoir des neuves. Aux frais de la princesse. Je l'ai bien mérité, hein ? Depuis le temps que je fournis de l'emploi aux autorités de ce pays.

Nielsen hocha la tête.

– Je sais. Avec toi, on ne craint pas le chômage.

– Un vrai pilier de la société, compléta Harri avec un sourire. C'est pour ça que tu es venu ? Pour voir comment se porte « la base » ? Parce que tu dois plus bien t'en souvenir, toi.

Nielsen le suivit dans son petit deux-pièces. L'odeur d'ordures et de restes de nourriture lui monta aussitôt au nez. Un rapide coup d'œil dans la salle de séjour lui confirma que les craintes que Henning avait nourries qu'il soit expulsé n'étaient pas tout à fait infondées. Près d'un mur étaient alignés divers objets manifestement volés : chaînes stéréo, téléphones portables, baladeurs. Par ailleurs, la pièce était encombrée d'un affreux méli-mélo de linge sale, d'emballages, de journaux et de débris de meubles. Dans l'un des coins, le sol était couvert de vomi séché.

Harri débarrassa un coin du canapé pour s'asseoir.

– J'aurais besoin de renseignements sur un type qui écumait le quartier de Maria au début des années 70. C'était un peu avant mon époque mais, toi, tu étais déjà dans le coup, il me semble ?

Harri ne nia pas.

– J'étais pas en retard pour mon âge, comme on dit, c'est vrai. Comment il s'appelle, ton gars ?

– Bengt Andersson.

Harri Rajamäki éclata de rire.

– Ah ah, c'est pas ceux-là qui manquent…

– Surnommé Pippi, coupa Nielsen. Même s'il aimait pas beaucoup ça. Il y en a qui s'en sont aperçus à leurs dépens. Je crois qu'il était assez costaud. Pas très grand, mais bien bâti et musclé. Et une petite voix nasillarde qui a peut-être contribué à son surnom, elle aussi.

– Et c'était quoi, son truc ?

– Un peu de tout. Vol. Mauvais traitements. Trafic de drogue. Jamais rien de très sérieux. Une ou deux peines de prison, mais en milieu ouvert. Mais ce n'est sans doute qu'une petite partie de ses activités. Placé dans des familles d'accueil pendant son enfance, puis dans des maisons de redressement. Il avait à peu près vingt ans quand il est arrivé ici.

– Et tu veux que je te le déniche ?

– Je me suis dit que tu pouvais t'informer. Peut-être qu'il y a quelqu'un qui se souvient de lui. Qui sait quelque chose sur son compte.

Harri se mordit les lèvres et le regarda d'un air finaud.

– Pourquoi ça ?

Nielsen observa un instant de silence avant de répondre.

– Après 72, il a opéré un virage sur l'aile. Finies les bêtises. Il a même disparu pendant un an ou deux, à ce que je crois savoir. Quand il a réapparu, il s'était mis à son compte. Il n'a pas tardé à s'installer dans le quartier chic d'Östermalm. Et il n'en a pas bougé depuis une quinzaine d'années.

Harri se rejeta en arrière en riant.

– Et ça te dérange, qu'il se soit rangé des voitures ? C'est toujours bien de se trouver du bon côté, non ? Tu me prends pour un idiot ? ajouta-t-il sans lâcher Nielsen du regard. Y a autre chose. Allez, crache !

Nielsen haussa les épaules.

– On dirait qu'il s'est passé quelque chose, cet été-là, en 72. Avant ça, il ne donnait pas l'impression d'être très futé. Plutôt un peu attardé, à en croire les enquêtes préliminaires. Mais, quand il est revenu, il avait l'air parfaitement adapté sur le plan social et de bien mener sa barque. J'aimerais savoir si quelqu'un se souvient de ce type-là. Qu'est-ce qui peut expliquer cette transformation ? Ou ne pas l'expliquer.

Harri Rajamäki resta silencieux un moment.

– Autrement dit : tu veux savoir si c'est le même gars. Ou quelqu'un d'autre. Tu crois que c'est si difficile à dire ?

Il se frotta le menton d'un air pensif.

– Et tu as peut-être une idée de la façon de procéder ? Tu sais, il en reste pas beaucoup, de cette époque-là. À peine de quoi former une équipe de foot. Et, parmi eux, peu qui se rappellent comment on fait pour trafiquer. Encore moins ce qui s'est passé alors il y a un million d'années !

Il s'interrompit brusquement et étendit les mains en riant.

– Mais bien sûr que je vais te donner un coup de main. Ça va sans dire !

Il pencha son grand corps en avant et tendit la main en frottant son pouce contre son index.

– Deux briques, dit-il.

Nielsen le regarda, incrédule, en secouant la tête.

– Jamais de la vie. Une demie. Et c'est bien payé.

Harri éclata d'un rire sarcastique.

– Allez, quoi. Une et demie. Sinon, t'as qu'à aller poser tes questions toi-même. Mais à voir comme t'es devenu respectable, je sais même pas à qui je pourrais t'envoyer.

Nielsen continuait à le dévisager.

– Une brique, finit-il par dire. Moitié maintenant, moitié à la livraison.

– Bon. Mais tout en une seule fois. Je fais pas d'affaires à crédit. C'est pas sain.

– Comment je peux savoir si j'en aurai pour mon argent ?

Rajamäki éclata à nouveau de rire.

– Tu peux pas savoir. C'est comme quand on joue à la Bourse : y a toujours des risques. Mais c'est toi qu'es venu me trouver et pas le contraire, hein ? Enfin quoi, Johnny ! Tu me fais plus confiance ? T'es comme ça avec tous tes anciens potes ? Mais c'est vrai que tu dois plus en avoir beaucoup. T'es plus de ce monde-là.

Nielsen compta les billets avant de répondre. Puis il leva les yeux et secoua la tête.

– Tu crois que je suis plein aux as, que l'argent rentre sans que j'aie à lever le petit doigt ? Mais, si tu veux mon avis, je suis loin de ton chiffre d'affaires, dans tes bons jours.

Rajamäki soutint son regard. Il y avait toujours un rien d'intelligence calculatrice, dans ses yeux.

– Tu veux échanger avec moi ?

Nielsen jugea préférable de changer de sujet, avec un petit sourire.

– Tu vois toujours Lasse ?

Harri le regarda de près.

– Ah bon, t'as causé avec lui ?

Harri avait également été l'un des protégés de Henning, même si le résultat n'avait pas été très convaincant. Mais ils n'avaient jamais perdu contact et il pouvait toujours s'adresser à lui en cas de besoin.

– C'est vrai qu'il garde l'œil sur sa bergerie. Tu le sais bien, hein ? Mais toi, t'as plus à te soucier de ça, au point où tu en es maintenant.

Nielsen alluma une cigarette et lança le paquet à l'autre.

– J'ai un peu l'impression que tu ne m'as pas à la bonne, Harri. Mais ce n'est peut-être pas nouveau.

Harri fit sortir une cigarette du paquet puis empocha celui-ci en observant Nielsen avec un sourire amusé.

– Disons que j'aime pas beaucoup les gens en général. Je me suffis à moi-même.

Il tira les billets vers lui et les agita sous le nez de Nielsen.

– Mais, si tu restes jusqu'à ce soir, je peux t'organiser

une petite fête de retrouvailles et de réconciliation. Te servir un cocktail qui te mettra le cul à la place de la cervelle et inversement. Qu'est-ce que t'en dis ? Non ? C'est vrai que tu verrais peut-être pas la différence…

Nielsen se leva.

– Occupe-toi de notre petite affaire, c'est tout. Ça me suffit.

Rajamäki eut un large sourire.

– Tu sais que je tiens toujours parole ! Sauf si j'oublie !

Après sa visite chez Harri, il consacra une journée à tenter de recueillir des informations sur la famille Härlin. Des renseignements d'état civil lui permettant de remonter leur trace et surtout des détails sur les adoptions, dans la mesure du possible.

Le résultat le laissa perplexe, quand il l'eut devant lui. Il finit par prendre le téléphone et appeler celle qui, pensait-il, pouvait apporter un peu de lumière sur le sujet.

Marianne Linde eut d'abord l'air heureusement surprise de son appel. Mais, au bout d'un moment, elle parut un peu moins enchantée.

– Comment je sais qu'ils étaient adoptés ? Mais c'était un secret de Polichinelle. Et puis ce n'était pas difficile à voir. À propos de Désirée, au moins. Pourquoi me demandez-vous cela ?

– Eh bien, j'ai trouvé un certain nombre d'éléments qui ne me paraissent pas très clairs, répondit-il évasivement. Mais je me trompe peut-être, ajouta-t-il avant de changer de sujet. Et la maladie de Désirée, tout le monde était au courant, aussi ?

– Du fait qu'elle était malade, oui. Mais quant à la nature exacte du mal, il n'y en avait sans doute pas beaucoup qui la connaissaient. Inga Härlin trouvait qu'il n'était pas nécessaire de la crier sur les toits. Elle estimait qu'il valait mieux que sa fille soit traitée comme les autres. Et Désirée elle-même ne souhaitait pas qu'on insiste sur le sujet. Je crois qu'elle ne s'estimait pas malade, d'ailleurs. Pour elle, son état était normal. Elle avait appris à vivre avec.

– Vous aviez des contacts avec ses médecins ?

– Non, en fait ils s'occupaient de ça eux-mêmes. Et puis ce n'était pas nécessaire. Elle n'a jamais eu d'alerte très grave. Elle était suivie régulièrement, c'est tout. Elle observait scrupuleusement son traitement, tant pour les médicaments que pour les exercices respiratoires. Elle n'avait d'ailleurs pas le choix.

– Comment étaient les relations, au sein de la famille Härlin ? Avez-vous pu vous en faire une opinion ? Entre les parents et les enfants, je veux dire.

– Mon Dieu ! Il y a trente ans de ça. Mais je suppose qu'elles étaient normales, je ne rappelle rien de spécial. Peut-être un peu tendues, entre Inga et sa fille, parfois. Mais ce n'est pas rare, entre les mères et les filles, à cet âge-là. Et puis la situation les amenait facilement à se porter sur les nerfs…

Marianne Linde s'interrompit brusquement.

– Mais vous me parlez toujours des Härlin, reprit-elle au bout d'un instant. Pas un mot sur Anna-Greta Sjödin. Pourquoi ?

Nielsen poussa un soupir.

– C'est un peu compliqué, dit-il. J'ai réfléchi à un certain nombre de choses et je ne sais pas trop où elles me mènent. Mais j'ai le sentiment que tout n'était pas semé de roses, dans la famille Härlin. Et comme vous avez l'air d'être bien informée, il m'est venu tout naturellement à l'idée de vous interroger à ce sujet.

– Semé de roses ? Bien sûr que non, quand il y a une malade chronique dans la famille !

– Je ne pense pas seulement à ça. Y avait-il d'autres sujets de tension ? Quelque chose qui paraissait étrange ?

Il y eut un moment de silence, pendant lequel Marianne Linde parut méditer ce qu'il venait de dire.

– Vous pensez à ces rumeurs qui couraient à propos d'Inga et de ses médicaments ? finit-elle par dire.

Nielsen observa d'abord un moment de silence.

– Étaient-elles vraies ? se résolut-il à demander.

Ce fut au tour de Marianne Linde de garder un instant le silence.

– Je ne sais pas, répondit-elle enfin avec un bref soupir. Il est exact qu'elle prenait des tranquillisants, je le sais parfaitement. Et il est vrai qu'elle avait parfois l'air un peu absente – mais, quant à dire si c'était du fait de l'abus de médicaments, je n'oserais pas me prononcer. En tout cas, je ne pense pas qu'elle en donnait aussi à ses enfants, comme on l'a avancé. Désirée avait ses propres médicaments, qu'elle était forcée de prendre, et je suppose que c'est ça qui a donné naissance à ces bruits.

– Et Göte Härlin ?

Marianne Linde eut un rire un peu moqueur.

– En tout cas, il ne prenait pas de tranquillisants, lui ! Mais il en aurait peut-être eu besoin.

– Que voulez-vous dire par là ?

– Il était parfois un peu fatigant. Difficile à supporter, presque obsédé. Il lui est arrivé plus d'une fois de m'attendre près de sa voiture, devant l'école, les jours où j'étais de service à l'infirmerie. Et même devant chez moi…

Elle s'interrompit à nouveau.

– Mais vous êtes vraiment très curieux. Qu'est-ce que vous cherchez, au juste ?

– Je ne sais pas moi-même. Je ne pourrais pas vous répondre.

Marianne Linde parut réfléchir.

– Alors, je ne crois pas que j'aie à vous en dire plus sur la famille Härlin, dit-elle d'une voix soudain assez sèche. Si vous ne pouvez pas préciser quel usage vous comptez en faire. J'ai un peu l'impression de colporter des ragots. Et il y en a eu assez comme ça, vous ne trouvez pas ?

Nielsen tenta de protester, mais elle avait déjà raccroché.

Il tourna un moment en rond avant de décider quoi faire. Téléphoner à Ivarsson pour prendre son avis ne servirait à rien. Il savait d'avance que celui-ci n'ajouterait pas foi une seule seconde à ses théories. Et, à vrai dire, il ne pouvait pas le lui reprocher.

Au lieu de cela, il lui vint l'idée de s'entretenir avec Bernt Larsson et il parvint à le joindre au numéro de portable que ce dernier lui avait donné.

– Vous n'êtes pas facile à toucher, dit-il.

Il y eut un bref silence avant que l'autre ne réponde.

– Je ne sais pas. C'est plutôt que je suis trop paresseux pour répondre.

Nouveau silence avant qu'il ne reprenne :

– Vous avez quelque chose sur le cœur ? Ou bien vous voulez seulement entendre le son de ma voix ?

Nielsen réfléchit.

– Une ou deux choses, dit-il d'une voix traînante. Qu'est-ce qui vous a fait dire que les Härlin avaient à voir avec la disparition d'Anna-Greta Sjödin ? Et pensez-vous sérieusement que ce soit Kaj Härlin qui se soit livré à ce petit numéro dans la forêt, chez vous, là-haut, après être resté invisible pendant trente ans ?

Larsson eut un petit rire sarcastique.

– Rien que ça, dit-il.

Il parut se lever, à l'autre bout du fil, et se mettre à faire les cent pas.

– Je ne sais pas. Je me suis peut-être laissé emporter par mon imagination. Je n'aurais pas dû me mêler de ça.

– Qui est-ce, alors ?

– Qui est sorti sur la route avec ce sac plastique ? Ça peut être n'importe qui, à vrai dire. Quelqu'un qui est tombé sur ces os par hasard et a décidé de les emporter chez lui, peut-être parce qu'il a des penchants un peu bizarres.

– Ce n'est pas très vraisemblable, vous ne trouvez pas ?

Nielsen put entendre l'autre soupirer, au bout du fil.

– Non mais, d'un autre côté, il n'y a pas grand-chose de vraisemblable, dans cette histoire. Et je n'en sais pas plus que vous, je vous l'ai déjà dit. Ça ne sert à rien de se creuser la cervelle.

– Ce n'est pas ce que vous disiez quand nous en avons parlé.

– Eh bien, j'ai changé d'avis.

Nielsen réfléchit une seconde.

– Vous saviez qu'ils étaient adoptés, tous les deux. Mais saviez-vous que la fille Härlin était une réfugiée ? Qu'elle faisait partie d'un groupe de personnes ayant fui les pays de l'Est ?

– Oui, j'ai vaguement entendu parler de ça.

Larsson garda le silence un moment.

– Anna me l'a écrit, reprit-il presque à contrecœur, apparemment. Elle a dû trouver ça passionnant, un peu exotique. Et je suppose que ça l'était, à l'époque.

– J'ai essayé de mettre un peu mon nez là-dedans, dit-il. Mais il semble que ce groupe de réfugiés n'ait jamais existé. En tout cas, je n'en ai trouvé mention nulle part. Pas plus qu'il n'y a de traces de l'adoption de Désirée Härlin.

Larsson ne répondant rien, il reprit la parole.

– À mon avis, de deux choses l'une. Si je ne me trompe. Ou bien elle était la vraie fille d'Inga et Göte Härlin. Mais cela paraît bizarre. Pourquoi auraient-ils tenté de le cacher ? En outre, son apparence extérieure semble indiquer le contraire.

Il observa une petite pause.

– L'autre hypothèse se base sur le fait qu'Inga Härlin avait des relations. Elle avait été bénévole, après la guerre, en particulier dans ce qui était alors la Yougoslavie. Et il semble qu'elle soit retournée là-bas, à une ou deux reprises, au début des années 50…

– Vous voulez dire qu'elle faisait de l'importation directe d'enfants ? coupa Larsson. Et qu'elle aurait réussi à l'inscrire à l'état civil ? Comment est-ce qu'elle s'y serait prise ?

– Il existe toujours des possibilités. Quand on connaît les bons canaux. Et je crois qu'Inga Härlin ne manquait pas d'aptitudes, quand il s'agissait de parvenir à ses fins.

Larsson parut méditer cette idée.

– C'est un peu tiré par les cheveux, non ? À quoi cela aurait-il servi ?

– Je ne sais pas. Peut-être avaient-ils déjà fait une tentative d'adoption qui avait échoué. C'est difficile à savoir aujourd'hui. Ou alors autre chose. N'importe quoi.

Larsson éclata de rire, à voix basse.

– Curieuse petite famille, hein ?

– Vous l'avez déjà insinué, il me semble.

Il y eut un instant de silence, avant que la voix de Larsson ne se fasse entendre de nouveau.

– C'est exact, mais ce n'était que des rumeurs. Et ceci – eh bien, ce n'est pas grand-chose d'autre, non plus.

Il se tut à nouveau.

– Laissez tomber, finit-il par dire. Quoi qu'il en soit. Quelle importance, après tout ? Il n'y a pas de raison de continuer à fouiller dans tout ça.

Désirée debout au milieu de la pièce, les mains et le visage en sang. Le corsage souillé, également. Toussant et riant à tour de rôle. Impossible de la faire cesser. Il l'avait empoignée, mais elle s'était dégagée et avait continué à rire jusqu'à ce que cet accès soit étouffé par une nouvelle quinte de toux. Il avait levé les yeux vers l'étage supérieur, se demandant ce qu'il devait faire.

Göte avait dû l'entendre et avait monté l'escalier de la cave quatre à quatre. Il l'avait effleuré du regard avec ce vague dégoût qu'il connaissait bien, maintenant. Puis il avait vu Désirée et s'était arrêté net.

Cela n'avait pas été compliqué. Une prise au bras et une violente poussée qui lui avait fait dévaler l'escalier en arrière et l'avait envoyé cogner la tête contre le sol en béton. On avait alors entendu le bruit sourd de quelque chose qui s'écrasait et on avait vu des bras et des jambes qui gigotaient une seconde avant que le corps ne s'immobilise, la tête formant un angle aigu avec le tronc. Elle reposait contre l'épaule d'une façon qui n'avait rien de naturel et paraissait presque risible, comme si elle ne faisait pas partie de ce corps et avait seulement été placée là, en manière de plaisanterie.

Désirée était toujours en train de rire, mais avait de plus en plus de mal à respirer. Ses poumons exhalaient une sorte de sifflement. Il avait alors jeté un regard sur le cadavre, dans la cave, sachant que, à partir de maintenant, c'était sur lui que tout reposait.

Il fit le tour de l'appartement. Il avait décidé de le quitter, du moins temporairement. Peut-être pourrait-il y revenir par la suite, cela dépendrait des événements. Il fournirait à Nielsen une nouvelle possibilité de se rapprocher du but. Il allait lui tendre un fétu de paille, pour voir où cela le mènerait.

Il avait déjà commencé à vider la pièce de tous ses objets personnels, de ce qui pourrait permettre de le retrouver. Cela n'avait pas été très difficile. Il avait suffi d'une valise. Il emballa le matériel dans deux boîtes en carton et les plaça dans l'entrée. Il attendrait la nuit, entre deux et quatre heures, pour évacuer l'ensemble.

Il avait presque cessé d'utiliser le système d'écoute, car il n'en avait plus guère besoin, maintenant. L'important, désormais, c'était ce qu'il faisait lui-même, la façon dont il dirigeait les événements. L'élément d'incertitude que cela comportait ne faisait que l'exciter et stimuler sa faculté d'invention.

Il mangea dans l'un des restaurants situés à quelques pâtés de maisons de là. Celui-ci avait changé plusieurs fois de nom et de propriétaire, au cours des dernières années, ainsi que de clientèle, sans doute. Cela n'avait aucune importance pour lui, de toute façon personne ne le reconnaîtrait. Il s'était donné pour règle de ne se montrer que sporadiquement, à intervalles très longs. Il en allait de même pour la plupart des choses dans son existence. À part le parc. Les idiots. Là, il se sentait toujours sûr de lui et détendu, pour une raison ou pour une autre. Il avait presque le sentiment d'être chez lui. Un sourire lui vint aux lèvres à cette idée.

Il en vint soudain à se demander comment elle serait, maintenant. Sa voix serait la même, il serait capable de la distinguer parmi des milliers d'autres. Mais son visage ? Comment ses traits se seraient-ils modifiés ?

Une soudaine douleur au ventre. Ce fer rouge qui lui transperçait soudain le corps. La serveuse se tenait près de la table, en train d'attendre, avec le sourire. Il se raidit un bref instant, sentit la douleur se mêler de fureur soudaine mais parvint à dominer ce sentiment. Il laissa alors ses traits et ses muscles se détendre, ses mouvements se ralentir et devenir presque indolents. Bref, il fit en sorte de se fondre dans la masse des anonymes dont on ne se souviendrait pas. Puis il étudia le menu, fronça les sourcils comme s'il s'interrogeait et finit par désigner l'un des plats, presque au hasard, en répondant au sourire de la serveuse.

Il lui fallait se maîtriser et ne rien laisser l'influencer. Il était important qu'il soit tout au fond de lui-même et qu'il s'y déplace avec facilité et souplesse.

Ivarsson le surprit une nouvelle fois. Il n'avait nullement cette voix pincée qui lui était habituelle, lorsqu'il l'appela soudain au téléphone pour lui dire qu'il se trouvait à Stockholm et lui demander s'ils pouvaient se voir. « Demain ? À onze heures, devant la gare centrale. On pourra bavarder. »

Lorsqu'ils se retrouvèrent il semblait toujours de bonne humeur et il adressa un large sourire, presque rayonnant, à Nielsen.

– On déjeune ensemble, proposa-t-il. C'est moi qui t'invite.

Sans attendre la réponse, il pivota sur ses talons et pénétra dans le hall d'arrivée. Il se dirigea vers la cafétéria, encore assez peu fréquentée à cette heure.

Une fois devant le comptoir, il parut pourtant redevenir lui-même et se mit à grogner de mécontentement en voyant les prix et à observer avec une méfiance évidente la salade qu'il avait choisie.

– J'aimerais savoir comment ça se présente dans leur cuisine, dit-il après avoir écarté quelques ingrédients qui n'avaient pas trouvé grâce à ses yeux.

– Je crois qu'il vaut mieux pas, répliqua Nielsen en

buvant une gorgée de la bière dont il s'était contenté. Pas quand on est aussi exigeant que toi.

Il sourit, leva son verre en direction d'Ivarsson, qui lui lança un regard un peu acide, avant de goûter une bouchée, non sans hésitation.

– Tu avais quelque chose à me dire ? poursuivit-il.

Ivarsson leva les yeux d'un air presque interrogateur, avant de paraître se souvenir et de hocher la tête.

– Oui, c'est vrai, dit-il. On a trouvé la voiture. Celle de Ragnarsson, qui a été volée l'autre fois.

– Où ça ?

– Dans une carrière près d'Enköping. Il n'en restait d'ailleurs plus grand-chose. Et il n'y avait rien dedans non plus, à part quelques seringues et saloperies. Elle a dû passer entre pas mal de mains avant d'arriver là.

Il concentra son attention sur sa salade et avala quelques prudentes bouchées de plus. Nielsen bouillait d'impatience.

– C'est tout ? finit-il par demander. Est-ce qu'on a procédé à une enquête technique ?

Ivarsson leva les yeux.

– Bien entendu. Dans la mesure du possible. Mais ce genre de choses n'est pas vraiment la priorité des priorités. Les vols de voiture, c'est monnaie courante. Même si les circonstances de celui-ci étaient un peu particulières.

Il observa une courte pause.

– Tu penses aux empreintes digitales, je suppose. Il y a d'abord celles de Ragnarsson et elles sont nombreuses. Et pas mal d'autres. On a réussi à en identifier une ou deux. Celles d'un petit voleur d'une vingtaine d'années. Sans doute l'un de ceux qui l'ont eue entre les mains dernièrement. Mais on ne peut pas l'arrêter pour ça. Il est déjà en cabane pour divers cambriolages dans la région d'Enköping.

Nielsen le regarda.

– Alors, peu importe qu'on ait trouvé la voiture ou pas ?

Ivarsson haussa les épaules.

– Je ne crois pas que quiconque se soit attendu à ce que ça change quelque chose. Toi, peut-être ?

– Je croyais que tu m'avais dit que tu voulais me voir. C'était pour m'annoncer ça ?

Ivarsson repoussa son assiette et aligna soigneusement son couvert sur sa serviette en papier.

– Tu voulais savoir ce qui s'est passé, non ? Voilà !

Il jeta un coup d'œil sur la table en tambourinant sur le bord de celle-ci.

– Et une certaine Marianne Linde a appelé. Tu lui as parlé, apparemment. Elle voulait savoir la raison de ce remue-ménage. Alors je lui ai dit ce qu'il en était : c'est-à-dire que c'était toi qui fouillais dans cette affaire de ta propre initiative. Mais qu'il n'y avait vraiment pas de quoi fouetter un chat.

Nielsen se cala contre le dossier de sa chaise.

– Et tu es venu ici pour me dire ça ?

– Je profite de ce que j'ai eu l'occasion de venir. Et puis, je lui ai promis de te parler.

Il se pencha alors en avant.

– Je ne sais pas ce que tu es en train de faire. Mais je trouve que ça commence bigrement à ressembler à une idée fixe. Les Härlin ! Je croyais que tu avais écarté ça. C'est rien que des idées que tu t'es fourrées dans la tête !

Il inspira profondément.

– La seule chose qu'on puisse faire, dans le cas présent, c'est de tâcher de retrouver celui qui a déterré le corps d'Anna-Greta Sjödin et roué de coups Byström. Et qui, selon toute probabilité, a volé la voiture de Ragnarsson après l'avoir à moitié tué, lui aussi. À vrai dire, c'est la seule chose qu'on puisse retenir contre lui.

Et ça, c'est le boulot de la police et pas celui de détectives privés !

Nielsen eut un petit soupir de mépris.

– On ne peut pas dire que vous vous en soyez acquittés à la satisfaction générale.

Ivarsson écarta les bras sous le coup de l'émotion.

– Ça prend du temps, tu devrais pouvoir le comprendre ! Faut être patient. Le moment viendra enfin où on trouvera un indice qui nous mettra sur la voie. Mais il faut savoir attendre.

Nielsen secoua la tête.

– Moi, je trouve qu'il faudrait chercher, à la place. Et que, en fait, il veut qu'on le trouve, ce type.

Ivarsson le regarda, les yeux mi-clos.

– Dans ce cas, je ferais attention à ne pas me lancer dans cette affaire en solo.

Il laissa s'écouler un petit moment avant de demander à nouveau :

– Tu as trouvé autre chose ?

Nielsen observait le hall d'arrivée. La foule s'était faite un peu plus dense. Des familles avec des voitures d'enfants et des valises. Des retraités. Des gens partant en voyage organisé dans une direction ou dans une autre. Des banlieusards. Des SDF sommeillant sur les bancs avec leur habituel attirail de sacs en plastique. Quelques drogués en manque fendant la foule en scrutant les environs d'un œil impatient. Un instant, il crut apercevoir Harri, mais il comprit qu'il s'était trompé en voyant l'homme passer près de lui et lui lancer un regard dépourvu d'aménité, comme s'il s'était senti offensé d'avoir été dévisagé ainsi.

Il pensa à la voix de Harri au téléphone : assez gaie, un peu bredouillante. Les mots se bousculaient dans sa bouche. « T'y croyais pas, hein ? Que je te donnerais des nouvelles ! Mais tu sais que je suis fidèle comme un cabot. D'ailleurs, c'est ça que je suis, maintenant, pas vrai ? Un cabot qui va flairer partout pour toi ! Mais j'ai réussi à fiche la frousse à un type qui se souvient de ce bouseux. Et t'avais pas tort. Il était vraiment bouché. On peut pas imaginer plus bouché que lui. Et pourtant, celui qui m'a dit ça, c'est pas une lumière, alors tu vois… Bon enfin, oui, c'est vrai, il s'est passé quelque chose. Il a disparu. Comme ça, tout d'un coup ! Un été. Me demande pas lequel, le gars qui m'a renseigné c'est pas un as de la mémoire. Mais il se rappelait quand même que l'autre avait quelque chose en train, avant ça. Ou du moins qu'il l'avait laissé entendre. Il en avait fait toute une histoire. Comme s'il avait découvert un moyen de pénétrer dans la Banque de Suède par la cuisine, tu vois. Mais personne n'y attachait beaucoup d'importance. On le connaissait et on savait qu'il était un peu fort en gueule. Et puis tout d'un coup, salut ! Plus de trace du gars. Et la pépé avec laquelle il était, partie en fumée elle aussi. T'es content ? Mais dis, ta brique, elle couvre pas tous mes frais. Tu sais que t'es plutôt radin. On dirait que t'y as regret même quand tu vas aux chiottes. La prochaine fois, je te ferai le prix du marché. Parce que j'ai appris autre chose. Qui a l'air de coller avec *ton* Andersson, je veux dire : le second, celui qui serait consultant en je-sais-pas-quoi. Mais c'est comme tu disais : ça peut pas être le même, ou alors faudrait qu'il ait eu une greffe du cerveau ! Je suis allé traîner mes guêtres dans son secteur et il est pas aussi absent que t'as l'air de le croire. Je vais continuer à me tuyauter… Mais, comme je t'ai dit, faut cracher et pas qu'un peu, cette fois, parce que c'est du gros. M'en faut deux – des briques. Si tu veux encore entendre ma jolie voix. Et puis tâche que je puisse te joindre. Y a des portables, maintenant, je sais pas si t'es au courant ? Je peux d'ailleurs t'en fourguer un pas cher. Qu'est-ce que t'en dis ? »

Il se tourna vers Ivarsson et lui rapporta en bref cette conversation. Celui-ci l'écouta en déplaçant de temps en temps son couvert d'un millimètre dans l'espoir de parvenir à une parfaite symétrie entre couteau et fourchette.

– C'est quelqu'un que tu connais bien ? demanda-t-il lorsque Nielsen eut terminé.

– Jadis, oui.

– Un vieux drogué ? Et tu l'as payé ?

– Tu crois qu'il me raconte des salades ?

Ivarsson haussa les épaules.

– Je ne parierais pas ma dernière chemise sur ce qu'il raconte, si j'étais toi. Il n'a pas eu trop de mal à deviner ce que tu voulais savoir, à partir de ce que tu lui avais dit. Et il est assez malin pour te servir en conséquence.

Nielsen se leva.

– On pourrait peut-être se rendre à domicile ? dit-il.

– Chez ce… comment s'appelle-t-il déjà… ton indic ? Harri ?

Nielsen secoua la tête.

– Non, chez Bengt Andersson. Essayer de voir s'il ne se cache pas à cette adresse. Ou s'il joue les fantômes.

Ils observèrent la maison depuis l'autre côté de la rue. Ivarsson se tenait quelques mètres à l'écart, comme pour marquer ses distances. Les mains dans les poches de son manteau, les épaules légèrement rapprochées, en signe de mauvaise humeur. Et la mine désapprobatrice.

– Comment veux-tu qu'il soit chez lui en ce moment ? Au milieu de la journée ?

– Je ne sais pas, dit Nielsen. Mais, puisqu'on est là, on peut aussi bien sonner.

Il commença à traverser la rue et Ivarsson le suivit à contrecœur.

– Et s'il est là mais ne veut pas se montrer, on aura l'air malins, hein ?

Nielsen ne se soucia pas de répondre. Il gagna la porte d'entrée et essaya l'Interphone, sans résultat. Puis il tenta sa chance en appuyant sur d'autres boutons, mais sans rien obtenir d'autre qu'un grésillement dans le haut-parleur. Il poussa un soupir et continua à appuyer.

Soudain, la porte s'ouvrit et un homme d'un certain âge en manteau et chapeau apparut. Il s'arrêta et le regarda d'un air soupçonneux.

– Vous cherchez quelqu'un ? demanda-t-il sèchement.

Nielsen s'efforça d'arborer un sourire inspirant confiance.

– Bengt Andersson, un des locataires de l'immeuble. Nous aimerions lui parler.

L'homme continua à le regarder sans lui rendre son sourire.

– Vous le connaissez ?

– D'une certaine façon, oui. Et, nous aimerions le rencontrer, je vous l'ai dit.

L'homme posa ensuite le regard sur Ivarsson, qui s'était arrêté à quelques pas de là. L'expression de son visage s'adoucit et une lueur d'intérêt s'alluma dans ses yeux.

– C'est de la part de la police ? Des autorités ?

Ivarsson haussa les épaules et détourna le regard, un peu gêné.

– Ah, c'est pas trop tôt ! poursuivit l'homme en affichant soudain un sourire presque triomphal. Depuis le temps que j'attends ça.

Ivarsson ouvrit la bouche pour protester, mais Nielsen fut plus prompt que lui.

– Vous le connaissez ?

L'homme tourna à nouveau le regard vers lui et son sourire s'évanouit.

– Certainement pas, dit-il avec une pointe de dégoût dans la voix. Et je n'ai aucune envie de le connaître, d'ailleurs.

– Comment ça ? demanda Nielsen.

– Il y a… quelque chose de louche là-dessous. C'est un type bizarre, mielleux.

Il secoua la tête pour bien marquer ce qu'il voulait dire.

– Il détonne, ici. J'ai l'impression qu'il s'occupe de choses pas très honnêtes. Surtout la nuit, il me semble.

Il se tourna à nouveau vers Ivarsson.

– Qu'est-ce qu'il a fait ? demanda-t-il sur un ton presque impératif.

Gêné, Ivarsson se dandinait d'un pied sur l'autre en lançant un regard courroucé en direction de Nielsen.

– Nous aimerions simplement le rencontrer, finit-il par dire sèchement.

L'homme manifesta un profond scepticisme.

– Eh bien, il faudrait venir au milieu de la nuit, je vous l'ai dit ! En plus de ça, il est parfois absent pendant de longues périodes. Je suppose qu'il a d'autres endroits où loger !

Nielsen le regarda, l'air pensif.

– Vous l'avez vu, récemment ?

– Aperçu. En fait, c'est tout ce qu'on peut faire, avec lui. Mais il est réapparu cette semaine. S'il est soupçonné d'un crime quelconque, il faut me le dire. On a le droit de savoir, quand on est obligé de vivre dans le même immeuble…

Nielsen passa devant lui en l'écartant doucement du bras.

– Je vous ai déjà dit que nous aimerions simplement échanger quelques mots avec lui.

– Je peux le surveiller pour vous, si vous voulez. L'homme prit Ivarsson par le bras. Je m'appelle Cederskog. J'habite au deuxième. Je le ferais volontiers. Mais appelez-moi d'abord au téléphone. Je n'ouvre jamais ma porte à des inconnus. Et je ne réponds pas à l'Interphone, si je n'attends pas quelqu'un…

Ivarsson le salua d'un geste bourru de la tête et l'écarta à son tour de son chemin.

Nielsen sonna à plusieurs portes. Attendit, puis frappa. Ivarsson s'était arrêté, la main posée sur la rampe et le regardait faire, l'air furieux.

– Pourquoi est-ce que tu m'as mêlé à ça, bon sang ?

Nielsen haussa les épaules.

– Tu es venu de ton plein gré, que je sache.

– Faire croire aux gens qu'il s'agit d'une action de police !

– C'est ce charmant voisin, qui a tiré cette conclusion. Je ne lui ai presque rien dit.

– Le résultat est le même, lança Ivarsson. Et c'était ce que tu voulais, n'est-ce pas ?

Nielsen se tourna vers lui.

– Je ne te comprends pas, Ivarsson. Parfois, j'ai l'impression que tu ne *veux* rien savoir ! Ni à propos de ce qui s'est passé cet automne, ni sur Bengt Andersson et sur ses activités. Ou encore comment il se fait que quelqu'un disant s'appeler Kaj Härlin m'a téléphoné.

– Qu'est-ce que tu veux dire par là ? Uniquement parce que je ne marche pas dans toutes tes lubies…

Ivarsson avait élevé la voix. On entendit alors un bruit de chaîne, derrière la porte de l'un des appartements de l'étage et il s'interrompit net, ne sachant quel comportement adopter.

– Tu n'as pas bientôt fini ? On va rester là encore longtemps ? demanda-t-il ensuite, un ton au-dessous.

Nielsen pressa de nouveau le bouton de la sonnette et attendit, avec des signes manifestes d'impatience. Puis il posa la main sur la poignée et appuya, pour voir. La porte n'était pas fermée à clé.

Il resta quelques secondes sans bouger. Puis il ouvrit en grand, pénétra dans le hall plongé dans l'obscurité, s'arrêta à nouveau, chercha de la main le bouton électrique et le trouva finalement. Une applique répandit alors une lumière tamisée. Mais il n'y avait pas de lustre. Il s'enfonça dans l'appartement et entendit la voix d'Ivarsson, à l'extérieur.

– On n'est pas venus pour s'introduire clandestinement chez lui !

– Eh bien, reste dehors, répliqua Nielsen.

Il s'arrêta sur le seuil de ce qui semblait faire office de salle de séjour.

– Y a quelqu'un ? demanda-t-il d'une voix forte.

Pas de réponse. Il chercha le bouton et alluma. La même lumière tamisée que dans le hall. Il regarda autour de lui et dut se rendre à l'évidence : la pièce était vide, mis à part une sorte d'établi devant la fenêtre. Un rideau du genre de ceux employés dans les chambres noires expliquait l'obscurité qui régnait.

Il traversa la pièce pour se diriger vers la porte de ce qu'il supposait être une chambre. Un vieux matelas était posé près du mur. Il tenta à plusieurs reprises d'actionner l'interrupteur, mais sans résultat. Il ne semblait même pas y avoir d'applique, dans cette pièce. En revanche, le même type de rideau que dans la précédente.

Il fit alors demi-tour. La moquette absorbait le bruit de ses pas. Il s'immobilisa, prêta l'oreille et nota à quel point le silence régnait, dans cet appartement. Les bruits de la rue eux-mêmes étaient très étouffés.

Il fit signe de la main à Ivarsson, qui avait fini par se décider à entrer.

– Tu as vu ça ?

– On dirait que c'est inhabité.

En effet, rien ne pouvait laisser penser que quelqu'un vivait dans cet appartement. Mis à part un curieux sentiment, se dit Nielsen, qui sentit qu'il se mettait à transpirer. Il faisait chaud, comme si le chauffage était allumé. Il écarquilla les yeux pour tenter de percer la pénombre.

– On se dirait dans un terrarium, bon sang ! Il se dirigea vers la fenêtre, pour relever le lourd rideau.

Une lumière grisâtre filtra dans la pièce. En baissant les yeux, il vit les coupures de journaux placées sur l'établi. Il se pencha sur celui-ci.

– Viens voir, dit-il à voix basse à Ivarsson.

L'article du printemps dernier se trouvait sur le dessus de la pile et le nom de l'auteur était souligné. En dessous se trouvait une série portant sur les événements du mois dernier, puis ceux publiés à propos de la lettre affirmant qu'Anna-Greta Sjödin était encore en vie. En dessous, les coupures jaunies annonçant sa disparition.

Ivarsson les regarda de près, avec un soupir.

– On peut dire qu'il s'est documenté.

– Mais il n'est pas sûr qu'il ait eu besoin de le faire, répondit sèchement Nielsen.

Il alla se poster près de la fenêtre et regarda la rue.

– Il voulait qu'on les voie, qu'on les trouve ici, dit-il. Il savait que nous allions venir. C'est pour ça que la porte n'était pas fermée à clé.

– On ne peut pas tout organiser comme ça, dit Ivarsson

en secouant la tête. Comment aurait-il pu savoir que tu viendrais, aujourd'hui ?

– Je ne sais pas. Mais c'est un sentiment que j'ai. Qu'il savait – ou qu'il a deviné – que je viendrais. Et que ceci m'est destiné.

Il fixa des yeux la rue, les voitures qui y stationnaient et les silhouettes qui se déplaçaient le long des trottoirs. Puis il examina les rangées de fenêtres de la façade située en face. Enfin, il se retourna et promena le regard autour de la pièce. Il éprouvait à nouveau ce sentiment diffus de malaise, d'être observé, épié, d'une façon ou d'une autre. Il posa le doigt sur le trait au moyen duquel son nom était vivement souligné, sur l'article.

– On peut presque dire qu'il me l'a adressé.

Il prit la coupure, la plia soigneusement et la glissa dans sa poche. Puis il sortit lentement de l'appartement. Ivarsson l'observa en fronçant les sourcils, sans rien dire, puis le suivit et referma la porte derrière eux.

Une fois dans la rue, il inspira à pleins poumons et chercha son paquet de cigarettes dans ses poches. Il finit par le trouver et en tirer une. En l'allumant, il s'aperçut que ses mains tremblaient légèrement. Il se secoua et lança un regard à Ivarsson.

– Il aurait très bien pu se trouver à l'intérieur, dit-il. Nous n'avons pas vraiment fouillé l'appartement.

– Il n'y avait personne, déclara catégoriquement Ivarsson.

– Je suppose que tu as raison, mais on sentait sa présence comme s'il était à proximité. Presque comme s'il était là, quelque part, à nous observer…

Il tira avidement quelques bouffées sur sa cigarette, avant de jeter le mégot et de regarder Ivarsson.

– Quand repars-tu chez toi ? demanda-t-il.

– Je suis déjà en route. Mon train est à cinq heures.

– Tu ne peux pas envisager de modifier tes projets et de loger chez moi cette nuit, à la bonne franquette ?

– Il faudrait que je sois rentré demain, répondit Ivarsson en se frottant pensivement le menton.

– Ce serait bien si tu pouvais t'arranger autrement. On a pas mal de choses à discuter, tous les deux.

– Peut-être, en effet, concéda Ivarsson en hochant la tête.

Ivarsson se fraya un chemin à travers le fouillis de la salle de séjour sans émettre de commentaire.

– Ce n'est pas grand, chez toi. Il posa prudemment sa valise, faisant le tour de la pièce des yeux et s'asseyant.

Nielsen passa dans la cuisine et ouvrit le réfrigérateur. Quelques boîtes de bière et une bouteille d'eau minérale. Plus une demi-bouteille de vodka polonaise dans la porte. Il avait continué à boire, mais de façon presque distraite. Sans s'y adonner véritablement. Le trouble besoin d'alcool, en lui, avait presque disparu. Comme toujours lorsqu'il se passait quelque chose sur quoi il devait concentrer son énergie. Sans doute par manque de capacité de focaliser son attention sur plusieurs choses à la fois, se dit-il avec un sourire intérieur. Ce qui était plutôt un avantage, dans son cas.

Il fouilla parmi les produits destinés à préparer des canapés, en évitant de lire la date de péremption. Puis il sortit un pain du congélateur et le plaça dans le micro-ondes. Il en coupa ensuite quelques tranches sur lesquelles il posa des rondelles de salami hongrois, qu'il estima être en meilleur état de conservation, et agrémenta l'ensemble avec de petits morceaux de tomate, du fromage à tartiner et quelques feuilles de salade – assez fatiguées elles aussi.

Puis il porta le tout dans la salle de séjour, débarrassa la table basse et posa le plateau.

– Tu n'as pas peur des chiens, j'espère ? demanda-t-il à Ivarsson en voyant Tjarrko ronfler à ses pieds.

Après avoir commencé par tourner autour de lui en aboyant furieusement, l'animal avait fini par se coucher et s'installer confortablement, la tête sur l'un de ses pieds.

– Il a l'air calme, dit Ivarsson en le regardant.

– C'est vrai, tant que tu ne bougeras pas, répondit Nielsen avec un bref sourire.

Ils mangèrent en silence. Puis Nielsen se rejeta en arrière sur son siège et tendit la main pour prendre les coupures de journaux, qu'il avait glissées dans une pochette en plastique.

– Je voudrais que tu fasses quelque chose, dit-il.

– Quoi donc ?

– Il doit être possible de chercher les empreintes, là-dessus.

– Et après ?

– Celles de Bengt Andersson figurent sûrement dans un fichier quelconque, non ? J'aimerais les comparer.

– Comment pourrais-je motiver une pareille demande ? répliqua Ivarsson avec un grand soupir. Il n'est pas illégal de découper des articles dans les journaux. Pas plus que de passer des coups de téléphone, à supposer que ce soit lui qui t'ait appelé.

– Tu ne peux pas ou tu ne veux pas ?

– Mais qu'est-ce que tu cherches, exactement ? demanda Ivarsson en détournant le regard et secouant la tête.

– Tu le sais très bien. Je veux savoir si Bengt Andersson est vraiment celui qu'il prétend être. Parce que j'ai l'impression que ce n'est pas vrai. Et, de toute façon, je pense qu'il est dans le coup depuis le début, depuis les années 70.

Ivarsson se rejeta lui aussi en arrière.

– Je sais le fond de ta pensée. D'après toi, c'est Kaj Härlin qui joue les revenants. Au bout de trente ans. Qui est derrière la disparition d'Anna-Greta Sjödin et qui, de plus, cherche à attirer notre attention, pour une raison ou pour une autre…

– Je sais que ça ne paraît pas très raisonnable, coupa Nielsen. Mais, si tu as une autre hypothèse à formuler, j'aimerais l'entendre.

– Ça ne peut pas être Kaj Härlin. C'est impossible.

– Non, ce n'est pas *totalement* impossible. En fait, il n'a jamais été formellement établi que toute la famille Härlin avait péri dans l'incendie. Et tu dois bien l'admettre, toi aussi ? Même si ça paraît peu croyable, il a pu s'en tirer…

– Je ne pense pas à ce foutu incendie ! Je pense à Kaj Härlin lui-même, à ce qu'il était…

Nielsen le dévisagea, interloqué.

– Tu le connaissais ? Tu ne me l'as jamais dit.

– Tout dépend de ce qu'on entend par connaître. Il a fait partie de mon équipe de foot junior pendant une saison, je crois. Juste après l'arrivée de la famille. Il était assez doué. Vif. Mais rien de plus que les autres. Il n'y avait rien de vicieux en lui, il était loin d'être un sale psychopathe, je peux te le garantir !

– Ce n'est pas tout à fait l'avis de Larsson, reprit Nielsen au bout d'un moment de silence. Il n'avait pas que du bien à dire de lui…

Il observa une pause, mais l'éclat qu'il attendait ne se produisit pas. Ivarsson se contenta de secouer la tête.

– Ah bon, tu lui as parlé à nouveau ? C'est bien à lui de dire ça. Je ne vois d'ailleurs pas comment il pouvait savoir quoi que ce soit sur les Härlin. Mis à part des ragots. Tu crois que j'exagère, à son sujet, hein ? Que j'ai une dent contre lui et que c'est ça qui me motive. Mais je peux t'assurer que ce n'est pas quelqu'un de fréquentable. Je ne me fierais pas trop à ce qu'il dit, si j'étais toi.

– Tu peux me donner un exemple concret ?

– Pas qu'un seul ! pouffa Ivarsson. Mais l'un vaut l'autre. Il réussit toujours à se glisser entre les mailles du filet. C'est une vraie anguille, capable de déjouer les pièges avant même qu'on les ait posés !

Il prit une inspiration avant de continuer.

– Tu veux un exemple ? Bon ! On avait à l'œil un poids lourd estonien rempli à ras bord de cigarettes et d'alcool de contrebande, d'après nos renseignements. Et peut-être d'autre chose. On savait qu'il se dirigeait vers le nord et on voulait savoir qui était le destinataire. Naturellement, on a perdu sa trace sur un parking au sud de Gävle. Par la suite, le chauffeur est venu déposer plainte pour attaque à main armée et vol de son véhicule. Le camion, on l'a retrouvé plus tard, sur une route forestière, à peu près vide. On l'a laissé là quelques jours, sous bonne garde, quoique discrète. Et qui voit-on se pointer là, au fin fond de la forêt, si ce n'est Bernt Larsson ? Mais il est prudent, il se méfie. Il ne va pas tout à fait jusqu'au bout. Il reste assis un moment au volant avant de faire demi-tour. Quand on lui a mis le grappin dessus, il a affirmé qu'il passait seulement par là par hasard, qu'il avait été surpris de voir le camion à cet endroit et qu'il avait appelé pour signaler sa présence. Et, s'il était parti de là, c'était pour nous montrer le chemin !

– Et il avait vraiment téléphoné ?

– Bien sûr que oui. Il y a trace d'un appel passé à partir de son portable qui nous signale la chose. Très peu de temps avant qu'on ait réussi à le coincer, après une sacrée poursuite à travers bois ! Il a dû rigoler, par la suite !

– Peut-être qu'il disait la vérité ?

– T'as qu'à dire que je suis sa mère, pendant que tu y es ! explosa Ivarsson. C'est pas du menu fretin, je te garantis.

– Je me doute que ce n'est pas un enfant de chœur, reprit Nielsen après un silence. Mais j'ai l'impression que tu perds un peu le sens des proportions, à son sujet.

– Tu ne le connais, pas. Moi si.

– De quelle façon ?

– Je ne comprends pas pourquoi tu t'obstines, finit par répondre Ivarsson, les yeux dans le vague. Il n'y a pas d'argent à gagner, dans cette affaire. Or, c'est tout ce qui l'intéresse. Il doit y avoir autre chose, il s'agit seulement de savoir quoi.

Il prit la pochette en plastique contenant les articles.

– Je vais voir ce que je peux faire. N'en attends pas trop. Je ne suis pas un commissaire Beck[1] qui peut demander n'importe quoi et être sûr de l'obtenir. Mais je vais essayer. J'ai toujours des amis par-ci par-là. S'ils ne sont pas morts à la même époque que les mammouths.

Ils étaient debout devant la porte, attendant le taxi au milieu des tourbillons de neige. Ivarsson jeta un coup d'œil sur les environs.

– Tu te plais, ici ?

– Il faut bien habiter quelque part, répondit Nielsen en haussant les épaules. Mais on peut dire que oui. J'ai mes habitudes.

1. Héros de Sjöwall et Wahlöö dont les enquêtes (parues en France dans la collection 10/18) ont fait date dans le roman policier suédois [N.d.T.].

Ivarsson le regarda avec un air de léger scepticisme puis désigna les immeubles de la tête.

– Malgré le ghetto juste à côté ?

– Tu crois peut-être qu'il faudrait que j'aille vivre dans ton coin ? siffla Nielsen. On ne peut pourtant pas dire que la sécurité y est mieux assurée.

Ivarsson ne répondit rien et eut l'air un peu gêné.

– Je te fais confiance pour voir ce que tu peux faire, reprit Nielsen au bout d'un moment.

– Je te l'ai déjà promis, répondit Ivarsson non sans une pointe d'irritation. Mais ne te fais pas trop d'illusions. Tout ce à quoi je vais réussir, c'est à passer pour un imbécile. Un peu plus encore. Il aurait mieux valu ne pas écrire une seule ligne sur ce sujet, mais c'est trop tard maintenant, ajouta-t-il comme pour lui-même, la mine sombre.

Le taxi arriva le long du chemin en terre battue. Ivarsson prit sa valise, salua d'un signe de tête et se dirigea vers la barrière.

Nielsen regarda le véhicule faire demi-tour et s'éloigner. Une voiture solitaire était garée sur le parking, à l'entrée de la zone réservée à la promenade. À cette heure matinale du samedi, la circulation était assez clairsemée, sur la rocade. Un pâle soleil était en train de se lever péniblement au-dessus de la lisière de la forêt.

Il se gara et dormit environ une heure dans la voiture. À son réveil, la nuit avait commencé à tomber. Il s'étira, passa les mains sur sa barbe mal rasée et porta les paumes à son nez. Il respira l'odeur de son propre corps avec une légère mine de dégoût et baissa un peu la vitre pour laisser entrer de l'air. Il n'avait presque pas quitté sa voiture, ces derniers jours.

Ivarsson était sur le chemin du retour et peut-être même déjà rentré. Il l'avait laissé partir sans entreprendre quoi que ce soit et il lui avait fallu un jour pour décider de le suivre. En réalité, il aurait pu s'en dispenser. Ivarsson n'avait aucune importance, car il était incapable d'opérer les rapprochements nécessaires – pas à lui seul.

Mais c'était aussi cela qui le gênait, car il *voulait* qu'il sache. Il voulait voir son visage, voir cette expression de peur et d'étonnement sans fond…

Il jeta un coup d'œil sur sa montre, essayant de calculer le temps qu'il lui faudrait pour arriver.

Il se trouvait sur un parking, à côté d'une des grandes auberges du bord de route, près de Hudiksvall. Un poids lourd arriva et vint se ranger devant la pompe à diesel. Le chauffeur descendit d'un bond de son véhicule, le contourna, ouvrit le bouchon du réservoir et commença à faire le plein. Il laissa l'embout en place, après avoir bloqué le mécanisme, et arpenta la station-service en s'étirant.

Il l'observa un moment. Ce visage las et mal rasé. Ce gros ventre débordant du jean. Il le vit aussi se gratter sous les bras et entre les jambes. Il éprouvait à la fois du dégoût, de l'aversion et une sorte de fascination envers ces gens qui s'exposaient avec indécence, sans réfléchir, et envers les odeurs qu'ils exhalaient…

Il serra les dents, mit le moteur en marche, démarra et regagna la route en passant au ras du poids lourd. Il vit le chauffeur se jeter en arrière et se plaquer contre les roues, les yeux écarquillés, la bouche grande ouverte.

Il accéléra rapidement et jeta un coup d'œil dans le rétroviseur, un petit sourire aux lèvres. Puis il secoua la tête en comprenant ce que sa conduite avait de puéril. Il n'était pas capable de maîtriser ces soudains et stupides accès de colère. Absurdes, démentiels. Mais peut-être pas plus absurdes que le reste, après tout.

La réalité portait la marque d'une volonté implacable. Il était mû, lui comme les autres, par quelque chose de personnel et d'indifférent qu'il était impossible d'influencer. Une chose en entraînait une autre, une action débouchait sur une autre. Peu importait laquelle, en réalité. Il n'y avait pas de différence, sauf en apparence. Mais, en dessous de cela, coulait toujours le même flot. Indifférent. Immuable.

Il s'approcha de la maison par-derrière, enjamba la clôture et regarda autour de lui. Les constructions étaient des maisons particulières datant des années 50 et 60, situées à une certaine distance les unes des autres. À environ cinq cents mètres de là se trouvait une zone industrielle partiellement aménagée qui marquait l'extrémité de la localité. Derrière un rideau de forêt sans valeur passait la grande route, longée sur une certaine distance par le chemin de fer. La circulation était encore assez dense, bien qu'il fût déjà près de dix heures.

Il se retourna vers la fenêtre de la salle de séjour et fit quelques pas. Il put ainsi distinguer la silhouette assise devant le reflet bleuté de l'écran de télévision. Il se recroquevilla, s'approcha du mur dans cette position et le longea pour gagner le devant de la maison et l'entrée. Parvenu là, il resta un instant immobile, toujours tassé sur lui-même, avant de monter rapidement les marches, de s'arrêter près de la porte et d'appuyer doucement sur la poignée.

Comme il l'espérait, la porte n'était pas fermée à clé. Il attendit quelques secondes avant de l'ouvrir, se glisser dans le hall et refermer derrière lui, en un seul et même mouvement.

Il resta immobile, juste en dehors du cercle de lumière du lustre de l'entrée, et attendit en retenant son souffle. Soudain, il entendit Ivarsson bouger sur son fauteuil. Il resta sur place, sans remuer un seul membre, se souriant à lui-même. Il se produisait toujours quelque chose, lorsque quelqu'un s'introduisait dans une pièce. Un courant d'air, des odeurs, des sons à peine audibles. Mais la personne qui s'y trouvait percevait toujours cela de façon à moitié consciente. Il allait donc laisser Ivarsson prêter l'oreille, sans trop savoir ce qu'il avait entendu ou cru entendre, et se demander s'il devait se lever pour s'en assurer.

Il sentit sa respiration se faire de plus en plus calme, son pouls battre de plus en plus lentement, presque de façon hésitante, comme si tout en lui se concentrait sur cette attente, le préparant parfaitement à ce qui allait se passer.

Puis il entendit Ivarsson se caler à nouveau sur son siège en marmonnant des paroles inaudibles. Il attendit encore un instant puis traversa le hall en quelques pas légers et gagna la porte de la salle de séjour.

Ivarsson était à moitié tourné vers lui, le regard braqué vers le téléviseur. Il évalua la distance sans s'arrêter et continua à avancer presque sans bruit. À grandes enjambées souples, afin de pouvoir changer de direction ou s'écarter. Il touchait presque au but lorsque Ivarsson tourna brusquement la tête. La stupéfaction s'inscrivit d'abord sur son visage émacié mais laissa vite la place à une sorte de grimace ;

– Toi !... s'exclama-t-il en tentant de se mettre debout.

Harri Rajamäki n'avait plus donné de ses nouvelles. À vrai dire, Nielsen n'en était guère étonné. Sans doute était-il occupé à autre chose ou avait-il perdu tout intérêt pour cette affaire. À moins qu'Ivarsson n'ait eu raison en disant qu'il avait inventé de toutes pièces ce qu'il avait affirmé et estimé ensuite que les chances de gains supplémentaires étaient trop minces pour qu'il y consacre un tant soit peu d'énergie.

Pas de nouvelles d'Ivarsson non plus. Après y avoir réfléchi un instant, il décida cependant d'attendre encore un jour ou deux avant de reprendre contact avec lui.

Le sentiment de menace qu'il avait éprouvé après sa visite à l'appartement s'était atténué graduellement et avait été remplacé par un autre, celui d'irréalité. Comme si cela ne s'était pas produit, comme si personne n'avait passé son temps à collectionner pendant des dizaines d'années les articles publiés sur les événements de Bräcke, ne les avait laissés là, le sien sur le dessus avec son nom souligné, et n'avait volontairement négligé de fermer la porte à clé, dans l'espoir que ce soit précisément lui qui les trouve.

À la lumière du jour, il avait du mal à y croire. Il y

avait quelque chose de naïf, de puéril, là-dedans. Ainsi que dans ses propres réactions, peut-être.

Il suivit le trajet habituel, traversa la route, descendit vers la rivière et continua sur une certaine distance le long de la vallée. La température était remontée au-dessus de zéro, le temps était gris et les traces des récentes chutes de neige presque totalement effacées. Il vit Tjarrko se vautrer avec volupté, à plusieurs reprises, dans un petit tas de neige sale, près du bord de l'eau, avant de bondir sur ses pattes et de s'ébrouer. Sa lèvre supérieure était grise, maintenant, et son poil jadis abondant avait commencé à se faire plus clairsemé sur l'arrière-train. Bientôt onze ans. Il avait ce chien depuis qu'il était jeune chiot. Il ne présentait pas encore de signes de vieillesse caractérisés, mais il était clair que le compte à rebours avait commencé.

Il tenta d'imaginer la vie des animaux. Ce qu'elle pouvait avoir de simple et d'univoque, le fait que, pour eux, la réalité ne formait qu'un seul bloc. Chaque chose était ce qu'elle paraissait être et rien d'autre.

Le chien leva la tête et le suivit attentivement du regard. Il détourna les yeux, comme s'il avait été pris sur le fait, avec le sentiment que l'animal avait deviné ses pensées.

Il se reprit. Peut-être les choses n'étaient-elles pas aussi simples que cela, après tout ? Sans doute la vie était-elle également un mystère pour les chiens. Elle devait battre dans leur corps avec une sorte de furie, incapable d'admettre l'idée d'une fin, d'une extinction, tant que l'organisme résistait. Et même alors. Il pensa à tous ces animaux blessés par des chasseurs ou des automobilistes, qui se traînaient sur des kilomètres et des kilomètres pour échapper à leurs tourments, comme s'ils pouvaient encore espérer le salut ou une sorte de miracle.

À la fin de la semaine, il tenta de joindre Ivarsson. Il

appela d'abord chez lui, sans résultat. À la permanence de la police locale, il fut accueilli par un répondeur qui lui donna les heures d'ouverture du standard et lui conseilla, en cas d'urgence, de s'adresser à Östersund ou de composer le 112[1].

Il repoussa le téléphone d'un geste de colère et tenta de se souvenir du numéro de ligne directe qu'il avait utilisé plusieurs fois auparavant. Après avoir jeté un coup d'œil sur l'annuaire, il composa diverses combinaisons de chiffres à partir du numéro du commissariat. Au bout de plusieurs tentatives, il obtint enfin une réponse.

– Ivarsson ? Ah non, vous vous êtes trompé. C'est le 63. Mais, de toute façon, vous ne pourrez pas le toucher. Il est en congé de maladie. C'est important ?

– En congé de maladie ? Depuis quand ?

– Eh bien, depuis le milieu du mois, à ce que je sache.

Nielsen resta un moment silencieux, les yeux dans le vide.

– C'est important ? répéta l'autre. Vous avez une plainte à déposer... ?

– Pourquoi est-il en congé ? coupa Nielsen.

– Qui êtes-vous, pour poser une telle question ?

– John Nielsen, répondit-il dans un soupir. J'ai eu l'occasion de rencontrer Ivarsson à quelques reprises et j'aurais besoin de lui parler à nouveau.

– Nielsen ? Ah bon. Oui, je sais.

La voix s'était soudain faite plus officielle.

– Je ne peux malheureusement pas vous venir en aide. Comme je vous l'ai dit, il est en congé de maladie.

– Mais j'ai appelé chez lui et je n'obtiens pas de

1. Le numéro d'appel des secours d'urgence, en Suède [N.d.T.].

réponse. Vous ne pouvez vraiment pas dire pourquoi il est en congé ?

– Non.

Nouveau silence, après cette réponse pour le moins sèche.

– Il faut vous adresser au commissaire, si vous désirez obtenir d'autres informations. Il sera à nouveau de service demain matin. Essayez à ce moment-là. Aux heures où il peut être joint au téléphone.

Nielsen réfléchit un instant.

– Il n'est pas possible de le joindre chez lui ?

– Je ne vous le conseille pas, répondit l'autre dans un éclat de rire. Ou alors, il faudra bien vous accrocher.

Il parut réfléchir un instant.

– Il lui arrive de passer sur le coup de six heures, finit-il par dire. Vous pouvez essayer à ce moment-là. Au 61. Si vous pensez que c'est vraiment urgent. Je lui dirai que vous avez appelé.

Puis il raccrocha.

Nielsen se rejeta en arrière et resta à regarder devant lui. Ce devait être une erreur, tenta-t-il de se dire. Il n'était pas possible qu'Ivarsson ait été en congé de maladie lors de leur dernière rencontre. Il ne lui en avait pas soufflé mot. Ou alors il le lui avait caché volontairement.

Il se leva et se mit à faire les cent pas dans la pièce en s'avisant du fait qu'il n'avait pratiquement pas eu de contact avec le reste du personnel du district, sauf lors de sa première et brève visite au commissariat. Pourquoi ?

La réponse était qu'il lui avait paru naturel de s'adresser à celui qui connaissait personnellement la région et les événements survenus depuis la disparition d'Anna-Greta Sjödin.

Il eut soudain le sentiment qu'Ivarsson lui avait mis le

grappin dessus et l'avait doucement entraîné à l'écart, en veillant à ce qu'il n'ait pas de contact avec les autres.

Il attendit que six heures aient sonné pour appeler.

– Sune Bergman, lui répondit-on.

Il ne se souvenait pas avoir entendu ce nom dans la bouche d'Ivarsson. La voix paraissait celle d'un homme d'âge mûr. Aucune trace d'accent ou alors celui du centre de la Suède.

– Ah oui, c'est vous qui demandiez à parler à Ivarsson. Il est en congé de maladie, comme on vous l'a dit. Vous ne le saviez pas ?

– Je l'ai vu ici la semaine dernière, dit Nielsen. Il ne m'en a pas parlé. J'ai eu l'impression qu'il était en service et qu'il était venu à cause de la voiture qui a été retrouvée. Celle qui a disparu lors de la découverte du corps d'Anna-Greta Sjödin.

– La voiture ? C'est pour ça qu'il serait allé à Stockholm ? demanda Bergman, perplexe. Mais ça ne nous regardait pas. Et puis il était déjà en congé, à ce moment-là. Je ne savais pas qu'il était parti.

– Pouvez-vous me dire de quelle maladie il s'agit ?

– Hélas, non.

Au bout d'un moment, Bergman reprit cependant la parole.

– Mais je sais qui vous êtes. Et que vous avez logé chez lui. J'ai même lu votre article sur Anna-Greta Sjödin. Et puis j'aimerais vous poser certaines questions, moi aussi. Il serait donc peut-être bon que vous soyez informé de la situation. Vous connaissez bien Ivarsson ?

Nielsen secoua la tête à l'intention de lui-même.

– À vrai dire, je commence à me poser des questions.

Peu après, Bergman parut se décider à parler.

– Il est en congé pour raison d'ordre psychologique.

Il ne tenait plus le coup. Je ne devrais pas vous le dire, mais il semble qu'il ait disparu depuis quelques jours et vous pourriez peut-être m'aider à éclaircir ça.

Il observa une courte pause avant de continuer.

– Ce n'est pas la première fois que ça se produit, reprit-il comme à contrecœur. Qu'il ne soit pas en mesure de faire face à la pression. Qu'il ait des dépressions, des passages à vide, pour ainsi dire. Même si ça n'a rien de très surprenant dans notre métier.

Il poussa un soupir.

– Mais ça m'inquiète. Nous sommes entrés chez lui, hier, pour essayer de savoir le fin mot de l'histoire. La maison était vide. Elle l'était depuis plusieurs jours, à en juger par le courrier. Et vous me dites que vous l'avez vu la semaine dernière à Stockholm ?

– Oui, il rentrait chez lui, répondit Nielsen d'une voix atone, en regardant fixement devant lui. Il est reparti vendredi matin.

Nouveau silence, avant que Bergman ne reprenne la parole.

– Et il n'a rien dit qui explique pourquoi on ne l'a pas vu ici, ni où il a pu aller ?

– Non, rien. Mais selon vous il lui est déjà arrivé d'avoir des passages à vide. Savez-vous si cela s'est produit à l'occasion de la disparition d'Anna-Greta Sjödin, dans les années 70 ?

Bergman eut un petit rire.

– J'avais quinze ans, à l'époque. Je ne savais même pas que j'allais entrer dans la police. Et je ne connais Ivarsson que depuis que j'ai été nommé ici, il y a une dizaine d'années. À peu près en même temps qu'il a repris du service, lui.

– Vous ne savez pas pourquoi il était parti ?

– Je ne sais pas : changer d'horizon, peut-être ? Mais il venait de divorcer, alors ça s'explique sans doute ainsi.

– Il était marié ? demanda Nielsen, interloqué.

– Oui, jadis. Vous ne le saviez pas ? C'est vrai qu'il n'est pas très bavard à propos de sa vie privée. Je ne peux pas dire que je le connaisse vraiment, bien que nous travaillions ensemble depuis pas mal d'années.

Nielsen pensa alors à la robe dans la penderie. Ce n'était donc pas plus compliqué que cela. Mais d'autres questions lui venaient à l'esprit, à la place de celle-là, et il avait du mal à y trouver des réponses.

– Diriez-vous d'Ivarsson qu'il est un bon fonctionnaire de police ? demanda-t-il soudain.

Il entendit Bergman pousser un soupir, au bout du fil.

– Bien sûr que oui. On n'a jamais eu à se plaindre de lui, que je sache.

Après avoir mis fin à cette conversation, il resta un moment assis les yeux dans le vide.

Il n'avait rien dit au sujet de Bengt Andersson ni de la visite dans l'appartement. Rien non plus sur Kaj Härlin. Mais qu'aurait-il dit ? Il savait qu'on ne le prendrait pas au sérieux.

Il finit par composer le numéro de Bernt Larsson. Cette fois, il obtint presque aussitôt une réponse.

– Laissez tomber, coupa ce dernier après l'avoir écouté un moment. Ne vous mêlez pas de ça.

– Qu'est-ce que vous voulez dire ?

– Laissez tomber ! répéta Larsson sur un ton soudain beaucoup plus vif. Occupez-vous d'autre chose. Ça ne vous regarde pas vraiment, hein ?

– Qui est-ce que cela concerne, alors ?

– Personne, pouffa Larsson. C'est des vieilles histoires pas très propres.

– Vous ne pensez plus qu'il y ait des choses étranges dans ce qui s'est passé ? Rien qui puisse inquiéter qui que ce soit ?

– Eh bien, adressez-vous à la police, si vous êtes inquiet. Pas à moi, ça ne m'intéresse pas… dit-il, avant de s'interrompre soudain. Qu'est-ce qu'il a, votre téléphone ?

– Je ne sais pas, répondit Nielsen, surpris. Comment ça ?

Il y eut un instant de silence, puis Larsson reprit la parole.

– Oh rien. J'ai dû me faire des idées.

Sa voix avait maintenant quelque chose de distrait et il semblait désireux de mettre fin à l'entretien. Nielsen l'entendit tambouriner sur sa table.

– Vous avez dit qu'Ivarsson avait disparu ? finit-il par reprendre. Je ne peux pas dire que je me ronge les sangs. Espérons seulement que vous avez raison.

Et il raccrocha brusquement.

Il faudrait faire la fête, se dit-il en montant les marches en claudiquant et entrant dans la maison. Une fête de tous les diables. Qui ferait le ménage dans les pensées, balaierait toute trace d'activité intellectuelle et ne laisserait plus qu'un grand vide blanc s'étendant à l'infini.

Tout allait de travers. Il était pris dans quelque chose qui ne lâchait pas prise, qui l'entraînait vers le bas. Il n'y avait aucune explication à cela. Aucune théorie qui puisse avoir un début de vraisemblance. L'ensemble formait une sorte de pâte dans laquelle il s'engluait, s'empêtrait de plus en plus, comme une mouche prise dans une toile d'araignée.

Il n'avait pas dépassé le parking, bien que Tjarrko ait tiré sur sa laisse pour exprimer son mécontentement. Il était resté à regarder la vallée et sentir cette petite pluie fine sur son visage, avant de faire demi-tour et de regagner la maison.

Il pénétra dans la salle de séjour, alluma le lustre et

vit la photo sans vraiment la remarquer. Ce n'est que lorsqu'il eut fait quelques pas dans la pièce qu'il tourna la tête, subitement conscient de ce qu'il avait vu. Il pivota sur ses talons et la regarda en écarquillant les yeux.

Elle avait été prise à distance au téléobjectif puis agrandie. Le grain était visible. Elle les représentait tous deux, Ivarsson et lui, devant la maison. Un cercle très appuyé, au stylo-bille, entourait leurs têtes.

Il se pencha, les yeux rivés sur cette photo, comme s'il ne croyait pas ce qu'il voyait. Comment était-elle arrivée là ? Quand ? Était-ce le jour même, pendant qu'il était dehors ? Ou plus tôt dans la semaine ? Comment avait-on pu s'introduire dans la maison sans laisser de traces ?

Il n'arrivait pas à lâcher la photo des yeux. Elle avait dû être prise lors du départ d'Ivarsson, il n'y avait pas d'autre possibilité.

Il sentit un frisson monter le long de sa colonne vertébrale et eut pendant un instant du mal à respirer. Sa vue se brouilla même. Il fut obligé de s'appuyer contre le mur. Puis il se redressa, gagna en quelques pas rapides la porte d'entrée, la verrouilla maladroitement, éteignit la lumière et revint dans la salle de séjour en trébuchant, avant d'éteindre là aussi. Puis il resta immobile dans l'obscurité, s'efforçant de réfléchir.

En général, il ne faisait guère attention aux photos apposées sur le mur. Il les utilisait comme matériau pour son travail, à la manière de sources d'inspiration destinées à l'aider à décrire certaines situations, certains sentiments. Il les changeait de temps en temps, au hasard, et il y en avait donc qui restaient là pendant des années. Mais quelqu'un était entré dans la maison et avait placé celle-ci parmi les autres. Cela avait pu se produire à n'importe quel moment de la semaine, mais il ne s'en était aperçu qu'un instant auparavant.

Soudain, il lui vint à l'idée que celui qui avait placé là cette photo pouvait se trouver encore dans la maison. Il fit volte-face et tenta de percer l'obscurité de la cuisine, puis de la chambre à coucher. Il jeta également un regard à Tjarrko, mais le chien – qui formait une tache noire dans la pénombre – ne semblait pas avoir flairé quoi que ce soit d'inhabituel. Il était toujours allongé derrière la porte de la pièce et avait à peine bougé pendant les déplacements précipités de son maître. Pourtant, il éprouvait cette sensation de froid, ce frisson qui montait dans son corps.

Quelqu'un était entré dans la maison. Sans laisser de traces, à part cette photo. Et pourtant, il prenait toujours soin de fermer la porte à clé, même s'il ne s'absentait que pour aller promener Tjarrko. Mais cela n'avait pas empêché cette personne de s'introduire chez lui et elle pouvait donc le faire à nouveau.

Il regarda par la fenêtre et vit la lumière de l'éclairage public sur la rocade, ainsi que la circulation qui défilait. De l'autre côté, celui sur lequel donnaient la fenêtre de la cuisine et celle de la chambre, il y avait le petit coin de forêt et les constructions, proches les unes des autres, qui se trouvaient derrière. En dehors des zones éclairées, l'obscurité était dense, maintenant. Il continua cependant à la scruter, comme s'il pouvait y découvrir quelque chose, bien qu'il comprît que c'était inutile. Il ne pourrait rien faire, rien faire d'autre qu'attendre.

Il était revenu dans son appartement. Il ne savait pas combien de temps il l'utiliserait, mais il fallait qu'il se repose. Il sentait qu'il approchait de la limite. Après son dernier voyage, il avait été presque malade d'épuisement.

Et il n'avait aucune raison de précipiter les événements. Il pouvait attendre, laisser la situation, les contingences dicter la suite. Il était hors de portée. Même si on le cherchait, on ne le trouverait pas, car on ne saurait qui chercher, se dit-il. Personne ne le verrait.

Il l'avait senti en revenant sur les lieux, dans la forêt. Il avait garé sa voiture presque exactement au même endroit que la fois précédente, ouvertement, sans faire le moindre effort pour la cacher, et il s'était rendu jusqu'aux tombes. Il y avait eu quelque chose d'indifférent, de presque négligé, dans son comportement, quand il les avait observées. Il était à nouveau invisible.

Puis il avait continué à monter ce versant qui l'attirait, jusqu'à la crête, soit sur près de six cents mètres. À peu de distance du sommet, il s'était soudain arrêté et accroupi. Il avait le souffle court, haletant, comme s'il avait couru. La douleur l'avait alors frappé comme un coup de poignard ou un éclair.

Il avait secoué la tête. Ce n'était rien. Pure imagination. Rien d'autre. Il n'avait rien ressenti.

Il s'était ensuite redressé et avait continué, pas à pas, vers l'ouverture de la grotte. Là, il s'était mis à genoux et avait écarté la couche de rameaux et de branchages à moitié décomposés, recouverte de bruyère et de lichens. En dessous, se trouvait la tranche de roche découpée par le gel et se présentant un peu comme de l'ardoise, au moyen de laquelle il avait bouché l'entrée. Il l'avait prise à bras le corps pour la déplacer puis l'avait laissée retomber. Enfin, il s'était glissé à l'intérieur de la grotte à quatre pattes, armé de sa lampe de poche.

La galerie était légèrement en pente et la roche rendue glissante par la glace et l'humidité. Il avait avancé à tâtons en se retenant avec les mains et les coudes Au bout d'un mètre environ, la galerie se faisait plus pentue. Il s'était arrêté, avait pris appui sur une main et s'était collé à la paroi. Jusque-là, il avait avancé dans le noir, en fermant les yeux. Il alluma alors sa lampe de poche.

En dessous de lui, la galerie s'élargissait en une sorte de bassin d'environ un mètre de profondeur, dans lequel l'eau de ruissellement s'amassait et se mêlait à celle suintant de la roche elle-même, qui maintenait l'ensemble en mouvement et l'empêchait en général de geler. Il avait alors promené la lumière de sa lampe sur cette surface noire, s'était avancé encore un peu et avait regardé en dessous de lui.

Elle n'était plus là.

Il avait d'abord été incapable de savoir si ce qu'il éprouvait était de l'étonnement ou du soulagement.

Il leva alors les yeux vers la paroi opposée, sursauta et laissa tomber sa lampe, qui rebondit contre le flanc de la crevasse, en dessous de lui, et disparut dans le bassin. Elle continua à briller vaguement, sous l'eau, pendant un moment, avant de s'éteindre. Il s'était alors mis à remonter lentement, sous le coup de la panique, mais avait glissé, lâché prise et senti l'espace d'un instant qu'il était en train de tomber, comme s'il était irrésistiblement attiré par l'eau.

Puis il avait repris sa respiration et s'était forcé à rester immobile, avant de repartir. Centimètre après centimètre, il s'était repoussé en direction de l'ouverture, avec les mains, en marche arrière.

Il resta longtemps allongé dans la neige, au-dehors, et sentit le froid transpercer ses vêtements mouillés, sans réagir ni se lever. C'était comme si le froid du sol le retenait là, l'empêchait de se laisser aspirer à nouveau par l'ouverture. S'il n'était plus plaqué sur le sol, il risquait de ne pas avoir la force de résister.

Il finit par pousser un soupir et s'écarter de l'entrée de la grotte en roulant sur lui-même, puis se hisser sur son séant, les yeux dans le vague. Qu'avait-il vu ? Le corps – ou ce qu'il en restait – était tassé sur lui-même de l'autre côté de la grotte, là où se poursuivait la faille. Comme si elle était restée vivante un certain temps, avait tenté de se hisser hors de l'eau et cherché une issue. Son crâne portait encore quelques mèches de cheveux bruns. Ses orbites vides regardaient fixement dans sa direction.

Il secoua d'abord la tête. Peut-être n'avait-il rien vu, avait-il simplement *cru* voir, à la lueur de sa lampe de poche.

Il se leva brusquement, sous le coup d'une fureur incandescente qui montait en lui. Que s'attendait-il à voir ? Croyait-il vraiment qu'il la verrait pencher la tête et l'observer avec ce sourire dont il n'avait jamais très bien su la signification ?

Soudain, le calme revint en lui et il regagna l'ouverture. Il remit grossièrement en place le tas de rameaux, de façon à masquer l'entrée, mais sans se soucier de la boucher à nouveau avec le rocher. Puis il fit demi-tour et redescendit la pente. Il savait qu'il était seul, maintenant. Il l'avait toujours été.

Nielsen entendit le bruit sourd du moteur et fut aussitôt parfaitement réveillé. Une lumière grise filtrait par la fenêtre. Il regarda sa montre : bientôt huit heures. Il avait passé la nuit recroquevillé sur son canapé et fini par s'endormir au petit matin. En se levant pour aller se poster à la fenêtre, il sentit ses articulations craquer. La voiture s'était arrêtée près de la barrière et le moteur tournait à vide. Il nota une brusque accélération de son pouls et se força à respirer calmement, en s'efforçant de percer du regard le pare-brise teinté. Rien ne se passa. La voiture resta là mais personne n'en descendit.

La sonnerie du téléphone le fit sursauter et presque perdre l'équilibre, lorsqu'il se retourna brusquement. Il écarta de son passage la table basse, se précipita vers son bureau et lut le numéro de portable qui s'affichait. Il ne tarda pas à l'identifier, décrocha et entendit la voix de Bernt Larsson.

– Ah bon, vous êtes chez vous. Et réveillé. Je suis devant chez vous, comme d'habitude.

Nielsen resta interloqué.

– Allô ? Vous ne vous êtes pas rendormi ?

– Comment savez-vous où j'habite ?

– Je ne savais pas que c'était un secret, répondit

Larsson avec un petit rire. C'est dans l'annuaire, en particulier. Et, une fois qu'on a trouvé ce bout de rue, il n'y a guère à se tromper.

– Qu'est-ce que vous faites là ?

Larsson poussa un soupir.

– Je viens vous voir, dit-il. Si vous n'y voyez pas d'inconvénient.

Nielsen hésita un instant avant de raccrocher, se retourner, traverser la maison, déverrouiller la porte et l'ouvrir.

Il vit Larsson sauter du break de couleur sombre, pousser la barrière et suivre l'allée en direction de la maison.

– Qu'est-ce que vous voulez ? demanda-t-il, posté sur le pas de sa porte.

L'autre le regarda sans répondre. Puis il secoua légèrement la tête et fit rapidement un pas de côté, pour contourner l'obstacle.

– On parlera plus tard, dit-il en entrant dans la maison.

Nielsen n'avait pas eu le temps de réagir. Il se retourna et vit Larsson s'arrêter sur le seuil de la salle de séjour et inspecter les lieux sans se soucier de Tjarrko, qui aboyait furieusement, devant lui. Puis il sortit de sa poche quelque chose qui ressemblait à un téléphone portable et écarta du pied le chien, qui recula en grognant sourdement tandis qu'il avançait, lui, pas à pas, en promenant son appareil.

– Bon sang, mais…

– Plus tard, lui dit Larsson en levant la main.

Il fit le tour de la pièce, s'arrêta, se baissa, passa la main sous la bibliothèque et prit quelque chose. Au bout d'un moment il se releva, revint vers l'entrée, passa près de Nielsen et lui fit signe de le suivre.

– Un émetteur, lui dit-il. J'ai pensé que vous aimeriez le voir. Je crois que ce n'est pas le seul, d'ailleurs.

Nielsen dévorait des yeux le petit objet qu'il tenait dans la paume de sa main. Larsson fit un signe de tête en direction de la rue.

– On parlera dans la voiture. Je crois que ça vaut mieux.

Il se mit à enfiler l'allée et Nielsen ne vit plus que son dos. Il attrapa alors sa veste sur le portemanteau de l'entrée et le suivit.

D'un geste nonchalant, Larsson avait placé dans la boîte à gants l'appareil dont il s'était servi.

– Ça mesure les champs magnétiques, ou quelque chose comme ça. Ne me demandez pas comment. Mais ça marche, vous avez vu. Certaines firmes utilisent ce type d'instrument quand elles ont lieu de soupçonner qu'elles sont victimes d'un espionnage industriel.

Il montra alors l'objet qu'il avait pris dans la maison.

– En général, c'est quelque chose comme ça, qu'on cherche. Un micro doublé d'un émetteur. C'est-à-dire qu'il capte et transmet dans un rayon d'un kilomètre, environ. Mais j'imagine qu'il est possible, à cette distance, d'installer un relais qu'on active pour l'écouter de beaucoup plus loin, par exemple au moyen d'un simple portable.

Puis il désigna la maison d'un geste de la tête.

– Je crois qu'il y en a d'autres, chez vous. Sans compter que votre ligne téléphonique est sans doute sur écoute, elle aussi, et qu'on peut procéder de même avec elle. Mais je ne me suis pas donné la peine de chercher. J'ai pris ça pour vous le montrer, simplement. Le reste, vous pouvez le laisser en place. Temporairement. Ainsi, celui qui l'a posé aura l'impression que tout est toujours comme avant.

Nielsen se passa la langue sur les lèvres. Il était

épuisé. Comme s'il avait été vidé de toute son énergie et qu'une cavité se soit formée en lui.

– Vous m'avez l'air de bien vous y connaître, dit-il lentement. Comment cela se fait-il ?

– La vie est un long apprentissage, répondit Larsson en haussant les épaules.

– Mais enfin, qu'est-ce qui vous a donné l'idée de venir chercher chez moi ?

Larsson se tourna vers lui.

– Il m'a semblé que j'entendais un bruit bizarre, quand tu m'appelais de chez toi – on peut se tutoyer, maintenant, n'est-ce pas ? Et puis il y a d'autres choses qui paraissent plutôt louches, dans cette histoire, non ?

– Tu estimais que je me faisais des idées, la dernière fois que nous nous sommes parlé ?

– Je ne voulais pas trop en dire. Et puis, je parlais sérieusement, quand je disais que tu devrais laisser tomber.

– Mais tu as changé d'avis ? pouffa Nielsen. Sinon, pourquoi serais-tu venu ici ?

Larsson l'observa pensivement.

– Je voulais m'assurer que mes soupçons étaient fondés. Et j'ai eu l'impression que tu avais la frousse, quand tu m'appelais. Je me suis dit que tu apprécierais peut-être un peu de compagnie. Est-ce que je me suis trompé ?

Nielsen resta un moment sans rien dire, à réfléchir. Puis il raconta longuement sa visite dans l'appartement de Bengt Andersson et ce qu'il avait appris par l'intermédiaire de Lasse Henning et de Harri. Pour finir, il évoqua la photo, en observant de près les réactions de Larsson. Celui-ci se contentait de regarder devant lui, sans rien laisser paraître de ce qu'il pensait. Puis il hocha la tête et dit à voix basse, en se tournant vers Nielsen :

– C'est très fréquenté, chez toi, dis donc ! Qu'est-ce que tu penses de ça ?

– Que Bengt Andersson et Kaj Härlin ne sont qu'une seule et même personne, répondit Nielsen avec un geste de lassitude. Du moins maintenant. Ce qui veut dire qu'il est toujours en vie et qu'il a joué un rôle dans la disparition d'Anna-Greta Sjödin.

– Tu estimes donc qu'il a survécu à l'incendie, en se nourrissant de racines et de mousse, dans la forêt, pendant quelques semaines, avant de tuer Anna, pour une raison ou pour une autre ? Ainsi que le vrai Bengt Andersson, qui se serait trouvé par hasard dans le coin ? Et qu'il aurait ensuite réussi à disparaître et à rester caché pendant trente ans ?

– Oui, dit Nielsen. À peu près. Mais il me semble que c'est ce que tu pensais, toi aussi, il n'y a pas si longtemps. Tu as également changé d'avis sur ce point ?

Larsson regarda devant lui pendant un moment, les yeux mi-clos, avant de secouer la tête et de se tourner vers Nielsen.

– Non, dit-il. C'est lui. Je le sais. Je ne pourrais pas dire comment il s'y est pris. Ni pourquoi il a fait ça. Mais je sais que c'est lui. Mon flair ne me trompe pas.

Puis il se tut, le visage renfrogné, le regard absent.

– Mais, je te l'ai dit, ça ne te regarde pas, cette affaire, finit-il par reprendre. Tu ferais mieux de te tenir à distance.

Nielsen le dévisagea.

– Qu'est-ce que tu vas faire ?

Le visage de Larsson s'éclaira d'un sourire.

– Attendre. C'est une bonne méthode de chasse. Rester immobile. Ce qu'on guette finit toujours par se mettre à bouger. Il suffit d'attendre que l'autre perde patience, lui.

– Et après ?

Larsson sourit à nouveau.

– Bah, on verra bien. Mais, je te répète qu'il vaudrait mieux que tu ne sois pas là.

Nielsen secoua fermement la tête.

– Je reste, dit-il sèchement.

Larsson haussa les épaules.

– Ah bon, tu restes ? J'espère que ce n'est pas seulement parce que tu estimes que tu as quelque chose à prouver. Donner des preuves de ta virilité, pour ainsi dire.

Il eut l'air de réfléchir et se rejeta en arrière, avant de prendre quelque chose sur le siège arrière de la voiture et de le poser sur les genoux de Nielsen.

– Bon, alors prends ça. Pour plus de sûreté.

Nielsen déplia l'étoffe et découvrit un fusil à canon scié.

– Bon sang, mais… Tu es devenu fou ?

Il remballa rapidement le fusil et le rendit à son voisin.

– Reprends ça ! Je ne veux pas le voir !

Larsson le regarda avec des yeux vides d'expression.

– Alors, disons que tu n'as rien vu, dit-il, en replaçant le fusil sur le sol de la voiture, derrière eux.

Tjarrko était en train de fouiner le long de la clôture, à l'intérieur du terrain. De temps en temps, il levait la tête, observait attentivement la voiture et aboyait, comme pour montrer qu'il ne négligeait pas son devoir, avant de se remettre à chercher. Nielsen l'observa en silence. Puis il se tourna de nouveau vers Larsson.

– Qui es-tu, au juste ? demanda-t-il. Qu'est-ce que tu fais, dans la vie ?

– Qu'est-ce que tu cherches, toi ? demanda l'autre avec un petit rire sarcastique. À compléter tes dossiers ? Tu veux la pointure de mes chaussures ?

Nielsen secoua la tête.

– Tu me prends pour un idiot ? Tu n'es pas un enfant de chœur, ça je le sais depuis le début. Mais je commence à me demander si Ivarsson n'avait pas raison, à propos de toi.

– À quoi est-ce que ça te servirait de le savoir ? Je te demande un peu.

Un instant, Larsson l'observa légèrement de travers. Puis il se cala sur son siège et croisa les bras sur sa poitrine.

– On va bien voir ce que tu en penses, dit-il avant d'observer une courte pause. Quand je suis rentré au pays, au milieu des années 70, c'est vrai que je ne valais pas cher. Pas plus que quand j'ai filé. Pendant une période, j'ai accepté ça, je me disais que c'était normal. Et puis je me suis lassé. J'ai décidé que je n'allais plus passer mon temps à faire des courbettes, bien gentiment, comme on avait eu l'habitude dans ma famille, du plus loin que je me souvienne. J'allais me procurer ce dont j'avais besoin et je savais comment. Parce que je connaissais un truc que les autres ignoraient.

– Qu'est-ce que c'était ? demanda Nielsen, voyant que l'autre ne continuait pas de lui-même.

– Je savais que je n'étais pas bête, dit Larsson dans un éclat de rire. Que j'étais loin d'être bête !

– Et ça a suffi ?

– En général, ça suffit pendant pas mal de temps. Je savais aussi qu'il y a des gens qui sont prêts à payer pour une chose ou pour une autre. À payer généreusement. Et puis il y en a d'autres qui sont prêts à leur fournir ce qu'ils veulent. Mais il faut quelqu'un derrière, aussi. Quelqu'un qui fasse en sorte que les choses se passent, qui organise, qui met en relation.

– Alors, Ivarsson avait raison ?

– Ivarsson ! pouffa Larsson. Je crois qu'il avait d'autres raisons de dire ce qu'il a dit. Tu sais ce que je suis. Un petit boutiquier. Qui achète et qui vend. Qui sert d'intermédiaire. Pour des biens et des services. Mais t'as pas besoin de passer tes nuits à t'inquiéter de ça. C'est des broutilles, des bagatelles. Le tout mis bout à bout, on gagne sa croûte.

– Et ça ? demanda Nielsen en désignant le fusil, derrière eux, d'un signe de tête.

– Ça, c'est pour la sécurité, répondit Larsson avec un haussement d'épaules. Je te l'ai déjà dit ; je ne suis pas bête. Je ne me suis jamais mis dans la tête que, ce que je fais, c'est pas dangereux. Mais ça vaut aussi pour toi, dans le cas présent, tu ne crois pas ?

Nielsen ne répondit pas, se contentant de regarder par le pare-brise teinté. À nouveau ce sentiment de lassitude. Il eut soudain l'impression qu'il n'aurait pas la force de descendre de voiture et de rentrer chez lui. Il avait d'ailleurs un sentiment de sécurité, à être assis là, à côté de Larsson. Comme s'il était à l'abri, protégé, pris en main. Mais cela finit par l'irriter et il se secoua, vexé.

Au prix d'un gros effort sur lui-même il se redressa et ouvrit la portière.

– Eh bien, attendons, alors. Pour le moment. Mais, s'il montre le bout de son nez – lui ou quelqu'un d'autre – on va tout droit à la police. Il doit y avoir assez de charges contre lui pour qu'elle y regarde d'un peu plus près. On ne fait rien d'autre, compris ?

Larsson le regarda un moment, puis haussa les épaules.

– Comment penses-tu t'y prendre ? Lui demander de venir avec toi chez les flics, bien gentiment ?

Nielsen ne se soucia pas de répondre.

– Cette semaine, dit-il ensuite. On attend jusqu'à la fin de la semaine. Après, j'ai l'intention d'entreprendre quelque chose. D'écrire un article, par exemple. Même si mon histoire donne l'impression de ne pas tenir debout.

Larsson opina du chef en regardant droit devant lui.

– Je reste à proximité, dit-il. Tu as mon numéro de portable. Mais ne l'utilise qu'en cas de besoin. Et n'en dis pas trop.

Les journées se déroulaient, irréelles. Il n'allumait pas la lumière, ne répondait plus au téléphone. Il laissait sonner, jetant simplement un coup d'œil sur l'indicateur d'appel pour voir s'il identifiait le numéro. Un sentiment permanent de lassitude. Au cours des dernières nuits il n'avait dormi que sporadiquement, se réveillant au moindre bruit. Pendant la journée, il lui arrivait de sommeiller, sur son siège, mais il ne tardait pas à sortir de sa torpeur dans un sursaut, le cœur battant la chamade. Il était alors obligé de se lever, de faire les cent pas et d'aller regarder par la fenêtre.

Il avait aperçu la voiture de Larsson à une ou deux reprises. Sur le parking, la plupart du temps au crépuscule. Mais il ne s'était pas montré. Ils ne s'étaient d'ailleurs pas parlé depuis le jour où il l'avait trouvé devant chez lui.

Il emmena Tjarrko faire un tour près de la rivière. Il y avait du vent et il dut remonter sa fermeture Eclair jusqu'au cou et marcher penché en avant. Il franchit le petit pont de bois, baissa les yeux vers cette eau noire au cours assez lent puis les leva pour scruter les environs. Deux autres personnes promenaient leur chien à environ cinq cents mètres de là. Les bêtes étaient détachées et couraient en rond comme des folles. Tjarrko les avait vues, lui aussi, et tirait sur sa laisse en flairant de toutes ses forces. Mais il obliqua dans l'autre sens et traversa les champs herbus, en direction de la forêt.

Ce n'est qu'au bout de quelques centaines de mètres

qu'il détacha l'animal et le laissa errer à son gré, tandis qu'il allumait une cigarette et levait les yeux vers la route, sur laquelle passait la circulation de l'après-midi. Il était près de cinq heures et la nuit de novembre commençait à tomber. Il était à peu près invisible, là où il était, se dit-il. Il ne formait qu'une vague silhouette, localisable uniquement grâce à la braise de sa cigarette. S'il restait là, il serait en sécurité.

Il se retourna pour chercher Tjarrko du regard. Il siffla une ou deux fois, fit demi-tour et commença à revenir sur ses pas. Les deux autres propriétaires de chiens étaient partis. Aussi loin que pût porter sa vue, dans le crépuscule, la vallée était déserte. Il siffla à nouveau et appela, en pestant intérieurement. Puis il s'arrêta et prêta l'oreille. Il lui sembla entendre des aboiements, mais ils furent emportés par le vent.

Il se dirigea vers la route à grands pas, espérant que l'animal était rentré de sa propre initiative, pour une raison ou pour une autre. C'était déjà arrivé. Une fois parvenu à la rocade, il s'arrêta et jeta quelques coups d'œil inquiets le long de celle-ci. Toujours aucun signe de Tjarrko. Il remonta donc le chemin en terre battue, en direction de sa maison, en regardant autour de lui et sifflant.

Soudain, il se figea sur place. La porte d'entrée était ouverte. Il s'efforça de se reporter en arrière par la pensée. Avait-il oublié de fermer à clé ? Ce n'était pas possible. Il le faisait toujours.

C'est alors qu'il entendit un bruit en provenance de la maison. Un aboiement étouffé qui se changea en une plainte brutalement interrompue. Il resta immobile une seconde, paralysé de peur, avant de se remettre en mouvement. Il se dit que ce qu'il faisait était stupide et pourtant il était incapable de s'en empêcher. Il remonta l'allée en courant, dans la mesure où le lui permettait sa claudication, monta les marches et entra en coup de vent.

Le chien gisait à l'entrée de la salle de séjour, la tête tournée vers l'arrière, au milieu d'une mare de couleur sombre.

Il fit un pas en avant et sentit presque au même instant quelque chose qui venait le frapper violemment en dessous du genou. Sa jambe fut projetée en arrière et il s'effondra sur le sol, incapable de se retenir à quoi que ce soit, en cognant la tête contre le seuil. Il resta là un instant, étourdi, puis parvint à se retourner. Le sang qui s'écoulait de sa tête lui tombait dans les yeux et il les essuya frénétiquement pour tenter de voir son agresseur.

Une silhouette se détacha de la pénombre et avança vers lui. Pris de panique, il tenta de reculer en s'appuyant sur les mains, mais comprit vite l'inutilité de ce geste. Il resta alors là où il était, écarquillant les yeux.

– Espèce de charogne, dit-il à voix basse. Approche un peu, sale lâche. Montre-toi, je te dis.

L'homme s'arrêta, comme s'il hésitait.

– Allez, viens ! Si tu l'oses ! Approche, que je te foute un coup dans les couilles !

Il voulait l'obliger à parler, à dire quelque chose. Lui faire perdre sa concentration. Gagner quelques secondes, se procurer un petit avantage.

– Tu sais que c'est terminé, maintenant. Tu n'iras pas plus loin. Je sais tout sur ton compte. Et je ne suis pas le seul. Tu ne pourras plus te cacher nulle part.

L'homme resta un instant immobile, puis se remit en mouvement. Nielsen comprit qu'il avait échoué et qu'il ne parviendrait pas à le faire parler. Il l'avait simplement observé, froidement, avant de décider ce qu'il allait faire. Il approchait maintenant, d'un pas souple qui semblait s'accélérer. Nielsen vit qu'il faisait un geste vers le haut, comme lorsqu'on brandit une hache. Instinctivement, il se recroquevilla et tenta de protéger sa tête, en se disant que cela ne servirait à rien.

Tout explosa alors, autour de lui, et il sut que le coup avait porté. Pourtant, il voyait toujours et il put même apercevoir, une fraction de seconde, une partie du visage de l'homme, avant qu'il ne disparaisse et ne semble se dissoudre. Puis vint le bruit, un choc brutal contre ses tympans. Il pressa ses mains sur ses oreilles et poussa un cri sans pouvoir entendre sa propre voix. Il ne savait plus ce qui se passait. Tout n'était plus qu'une longue douleur insupportable.

Quelqu'un se pencha vers lui et il plongea le regard dans le visage de Bernt Larsson. Il vit ses lèvres bouger, sans bruit, sa silhouette se redresser et sa main désigner la jambe inutilisable, tandis qu'un étonnement non déguisé se lisait dans ses yeux et que sa tête s'agitait latéralement.

Les lèvres se mirent de nouveau à bouger et Nielsen comprit qu'il l'incitait à se mettre debout. Il finit par y parvenir, prit un appui précaire sur sa jambe droite, avec l'aide de Larsson, et sentit celui-ci glisser ses bras autour de son dos et de sa cuisse. Il voulut crier que ce ne serait pas possible, mais l'autre l'avait déjà soulevé d'un seul coup, le transportait à travers la salle de séjour et le déposait sur son lit, dans sa chambre.

Il tourna la tête et aperçut une partie du corps qui gisait sur le sol, près de la porte de l'entrée, étendu de tout son long et dépourvu de visage. Il eut un haut-le-cœur, parvint à se hisser sur le coude, se pencha par-dessus le bord du lit et vomit par terre.

Il n'avait plus aucun sens du temps. Il était tombé dans un puits de sommeil ou de torpeur. Un moment il crut pouvoir se hisser à la surface. Il se souvenait de ce qui s'était passé mais savait que c'était un rêve, le fruit de son imagination. La douleur montait en lui. Il geignit, tenta de se lever et vit devant lui ce visage déformé, semblable à celui d'un singe. Il sentit qu'on tentait d'introduire une fiole entre ses lèvres. Il se débattit et tenta de cracher.

– Prends ça, bon sang. Tu me remercieras, plus tard.

La voix vibrait, avec une sonorité métallique, comme si elle sortait de quelque ridicule jouet mécanique. Il se mit à rire. Il reconnaissait cette voix, se dit-il. Il y avait en elle quelque chose dont il devait se souvenir. Puis il retomba. Mais pas aussi profond. Il flottait, légèrement en dessous de la surface. Par moments il remontait, puis redescendait. On se dirait sur un radeau, bon sang, se dit-il en riant à nouveau. Puis il se laissa retomber à travers des ténèbres sans fond, avec un sentiment d'immense soulagement, de délivrance. Il ne s'est rien passé, pensa-t-il. Il n'a rien pu se passer. Et rien n'existe plus. Même pas le temps.

Lorsqu'il ouvrit les yeux la fois suivante, la lumière grise du jour filtrait par la fenêtre. La peau de son front était tendue à l'extrême. Il passa les doigts sur la compresse qu'il portait sur la tête, entre la tempe et l'oreille. Mais, sitôt qu'il voulut bouger, la nausée se mit de nouveau à monter en lui. Pourtant, il parvint à se hisser sur le coude et tenta de regarder autour de lui. Une forte odeur de détergent lui monta aux narines et il sentit un courant d'air froid, comme si une fenêtre était restée ouverte.

Quelque chose bougea sur sa gauche et il tourna la tête, au prix d'un gros effort. Il découvrit alors Larsson, affalé sur une chaise, près du mur, le visage gris de fatigue, qui se redressa lentement.

– Alors, on revient de vacances ?

Nielsen le dévisagea lentement.

– Où est le corps ? finit-il par dire d'une voix rauque, brisée. Qu'est-ce que tu en as fait ?

– Il n'y a pas de corps, répondit Larsson en haussant les épaules. Pas que je sache.

Nielsen secoua énergiquement la tête.

– C'est pas possible, merde… on peut pas… Faut qu'on appelle la police…

Larsson le regarda, l'air de ne pas comprendre.

– À propos de quoi ? Je n'ai rien à leur dire, moi, en tout cas.

– C'est pas quelque chose qu'on peut…

Mais il dut s'interrompre pour chercher ses mots.

– On peut pas faire semblant de rien.

– Ah bon ? dit Larsson avec un éclair de malice dans ses yeux gris. J'ai vu personne accourir pour nous demander ce qui s'est passé. Et toi ? Tu crois que quelqu'un va venir ?

Nielsen secoua à nouveau la tête.

– Bon sang, Larsson, réussit-il à dire. C'est pas ça. Mais on peut pas procéder comme ça.

Larsson le dévisagea longuement, impassible.

– Je m'en occupe, laisse-moi faire. Et j'ai pas l'intention de demander la permission, ni à toi ni à personne. Si j'étais pas entré, tu ne serais pas là à tenter de me faire la morale. Ça vaut la peine d'y réfléchir, non ?

Il observa une courte pause.

– Et puis, tu parles de quelqu'un qui n'existe pas. Plus depuis trente ans. Ces gens-là, personne ne les cherche ni ne les regrette.

Nielsen se laissa retomber sur l'oreiller. Il sentit que la douleur principale avait encore changé de nature et s'était faite plus insistante, plus rythmée. Il porta une nouvelle fois la main à son pansement.

– Il t'a pas cogné ? demanda-t-il.

– Il a pas eu le temps. Je lui ai expédié deux coups de fusil et ça a suffi. Il a dû te faire ça avant.

– Il m'a bousculé quand je suis rentré, dit Nielsen en hochant la tête.

– Oui, je t'ai vu étendu par terre. Et puis ta jambe. Au début, j'ai cru qu'il te l'avait cassée, dit-il en éclatant soudain de rire, se penchant sur le côté et soulevant la prothèse posée sur le sol. J'aurais jamais deviné ça ! Que tu te baladais avec un truc pareil. Lui non plus, d'ailleurs. On peut dire que tu as eu une sacrée veine. Si tu n'avais pas déjà été unijambiste, tu le serais maintenant !

Nielsen le regarda sans la moindre envie de rire.

– Comment savais-tu qu'il était là ? Dans la maison ?

Larsson laissa négligemment tomber la prothèse sur le lit.

– Je l'ai vu arriver et entrer. J'étais posté à deux cents mètres, là derrière. À surveiller, depuis le début de l'après-midi. J'étais là hier aussi, d'ailleurs. Et avant-hier. Je sentais qu'il viendrait. Qu'il finirait par venir. Et c'est bien ce qu'il a fait. Il est arrivé, avec le chien qui le suivait docilement, presque comme s'ils s'étaient déjà vus. J'en suis resté baba. Je me suis dit que c'était peut-être une de tes connaissances.

Il observa une courte pause et regarda pensivement Nielsen.

– Et puis t'es arrivé. J'étais sur le chemin, mais j'ai pas eu le temps de te rattraper. Je t'ai appelé, mais tu t'es précipité à l'intérieur sans t'occuper du reste.

Il se tut.

– Tu avais pris ton fusil, dit Nielsen au bout d'un moment. Tu avais déjà décidé ce que tu allais faire, hein ?

Larsson se contenta de hausser les épaules.

– Qu'est-ce que tu as fait du corps ?

– T'occupe pas. Moins tu en sais, mieux ça vaut.

Nielsen pouffa.

– C'est lui ? demanda-t-il alors. C'est Kaj Härlin ?

– Impossible de le voir. De toute façon, je n'aurais pas pu le reconnaître. Mais qui est-ce que ça pourrait être d'autre ?

– Il n'avait rien sur lui ?

– Même pas un timbre poste.

Nielsen ferma les yeux et tenta de réfléchir.

– Je me demande… ce qu'il me voulait ? Pourquoi il m'a appelé ? Pourquoi il a fait ça ? Pourquoi toute cette histoire et pourquoi il a tenté de me tuer sans me dire un mot ?

– Tu crois qu'il le sait lui-même ? pouffa Larsson. Il était malade, c'est tout. Complètement malade.

Il secoua la tête et regarda par la fenêtre.

– Ce qui ne veut pas dire que je regrette ce que j'ai fait. Au contraire. Je le referais, s'il le fallait.

Il avait de nouveau sombré dans le sommeil. Il s'était ensuite réveillé, avec le même sentiment d'irréalité qu'avant. Puis il avait sombré à nouveau et dormi par étapes.

Il finit par se hisser sur les coudes, se mettre sur son séant et passer les jambes par-dessus le bord du lit. Larsson apparut alors sur le seuil de la salle de séjour.

– Tu as besoin d'aide ? demanda-t-il.

Nielsen secoua la tête, tendit la main pour attraper sa prothèse maintenant en bien mauvais état, parvint non sans mal à la remettre en place et l'attacha. Puis il clopina en direction de la salle de bains, tandis que Larsson le suivait des yeux sans afficher la moindre gêne.

En ressortant, il resta un moment debout, à regarder autour de lui. La pièce avait été soigneusement rangée, mais on pouvait encore distinguer un certain nombre de taches sombres sur l'un des murs. Le tapis qui était posé en travers du plancher de la salle de séjour avait disparu.

Il gagna péniblement le canapé et s'y laissa tomber. Larsson était toujours debout, en train de le regarder.

– Tu t'en tirais bien, avec ce truc, dit-il, en désignant de la tête la jambe équipée de la prothèse. On le remarquait à peine.

– J'ai eu tout le temps de m'entraîner, répondit Nielsen. Et puis j'ai toujours l'articulation du genou. C'est plus facile.

– Comment est-ce que ça t'est arrivé ?

– Accident de la circulation, dit Nielsen en se frottant le genou. Il y a dix-huit ans. J'en avais vingt-trois. Ivresse au volant. Mais ça aurait pu être pire, reprit-il après un moment de silence. Il n'y a eu qu'un seul blessé. Le conducteur.

– Oh merde ! s'exclama Larsson, la tête de côté.

– Je n'avais même pas tellement envie de me réveiller, poursuivit Nielsen. Pas sur le moment. Je trouvais que ça n'avait pas d'importance.

Larsson le dévisagea d'un regard perçant. Puis il détourna les yeux et secoua énergiquement la tête.

– Autrement dit : tu as essayé de te tuer ? C'est le sentiment que j'ai, du moins.

Au lieu de répondre, Nielsen haussa les épaules.

– C'est drôlement stupide, en tout cas, poursuivit Larsson. Faut faire ça quand on est sobre. Et à jeun.

– Qu'est-ce que tu en sais ? Tu as essayé, toi aussi ? demanda Nielsen avec une grimace, avant de poursuivre sans attendre la réponse. Je ne me rappelle pas. Mais il n'y a pas grand-chose dont je me souvienne, dans ces années-là.

– De quelles années parles-tu ?

– En gros : celles qui me séparent du berceau.

Il se leva et fit le tour de la pièce pour juger de son état. Il s'arrêta près de la fenêtre pour regarder dehors.

– Et Tjarrko ? demanda-t-il dans le vide, au bout d'un moment.

Larsson haussa les épaules en signe de regret.

– Il n'y avait rien à faire. La gorge tranchée. Mais il n'a pas dû sentir grand-chose. Ça s'est passé très vite. Je l'ai mis dehors, sous un sac en plastique. Pour que tu puisses décider toi-même quoi en faire. Il a dû l'appâter d'une façon ou d'une autre et revenir avec lui à la maison. Je suppose qu'il voulait que tu le cherches.

Nielsen avait les yeux fixés devant lui. Il sentait monter en lui à la fois le vide et la colère. Il ne savait pas très bien quoi décider. Que faire d'un chien mort ? L'enterrer ou l'incinérer ? Est-ce qu'il fallait s'adresser à quelqu'un ? Était-il permis de le pleurer ?

Il fit la grimace et secoua la tête.

– J'ai eu l'impression de le reconnaître, dit-il. Je crois que je l'ai déjà vu quelque part.

– Tu as vu son visage ? demanda Larsson.

– Aperçu, seulement. Par-dessous. J'étais par terre, n'oublie pas, ajouta-t-il en regardant l'autre. On ne saura jamais ce qu'il voulait. Pourquoi il s'est donné tout ce mal, ni ce qui s'est vraiment passé. On n'a plus aucun moyen de poursuivre les recherches. As-tu pensé à ça ?

Larsson resta silencieux pendant un bon moment.

– C'est très bien ainsi, finit-il par dire, à voix basse. Il faut que ça se termine. Ça suffit comme ça.

– Et Kennet Eriksson, alors ? Et Ivarsson ?

Larsson tourna la tête.

– Je ne sais pas. Qui vivra verra. Et, quant à Ivarsson… Je ne peux pas dire que je sois très curieux de savoir ce qui lui est arrivé. S'il ne refait pas surface, il faudra s'y résigner.

Nielsen le regarda d'un œil soupçonneux.

– Qu'est-ce qu'il y a au juste, entre toi et Ivarsson ?

Tu ne trouves pas que le moment est venu de me le dire ?

– Ça te regarde pas, répondit finalement Larsson. Ni personne d'autre. C'est une affaire entre lui et moi, comme tu dis.

Il fit quelques pas et parut peser le pour et le contre.

– Mais je peux te fournir un indice. Pour t'éviter des insomnies. Ça remonte très loin en arrière ou, du moins, c'est alors que ça a commencé. Qu'est-ce que tu crois qu'il faisait, à l'époque où il s'occupait de l'équipe junior de football ? Quand il en prenait un à l'écart, pour lui dire qu'il voulait lui toucher un mot, par la suite ? Ou quand il pénétrait dans les douches, s'il y en avait un qui était en retard ou que les autres étaient déjà partis ?

Nielsen le regarda, interloqué.

– Tu l'accuses de pédophilie ?

– Appelle ça comme tu veux. En tout cas, il aimait les garçons, les jeunes hommes, si tu préfères dire ça de cette façon. J'y vois pas d'inconvénient. Les gens peuvent avoir les goûts qu'ils veulent, en ce qui me concerne. Pourvu qu'ils ne s'en prennent pas à moi.

– Et il s'en est abstenu ?

Le regard de Larsson se fit fuyant et son visage se ferma.

– Il a effectué une tentative, finit-il par dire. Une de trop. Mais je lui ai planté mon genou entre les jambes et je lui ai marché sur le poignet, une fois qu'il a été par terre. Ça a été la fin de sa carrière de footballeur, je peux te le dire.

Il se tut un instant.

– Je n'étais pas le seul à savoir sa vraie nature. Mais il choisissait des gars auxquels il pouvait faire peur et il agissait en sorte qu'ils ne puissent rien dire. S'ils n'avaient pas déjà trop honte pour ça.

– J'ai du mal à le croire, dit Nielsen en secouant la tête. Et il était marié, avec ça ?

– Comme si ça empêchait quelque chose, pouffa Larsson. C'est peut-être pour ça qu'elle est partie, d'ailleurs. Moi, il me haïssait comme la peste. Mais il n'a jamais rien osé contre moi. Et puis, j'ai pas tardé à prendre la tangeante.

– Et maintenant, après toutes ces années ?

– Il n'est pas plus courageux. Il reste de son côté. Il a dit pas mal de saloperies sur mon compte, mais je m'en fiche pas mal.

Puis il pencha la tête et observa Nielsen.

– Son grand amour, c'était Kaj Härlin, tu l'ignorais peut-être. Il ne le lâchait pas des yeux.

Nielsen le regarda longuement.

– Est-ce que je te comprends bien ? Serais-tu en train de me dire qu'Ivarsson a été mêlé à cette affaire depuis le début ? Est-ce que c'est à lui que tu pensais quand tu disais que Kaj Härlin ne pouvait pas avoir fait ça tout seul ?

Larsson haussa les épaules.

– Si tu as mieux à proposer… Sinon, pourquoi aurait-il réagi comme il l'a fait quand on a trouvé les restes d'Anna ? Et quand le nom de Kaj Härlin a été prononcé ? Pourquoi s'est-il effondré et s'est-il mis en congé de maladie ? Pourquoi ne t'a-t-il rien dit ?

Un frisson passa dans le dos de Nielsen, tandis qu'il regardait par la fenêtre.

– Dans ce cas, ce n'est pas encore terminé, dit-il. Pour que tout se passe comme il faut.

– Je ne sais pas, dit Larsson. Je ne crois pas qu'il faille avoir peur d'Ivarsson.

– Et s'il revient ?

– Fais-le moi savoir, alors, dit Larsson avec un grand sourire.

RIEN

– Tu as l'intention de rester vivre là ? avait demandé Larsson le matin de son départ.

Nielsen avait secoué les épaules.

– Je ne sais pas. Je vais voir.

Larsson avait fait la grimace, était allé jusqu'à la fenêtre et avait cogné du doigt contre l'isolation.

– Tu m'as dit qu'on allait détruire la maison. Ce n'est pas trop tôt. Elle est pourrie. De partout. Tu t'en es pas encore aperçu ? Elle va pas tarder à te tomber dessus, ta baraque.

Nielsen n'avait pu qu'opiner du chef.

– Je verrai par la suite ce qu'il faut que je fasse.

Ils étaient restés debout devant la fenêtre. Puis Larsson était allé faire un tour sur la pelouse et avait examiné la maison, d'un œil critique, à quelques pas de distance. Il était ensuite venu rejoindre Nielsen en bas du perron.

– Ce que j'en dis, hein… Tu fais comme tu veux. On va sans doute pas se revoir. Ça vaudrait mieux, si on peut l'éviter.

Nielsen lui avait alors fait signe d'attendre, était revenu dans la maison et avait fait sa réapparition, peu après, avec son appareil à la main. Larsson avait eu un sursaut mais s'était gentiment laissé prendre en photo, avec une expression légèrement contrariée sur le visage.

– Tu crois que c'était nécessaire ?

– Tu as une objection ?

– Pas vraiment, avait répondu Larsson avec un petit sourire. J'ai pas trop l'habitude de figurer dans les albums de famille. Mais c'est peut-être pour la garder dans ton portefeuille et la montrer dans les grandes circonstances.

Puis il avait tourné les talons, gagné sa voiture et mis le moteur en marche. Nielsen l'avait regardé s'éloigner.

Il s'était retrouvé seul et le silence de la maison lui avait paru plus perceptible qu'auparavant. Presque palpable, à la façon d'un poids qui l'écrasait, le plaquait au sol et lui rendait la respiration difficile. Pourtant, il évita de sortir. Comme s'il y avait quelque chose de menaçant, au-dehors, et si la maison lui offrait malgré tout une protection.

Il ne se passa rien d'autre. Et il ne devait plus rien se passer, tenta-t-il de se persuader. Pourtant, il ne cessa d'attendre et ne quitta la maison que lorsqu'il y fut vraiment forcé. Il ne fit rien, non plus, n'écrivit pas et ne lut pas. Il mangea à peine et resta couché la plupart du temps. Lorsqu'il se leva et se déplaça, il évita machinalement l'endroit où s'était trouvé le corps et s'efforça de se placer de façon à pouvoir surveiller l'entrée du chemin.

Il dormit par à-coups, sans se reposer vraiment. Il se réveilla avec des palpitations, la bouche sèche et le sentiment d'être perpétuellement en position de faiblesse. D'être toujours observé, surveillé, par quelqu'un qui attendait son heure.

Il enterra Tjarrko derrière la maison, dans un coin de ce qui avait sans doute été, jadis, un potager. Le sol n'était pas encore gelé, mais la terre était compacte et dure à remuer. De plus, il manquait d'entraînement, n'ayant guère l'habitude du travail physique. La sueur lui coulait dans le dos sous l'effort. Il avait un goût de sang dans la bouche et, de temps en temps, la nausée. Finalement, il déposa avec beaucoup de précautions le cadavre du chien dans le trou peu profond qu'il avait creusé. Il resta un moment immobile à regarder l'animal. La pluie et l'humidité avaient collé son poil sur sa peau et il avait soudain l'air tout petit.

Puis il referma la tombe avec un sentiment paralysant de vide. Il savait ce qu'il devait faire et pourtant il n'était pas en état de le faire, ni d'entreprendre quoi que ce soit, comme s'il était vidé de toute énergie. Peut-être était-ce simplement dû à la peur de ce qui l'attendait : une rencontre inéluctable qu'il pourrait seulement retarder.

Le 3 décembre, il avait neigé pendant plus de vingt-quatre heures, presque sans arrêt. Il sortit pourtant dans toute cette blancheur. Le sentier de promenade était totalement recouvert et il avançait au jugé, le vent dans le nez. Il dut s'arrêter pour essuyer la sueur de son front et se passer la main sur les joues. Il sentit alors que ses poils formaient presque une barbe véritable, faute d'avoir été rasés.

Il demeura sur place, tentant de percer du regard les rafales qui se raréfiaient. Il inspira profondément, sentit les flocons de neige lui piquer la peau et le froid s'insinuer sous ses vêtements. Il comprit alors qu'il ne pouvait plus attendre. Pour la première fois en l'espace d'une semaine, il eut le sentiment que cette fatigue paralysante était en train de disparaître, qu'il remontait à la surface.

Il continua à marcher, suivant son parcours habituel, franchit la rivière et monta en direction de la forêt, avant de revenir à travers champs en décrivant un vaste arc de cercle. Il se surprit à certains moments à se retourner pour chercher son chien du regard. Mais il se reprit et poursuivit sa marche.

Une fois revenu devant sa maison il s'arrêta un instant, ferma les yeux et prit son inspiration avant d'ouvrir la porte et d'entrer. Il en avait l'habitude, maintenant. De même qu'il ne se servait plus du téléphone qu'en cas de nécessité absolue.

Il traversa la salle de séjour, pénétra dans la chambre et rassembla en hâte quelques vêtements. Puis il regagna la salle de séjour et en fit le tour des yeux. Il n'avait rien oublié de ce dont il avait besoin, s'assura-t-il. Il se dirigea alors vers son bureau, hésita une seconde avant de soulever le combiné du téléphone et de demander un taxi. Il alla ensuite allumer une cigarette, près de la fenêtre, en attendant celui-ci.

Il lui fallut une bonne semaine pour obtenir les renseignements qu'il voulait. Au début, il progressa à tâtons, n'étant pas très sûr de ce qu'il cherchait. Mais, peu à peu, des contours se dessinèrent et il put contempler, avec une sorte de sentiment de vertige, l'image qui se formait devant lui.

Il avait pris une chambre à l'hôtel, mais en changea trois fois au cours de la semaine, toujours pour une catégorie moins coûteuse. Ses appels téléphoniques, il les passa depuis des cabines situées dans le centre. Il tenta à plusieurs reprises de joindre Harri Rajamäki, mais sans résultat. Il ne répondait pas et personne parmi ceux qu'il interrogea ne se rappelait l'avoir vu au cours des dernières semaines. Quant à Lasse Henning, il s'abstint de le contacter. Ce qui l'occupait maintenant était en dehors de son domaine.

Sa prothèse lui donnait des soucis. Son ouverture

endommagée ne s'appliquait plus très bien au moignon de sa jambe et rendait son pas mal assuré. Mais il était conscient qu'il serait impossible d'y remédier au cours des jours à venir et il ne se donna même pas la peine d'appeler. Il écarta cette idée, avec le sentiment de ne plus pouvoir laisser quoi que ce soit le retarder ou l'amener à renoncer.

C'est vers la fin de la semaine qu'il loua la voiture. Une automatique, pour ne pas avoir à appuyer sur la pédale d'embrayage. Il n'avait presque plus conduit depuis son accident mais avait conservé les bons réflexes, qui semblaient être restés tapis au fond de sa moelle épinière.

Il avait dix ans, la première fois qu'il s'était mis au volant, coincé entre les jambes de Janne. À quinze ans, celui-ci l'avait laissé conduire seul pour faire le tour du pâté de maisons ou pour gagner la campagne. Et avant même ses dix-sept ans il s'était lancé pour de bon, se souvint-il avec un sourire en coin. En compagnie de Harri, plus exactement. Ils avaient volé une voiture et pris le large, aussi loin que l'essence contenue dans le réservoir le leur avait permis. Ils s'étaient fait prendre à plusieurs reprises, mais cela ne les avait pas empêchés de recommencer, avec l'obstination de la bêtise.

Il secoua la tête à ce souvenir en faisant marche arrière et prit la route, après avoir fait le plein. Il s'était à nouveau mis à neiger. La température était voisine de zéro et la chaussée recouverte d'une masse boueuse qui ralentissait la circulation. Il se sentit soudain calme et détendu. Il ne savait pas comment il allait s'y prendre ni où tout cela allait le mener. Il était simplement persuadé que c'était quelque chose qu'il fallait qu'il fasse et qu'il était sur la voie.

Larsson le regarda, stupéfait.

– Qu'est-ce qui t'arrive ? demanda-t-il. Tu t'es rendu compte que tu pouvais pas te passer de moi ?

– Quelque chose dans ce goût-là, répondit Nielsen, sans bouger, au bout d'un moment.

Larsson fit un pas en arrière et l'invita à entrer d'un geste, avant de tourner les talons et de se diriger vers la cuisine.

– Je t'attendais pas, reprit-il. Tu aurais dû m'appeler pour me prévenir.

– Pourquoi ? demanda Nielsen. Si tu n'avais pas été chez toi, je t'aurais attendu.

Larsson l'observa un instant puis s'assit et désigna la chaise placée en face de lui.

– J'aurais été préparé à ta visite.

– Oui, bien entendu, dit Nielsen en s'asseyant. Mais tu vas pas te laisser perturber par si peu.

Larsson le dévisageait maintenant attentivement, laissant à Nielsen le temps de s'installer confortablement.

– Tu aimes le théâtre ? demanda alors ce dernier. Il y a des raisons de le penser.

– T'as des billets en trop ? finit par répondre Larsson avec un sourire. Et t'as fait cinq cents kilomètres pour venir me les proposer ?

– Non, je suppose que, pour toi, ce n'est pas du théâtre, reprit Nielsen sans se soucier de cette réplique. C'est la réalité, en fait. Tu as l'habitude de jouer un rôle, n'est-ce pas ?

– Je comprends de moins en moins, dit Larsson avec un sourire de plus en plus large.

– Je crois au contraire que tu en sais plutôt trop que pas assez. À propos de tout. Et, en fait, j'en étais conscient. Mais je *n'étais pas capable* de voir ce que j'aurais dû voir. Parce que tu n'arrêtais pas de me faire regarder ailleurs. Le plus étrange, c'est que je n'ai jamais eu vraiment confiance en toi. Et pourtant, je croyais ce que tu me disais. Il faut dire que tu étais drôlement persuasif !

– Qu'est-ce qui t'arrive ? demanda Larsson en se penchant par-dessus la table et désignant d'un signe de tête la jambe gauche de Nielsen. T'es sûr que tu portes pas une prothèse ailleurs, aussi ? À l'épaule, par exemple ?

– Et puis je me suis dit que c'était toi qui étais venu me trouver, poursuivit Nielsen en ignorant les propos de l'autre. Et que tu ne pouvais pas avoir organisé tout ça. Jusqu'à ce que j'apprenne par Carina Holmlund que tu avais pris contact avec elle et que tu lui avais dit de t'envoyer les journalistes qui se manifesteraient si elle ne se sentait pas de taille à les affronter. Et c'est ce qu'elle a fait. Mais j'ai été le seul que tu as consenti à recevoir, n'est-ce pas ? Personne d'autre n'a pu recueillir tes confidences, à ce qu'on m'a appris. Et, si je n'étais pas venu de moi-même, je suppose que tu aurais trouvé un moyen ou un autre d'éveiller mon attention. Tu es très fort à ce petit jeu, quand tu le veux.

Larsson s'était calé lui aussi sur sa chaise et le regardait toujours avec un petit sourire, sans rien dire.

– Tout ça ne va pas très loin, bien entendu, reprit Nielsen. Tu pourrais très facilement l'expliquer. Mais il y a des choses plus intéressantes. Tu m'as dit que tu avais pris la mer. Jusqu'en 76. J'ai vérifié et il est vrai que tu as été cuistot sur la ligne faisant le service de l'Amérique. Mais on dirait que tu n'as fait qu'un seul aller et retour. Qu'est-ce qui t'est arrivé ? Tu as eu le mal de mer ?

Cette fois, Larsson éclata de rire en secouant la tête.

– Si t'y tiens, je peux te fournir la liste de tous les rafiots sur lesquels j'ai bourlingué. Mais je crois pas que ça te mènerait très loin. Il y a longtemps de ça. Et t'es pas très doué pour les recherches, hein ?

– Peut-être pas. Mais j'ai quand même trouvé quelque chose. Une condamnation pour trafic de stupéfiants. À la fin de l'automne 71, à Stockholm. Tu as dû sortir de taule au printemps suivant. Peut-être au mois d'avril. À temps pour monter vers le nord.

– C'est fou ce que tu peux fouiner. Mais ça va pas très loin non plus. Ça prouve seulement que j'ai pas eu envie de t'en parler ou que j'en ai pas eu l'occasion. Je suis pas très porté sur la confession. J'ai repris la mer, après cette histoire. J'ai traîné ma bosse un peu partout pendant la moitié des années 70, je te l'ai déjà dit.

– Ah bon ? En oubliant de préciser, quand même, que tu as été condamné en compagnie d'un certain Bengt Andersson. C'est curieux qu'il y ait quelqu'un du même nom qui semble s'être intéressé de près à l'affaire Anna-Greta Sjödin, tu ne trouves pas ?

Larsson ne répondit pas.

– Mais il y a une autre coïncidence encore plus étrange, poursuivit Nielsen. Tu te souviens de la photo que j'ai prise de toi ? J'avais une idée derrière la tête en faisant ça. Je suis allé la montrer à certains des voisins de ce Bengt Andersson. Et tu sais ce qu'ils m'ont dit, bien sûr. Que c'était lui qu'ils voyaient sur ce cliché, sans le moindre doute. Ou du moins un locataire qu'ils connaissaient sous le nom de Bengt Andersson.

Il marqua une courte pause.

– Ça a dû être très pratique, dans tes activités. D'avoir deux noms, deux identités dont tu pouvais te servir à tour de rôle. Deux corps dans lesquels te glisser. Tant que tu ne te faisais pas remarquer, on ne risquait guère de s'en apercevoir. Et même si on le faisait – ce n'était pas une catastrophe non plus. Du moins précédemment. Maintenant, les choses se présentent un peu différemment, n'est-ce pas ?

Larsson se détourna et resta un moment parfaitement immobile en secouant simplement la tête.

– T'aurais pas dû continuer, dit-il. Tu pouvais t'estimer satisfait. Pourquoi t'es-tu obstiné, bon sang ? À quoi est-ce que ça t'a servi ?

– Tu veux dire qu'on m'aurait laissé tranquille, alors ? demanda Nielsen. Que tout se serait arrêté là ? Tu crois vraiment que je vais gober ça ?

– Oui, pourquoi pas ? Tu l'as dit toi-même : on devait plus se voir. Mais ça n'a plus guère d'importance, maintenant, hein ? On sait tous les deux que tu as mis en branle quelque chose qu'on peut pas arrêter aussi simplement que ça. Mais je suppose que c'est à cause de ta jambe, poursuivit-il avec un petit rire. Le fait que tu es infirme. Si j'avais su ça, ç'aurait été plus facile. Je comprends pas comment j'ai pu louper ça. Les types comme toi sont toujours plus coriaces que les autres. On dirait qu'il faut qu'ils compensent, d'une façon ou d'une autre. Vous vous accrochez, comme des tiques, et vous lâchez plus.

Nielsen nota le changement intervenu dans la tonalité de sa voix. Mais les traits de Larsson eux-mêmes parurent s'altérer, s'accentuer, être légèrement déformés, comme si un autre visage était en train de prendre forme.

– Et maintenant, tu veux savoir, bien entendu. Tu veux que je te dise ce qu'il en est. Tu crois que je vais cracher le morceau, c'est pour ça que t'as fait le déplacement, hein ? Mais pourquoi veux-tu que je me mette à table ? Pourquoi est-ce que je te fourguerais quoi que ce soit, hein ? Tu peux répondre à ça ?

Nielsen le regarda en haussant les épaules.

– Je croyais que c'était ce que tu voulais, dit-il. Que quelqu'un sache à quel point tu es fort.

– Alors toi, t'as pas regret aux sarcasmes, bon sang, répliqua Larsson. Tu crois que ça va me mettre de meilleure humeur, m'inciter aux confidences, de continuer comme ça ? T'es un peu trop curieux, tu trouves pas ? ajouta-t-il en se penchant en avant. D'après toi, je serais en fait Bengt Andersson. Ces trente dernières années, du moins. Et puis Kaj Härlin, aussi, si j'ai bien compris. Qui est-ce qui s'est pointé chez toi il y a une semaine, alors ? Comment expliques-tu ça ?

– C'était toi, répondit Nielsen sans broncher. Depuis le début.

– C'est pas sérieux, répondit Larsson en faisant claquer sa langue. Tu rêves ou quoi ? Peut-être qu'on rêve tous les deux, après tout ? Allez, réveille-toi !

Il attendit une seconde avant de reprendre :

– Tu aurais dû le reconnaître, non ? Harri Rajamäki, le Finlandais, c'est bien comme ça qu'il s'appelle ? Le nom te dit rien ?

– Bon sang… voulut dire Nielsen en se levant.

– Reste assis, bon Dieu ! siffla Larsson. Si tu veux que je t'apprenne des choses, tiens-toi tranquille !

Nielsen se laissa lentement retomber sur sa chaise.

– Comme ça, c'est mieux, dit Larsson en se calant sur la sienne. Tu devrais me remercier, tu sais. C'est ce que ferait tout individu normalement constitué. Il t'aurait tué, si je l'avais laissé faire. Il avait l'air de t'avoir dans le nez. Tu t'es pas dit que ça se verrait, quand il commencerait à fourrer son nez un peu partout ? Que je serais sur mes gardes ? J'étais au courant de tout ce que tu entreprenais, alors je pouvais me préparer. Et puis tu t'es montré un peu trop radin. Au goût de Rajamäki, en tout cas. Je lui ai dit que t'étais en train d'écrire des articles qui pouvaient m'attirer des ennuis et je lui ai proposé une certaine somme pour qu'il me dise ce que tu savais. Ça n'a pas été très difficile de renchérir sur toi et de le faire changer d'employeur. J'ai jamais vu quelqu'un de plus disposé à le faire ! Si j'avais voulu, je suis sûr qu'il m'aurait détaillé ton linge sale. Et il avait l'air décidé à te fendre le crâne. Il a dû croire que tu l'avais reconnu. Si je l'avais pas empêché… Alors, je crois qu'un petit remerciement serait pas déplacé, non ?

Nielsen était pâle comme un linge.

– Harri, dit-il, les yeux dans le vague, avant de les braquer vers Larsson et de poursuivre à voix basse. Il était au courant de l'accident. C'est pour ça qu'il a visé ma jambe, pour me mettre hors jeu pendant un certain temps. Ensuite, il a sans doute voulu s'éclipser aussi vite que possible. C'est alors que tu lui as tiré dessus. Tu étais dans la maison depuis le début. Mais je ne t'ai pas vu entrer. Vous attendiez à l'intérieur, tous les deux.

– Écoutez-moi ça ! s'exclama Larsson. On croit qu'on t'a rendu service et t'es encore pas content !

– Mais pourquoi ? demanda Nielsen. Il n'avait rien à voir dans cette affaire.

Larsson lui lança un long regard. Il n'y avait plus trace de sourire sur son visage.

– Je me suis dit qu'il en savait trop. Je pouvais pas le laisser s'en tirer comme ça. C'est le hasard qui a fait que ça se produise à ce moment précis. J'étais allé trouver Rajamäki en pensant qu'il pourrait m'être utile, d'une façon ou d'une autre. Je voulais te faire une petite surprise, sans savoir comment. On t'a vu partir. Ensuite, une fois qu'on a été à l'intérieur, le cabot est revenu en courant, je suppose qu'il m'avait flairé. T'as vu toi-même qu'il m'aimait pas trop, hein ? J'ai alors compris comment je pouvais te faire ma surprise. Mais tu es revenu un peu trop vite. J'ai dit à Harri de te faire tomber et je suis allé me poster dans la cuisine pour t'attendre. Et puis après – eh bien, tu sais ce qu'il en est, une chose en entraîne une autre, c'est toujours comme ça. C'était pas vraiment médité, mais j'ai pensé que ça pouvait marcher. Et je l'ai fait. Presque, en tout cas.

– Tu es malade, dit Nielsen. Sacrément malade.

– Ah bon, tu trouves ? dit Larsson avec un haussement d'épaule. Tu es bien placé pour savoir, c'est vrai.

Il observa une pause en se mordant la lèvre.

– Mais en fait, tu sais rien. Rien du tout. Tu sais pas qui est malade et qui l'est pas. Ou ce qui s'est passé. Tu veux que je continue à te le dire ? Ou bien tu l'as déjà deviné, toi qui es si malin ?

Il attendit à nouveau un instant.

– Non ? Rien ? Tu me déçois, Nielsen. Il faut vraiment que je t'explique tout, comme si je donnais une conférence de presse ? Bien sûr que je suis revenu au pays, plusieurs fois. J'ai rencontré les jumeaux. C'est Anna qui nous a présentés. On a sympathisé, on peut dire. J'ai vite compris que j'étais en mesure de leur procurer un certain nombre de choses pour lesquelles il étaient prêts à payer. Et je suis allé à leurs petites fêtes. Mais incognito. Il y avait personne d'ici, à part Anna. Personne m'avait encore vu et pouvait me reconnaître.

– Sauf Kennet Eriksson ! coupa Nielsen.

– Tiens donc ! Ça commence à venir. Mais c'était pas très difficile à deviner. Eh bien oui, Kennet était au courant d'un certain nombre de choses. Mais il a jamais pipé, à ce que je sache, au cours de toutes ces années. Faut dire que je lui avais un peu fichu la frousse. Et il savait que j'étais pas loin et qu'il valait donc mieux qu'il la boucle.

Il observa une courte pause.

– Mais voilà que je tombe sur lui dans la forêt. Et je me suis dit qu'on peut jamais faire confiance aux vieux ivrognes. Pas vrai, Nielsen ? On peut jamais dire ce qu'ils risquent de faire.

– Alors tu t'es arrangé pour qu'il disparaisse ?

– Je le lui ai dit tout de suite, quand il a essayé de violer Désirée. Qu'il était comme mort. Même que c'est moi qui ai été obligé de lui apprendre un peu à bien se tenir. Tu crois que Kaj en aurait été capable ? Non, il est resté là sans rien faire. Il était comme ça, Kaj. Il avait toujours une sacrée frousse. Il osait jamais rien faire tout seul. Mais moi, je savais qu'il faut jamais reculer. Je l'ai appris très tôt. C'était déjà comme ça à l'école, quand ils essayaient de me bouffer la laine sur le dos. Ils ont continué jusqu'au jour où j'ai planté un couteau dans le bras de l'un et presque éborgné l'autre, à la cantine. Après ça, ils m'ont laissé tranquille. Et personne a osé cafter. Je les ai avertis de ce qui leur arriverait, s'ils le faisaient. Et je parlais sérieusement. J'étais sérieux dans ce que je disais à Kennet, aussi. Mais lui, il a bénéficié d'un drôle de délai de grâce, pas vrai ?

Il eut un petit éclat de rire, avant de reprendre :

– L'incendie chez les Härlin ? demanda Nielsen. Comment est-ce que ça s'est passé ? Tu étais là, non ?

– Tiens, ça t'intéresse, maintenant ? Tu fais plus le malin, on dirait. Il tambourina sur la table en se léchant les lèvres. Les parents pouvaient pas me voir, je l'ai senti tout de suite, la première fois que je suis allé chez eux. Et je savais pourquoi, d'ailleurs. Parce que j'avais compris leur petit secret, ajouta-t-il en se penchant en avant. Est-ce que tu sais que la vieille, Inga, a jamais dit à Désirée d'où elle venait ? Ou, plus exactement, qu'elle changeait de version à chaque fois. La dernière, elle était pas loin de ce que tu as supposé, à savoir qu'elle l'avait simplement vue au cours d'un voyage et qu'elle avait décidé que c'était l'enfant qu'il lui fallait.

Elle l'a payée, on peut dire qu'elle l'a achetée. Et elle l'a introduite en fraude dans le pays à l'âge d'un an, à peu près. Je sais pas comment Göte et elle s'y sont pris pour ça mais, quand on est prêt à payer n'importe quoi et qu'on a un peu d'imagination, ça finit toujours par s'arranger, pas vrai ? Ils ont bien vu qu'elle était malade, mais ils savaient pas à quel point. C'est seulement par la suite qu'ils l'ont découvert.

Il secoua la tête.

– Ils disaient toujours que Désirée était un vrai châtiment de Dieu, pour eux. Mais c'était vrai. Et des péchés, ils en avaient pas mal à expier. Göte était toujours après elle. Je suppose qu'il était pas tous les jours à la fête, avec Inga. Pas assez, en tout cas. Elle s'intéressait pas vraiment à la chose. Et puis elle avait ses médicaments, ses pilules. Tu le savais, hein, qu'elle en faisait une sacrée consommation ?

Nouvelle pause et nouveau petit coup de langue sur les lèvres.

– Ça a commencé tôt. Dès l'âge de dix ans, elle m'a dit. Et la vieille était au courant. Elle a d'abord prétendu que c'était des idées que se faisait Désirée. Ensuite, elle a plus rien dit. Elle s'est arrangé pour que ça ait l'air naturel et qu'on en parle pas. Kaj était au courant aussi, bien entendu. Mais lui, on faisait de lui ce qu'on voulait, il réfléchissait que quand on lui disait de le faire. Et, dès qu'il se passait quelque chose de gênant, ils allaient vivre ailleurs. Tu t'en es peut-être aperçu, quand t'as commencé à t'intéresser à eux d'un peu plus près ? On aurait dit qu'ils croyaient qu'ils pourraient continuer comme ça éternellement. Mais ils se fourraient le doigt dans l'œil. Y a eu une fois de trop. C'était la semaine d'avant l'incendie. Göte avait laissé Désirée tranquille depuis plus d'un an mais, un jour, il a pas pu résister.

Il eut un petit rire.

– C'est moi qui lui ai donné le couteau et je lui ai dit que, quand on veut vraiment mettre un terme à quelque chose, faut employer les grands moyens. Elle est entrée dans la chambre et j'ai entendu la vieille crier. Göte, lui, était à la cave mais il a grimpé l'escalier quatre à quatre et j'ai su ce qu'il fallait que je fasse. Je l'ai poussé pour lui faire dévaler les marches en arrière. Sa tête est allée cogner contre le ciment, par terre, et il s'est brisé la nuque. Je suis sûr qu'il a pas eu le temps de saisir ce qui lui arrivait. La vieille gémissait toujours dans la chambre. J'ai barricadé la porte et j'ai cherché Kaj. Il était assis dans un coin, raide comme un bout de bois. C'est ce qu'il faisait chaque fois qu'il se passait quelque chose. Il était à peu près incapable de bouger. Je l'ai fait descendre dans la cave. Il s'est mis à vomir en voyant Göte, mais je l'ai forcé à venir avec moi. On a transporté des explosifs entre le dépôt de la salle des machines et la cave pendant près d'une heure, je crois. Puis on a roulé un tonneau de combustible, enfin tout ce qui pouvait brûler, quoi. Désirée, elle, arrêtait pas de tousser et d'avoir des convulsions. Kaj a dû la porter jusqu'à la voiture. J'ai trafiqué un moteur électrique pour produire un court-circuit et installé des fils. Après, y avait plus qu'à se sauver vite fait.

Il se passa la main sur le visage et se mit à rire à nouveau.

– C'est à peine croyable qu'on ait réussi. Je croyais qu'on se mettrait à nous rechercher au bout d'un ou deux jours, pas plus. Mais il s'est rien passé. Et personne nous avait vus. La voiture, je l'avais fauchée en venant et personne l'a reconnue quand on a filé.

Il se pencha vers Nielsen, le regard fébrile et voilé.

– Je savais que je serais obligé de me charger d'eux. Ils avaient personne d'autre que moi. Alors, je les ai emmenés. Je connaissais un coin, à Aspudden, où on pouvait loger. Trente mètres carrés. Près de trois mois. Mais l'état de Désirée faisait qu'empirer. Je savais qu'il fallait que je trouve une solution. C'est alors que je suis tombé sur lui par hasard, de nouveau. Et j'ai compris comment je pouvais m'y prendre.

Il esquissa une grimace.

– Bengt Andersson ! dit-il en crachant presque le nom. Il pensait que j'avais peur de lui et a essayé de me faire croire que je venais lui lécher les bottes. Mais il se fourrait le doigt dans l'œil jusqu'au coude. Je savais que personne verserait une larme sur lui. Surtout pas la grosse avec laquelle il était à la colle. Je savais que ça marcherait. Je pouvais permettre à Désirée et à Kaj de changer de vie !

Il s'interrompit un instant et se mit à remuer, sur sa chaise, comme s'il était mal à l'aise.

– J'avais d'abord pensé le faire là-bas, à Stockholm. Mais il a commencé à parler de chercher des baraques dont les proprios étaient en vacances et ça s'est donc arrangé tout seul, pour ainsi dire. Il a pas été difficile de le faire venir à Bräcke, parce qu'il était pas du genre surdoué. Je lui ai fait croire qu'il s'agissait d'un coin où vivaient des gens pleins aux as. Mais j'avais pas pensé venir jusque-là, en fait. Je voulais pas revenir ici, pour rien au monde. Il fallait que ça se produise en cours de route.

Il éclata soudain de rire en secouant la tête.

– Comme tu sais, on pouvait pas se fier à elle. On savait jamais ce dont elle était capable. Et tu imagines ? Elle a pris contact avec Anna et lui a parlé de nous. On aurait dit qu'elle s'amusait, que c'était pas vraiment sérieux, pour elle.

Larsson garda le silence un moment.

– Elle lui avait dit ce qui s'était passé ? demanda Nielsen.

– Je sais pas ce qu'elle lui a raconté. Mais elle et Anna… Y avait quelque chose entre elles… Avant, eh bien, elles faisaient presque l'effet d'un couple d'amoureux, bon sang. On aurait eu du mal à passer le petit doigt entre elles !

Il se pencha en avant et croisa les bras sur sa poitrine.

– Fallait qu'elle la voie, qu'elle m'a dit. C'est pour ça qu'on est venus jusqu'ici. Je savais que c'était impossible, qu'elle était incapable de garder le silence. J'étais donc obligé.

Il s'interrompit à nouveau.

– Et Bengt Andersson et la fille ? demanda Nielsen, en retenant sa respiration.

Larsson le fixa d'un regard presque somnolent.

– Lui, je l'ai découpé en morceaux. Comme un bout de viande, bon Dieu ! Et elle aussi, après. Il faisait une de ces chaleurs. Non, c'était peut-être un peu plus tard. On les a mis dans le coffre de la voiture et on a conduit comme des dingues… Désirée avait déjà appelé Anna et convenu de l'endroit où elles se retrouveraient. On a pris la route de la forêt, à partir de la maison de campagne, et on l'a attendue à environ un kilomètre de la maison des Sjödin… Elle est venue avec nous comme si c'était la chose la plus naturelle au monde. Pourtant, elle avait bien dû comprendre ! Elle pouvait pas avoir loupé ça !

Il sursauta soudain, serra ses bras autour de sa poitrine et un instant parut avoir du mal à respirer.

– J'étais forcé de le faire. Autrement, ç'aurait été absurde, hein ?

Il se mit de nouveau à se balancer.

– La source. C'est Désirée qui a voulu y aller. On

s'est arrêté près de la rivière, on l'a suivie et puis on a monté tout droit à flanc de montagne. Y a un petit réseau de grottes, là-haut. Une des galeries conduisait à une source, au fond d'une cavité. C'est Göte qui la lui avait montrée, il connaissait par cœur tous les trous du secteur. Il l'avait amenée là et elle voulait y retourner. Elle disait qu'elle serait guérie si elle descendait dans cette source. Il était pas possible de parler avec elle. Pas plus qu'avec Kaj, d'ailleurs. Il arrêtait pas de crier et de hurler, il voulait qu'on aille se dénoncer, raconter ce qu'on avait fait. Mais c'était pas possible, hein ? Ç'aurait été de la folie. J'avais tout arrangé.

Nielsen ferma un instant les yeux.

– Tu les as tués aussi ? demanda-t-il à voix basse.

Larsson leva la tête et le fixa d'un regard dénué de toute expression, avant de secouer lentement la tête.

– Elle, je l'ai pas touchée. Elle a cessé de respirer, c'est tout. Elle gisait sur le sol. Alors, je l'ai transportée dans la grotte. C'est là qu'elle voulait aller. Puis j'ai bouché l'entrée. Mais Kaj est arrivé en courant et il s'est mis à me tirer par mes vêtements. Il voulait la sortir de là. Je pouvais pas le laisser faire. J'étais obligé de l'empêcher.

– Qu'est-ce qui lui est arrivé ? demanda Nielsen.

Larsson était maintenant affaissé sur son siège. Il se redressa au prix d'un effort.

– Je pouvais pas le laisser faire, répéta-t-il d'une voix monocorde. Et il avait pas le droit d'être avec elle, dans la grotte. Il voulait nous trahir, hein ? Alors, je l'ai mis avec les deux autres. Un peu plus loin, seulement. Mais lui, ils l'ont pas retrouvé. Ils seraient pas capables de trouver leur cul, si on les aidait pas. Et si je leur avais pas désigné l'endroit, ou à peu près, ils auraient rien dégoté, je te jure.

Il se pencha soudain vers Nielsen.

– C'était plus possible à arrêter, tu comprends, hein ? C'est comme ça. On peut rien arrêter. Rien…

Il poussa un soupir et ajouta d'une voix rauque :

– Depuis, j'ai pas cessé de l'entendre. Elle veut pas que j'oublie. Elle a pas l'intention de me permettre d'oublier.

Nielsen attendit un instant.

– Elle est morte, finit-il par dire. Y a près de trente ans de ça. Elle peut plus faire beaucoup de bruit, hein ?

Toute expression s'effaça du visage de Larsson et il eut soudain l'air beaucoup plus vieux, affaissé. Son corps fut parcouru de soubresauts, de légers spasmes qui semblaient se déplacer vers le bas et donnaient l'impression qu'il avait la danse de Saint-Guy. Nielsen ne put réprimer une grimace, à le voir.

– Tu es malade, Larsson, dit-il d'une voix sourde. Je ne sais pas dans quelle mesure c'est vrai et dans quelle mesure tu fais seulement semblant. Mais peu importe. De toute façon, je n'ai pas pitié de toi.

Il détourna les yeux en secouant la tête.

– Comme pouvais-tu croire que cela réussirait ? Désirée Härlin avait besoin de soins médicaux. Cela n'aurait jamais marché. Et Kaj, comment aurait-il pu mener une vie entière sous le nom de Bengt Andersson ? Tu y croyais vraiment ? Ou bien tu as inventé ça de toutes pièces ? Tu joues la comédie, une fois de plus ?

Larsson avait empoigné le bord de la table et ses tics s'apaisaient lentement. Puis il inspira profondément à deux reprises, se secoua et parut soudain se réveiller. Il croisa les bras sur sa poitrine et afficha un grand sourire.

– Y a pas longtemps, tu étais convaincu du contraire et tu croyais que Kaj Härlin avait vécu sous le nom de Bengt Andersson. Pendant trente ans ! À moins que je t'aie mal compris sur ce point ?

Nielsen le dévisagea, en guise de réponse.

– Ivarsson, finit-il par dire. Ce que tu m'as raconté sur lui, c'était un mensonge, n'est-ce pas ? Pour égarer un peu plus les soupçons. Et il est mort, également, non ?

Larsson lui lança un long regard et une sorte de grimace de haine passa sur son visage. Puis il se détendit, haussa les épaules et sourit à nouveau.

– C'est vrai qu'il avait des penchants un peu particuliers. Et quand tu lui as raconté que Kaj Härlin pouvait très bien être encore en vie, ça l'a vachement émoustillé. Au point qu'il fallait peut-être que quelqu'un lui enlève ça de l'idée. Qu'est-ce que tu en dis ?

– Que lui est-il arrivé ?

– Qui sait ? Voilà de quoi exercer tes méninges. Mais tu devrais pouvoir y arriver, futé comme tu l'es, dit Larsson en éclatant soudain de rire. Tu es venu ici pour faire régner la justice. Comment est-ce que tu comptes t'y prendre ?

– Tu t'en chargeras toi-même, sans doute, répondit Nielsen. N'est-ce pas ce que tu es en train de faire ? Pourquoi as-tu déterré le corps d'Anna-Greta Sjödin ? Et cette lettre, dans les années 80, c'est toi qui l'as écrite, non ? Tu voulais que quelqu'un entreprenne des recherches. C'est peut-être pour ça que tu ne me laissais pas en paix ? L'attaque dont j'ai été victime dans une pizzeria, l'automne dernier, c'est toi qui l'avais combinée, non ? Mais ce n'était pas pour me faire peur, au contraire : c'était pour piquer ma curiosité.

Larsson continua à sourire sans rien répondre.

– Je crois que je n'ai pas à me donner beaucoup de mal, reprit alors Nielsen. Tu ne vas sans doute pas tarder à franchir cette crête sur laquelle tu te tiens en équilibre. C'est ce que tu veux, pas vrai ? Et c'est ce que tu cherches depuis le début ?

Larsson se pencha sur la table.

– Tu crois donc que je vais pas tarder à avoir ce que je mérite ? Mais qu'est-ce que tu en sais, de ce que je mérite ?

Il se mit à fixer Nielsen avec quelque chose de fiévreux dans le regard.

– Rien ! répondit-il lui-même. Et c'est exactement ce que je vais récolter : Rien !

Nielsen commença à se lever.

– Alors, t'as pas besoin de t'inquiéter.

Larsson se renversa sur sa chaise, ouvrit la porte du buffet situé derrière lui, sortit le fusil à canon scié et le braqua vers Nielsen avant d'en ôter le cran de sûreté d'un geste rapide.

– Tu croyais que tu allais pouvoir partir comme ça ? Je trouve pas ça très poli. Je préfère te garder encore un peu.

Nielsen s'arrêta au milieu de son mouvement et resta debout, les mains appuyées sur le plateau de la table. Il vit le doigt de Larsson se lover autour de la détente.

– Ne fais pas de bêtises, dit-il d'une voix rauque. Tu ne t'en tireras pas, si tu commets un nouveau meurtre.

– Ah bon ? Je m'en tirerai pas ? Tu crois pas que j'ai un peu plus d'expérience que toi dans ce domaine ? Et puis d'ailleurs, je te rends peut-être un service. Qui sait ? T'avais pas l'intention de rentrer dans une paroi rocheuse, le long de la route du retour ? Mais pour de bon, cette fois ? Alors, autant régler ça tout de suite, ici même, non ?

Il fit décrire des mouvements circulaires au canon du fusil et joua à nouveau avec la détente, avant de se pencher en avant, le sourire aux lèvres.

– Tu l'as ressenti toi aussi, hein ? Le désir de disparaître. De n'être plus rien. De se dissoudre dans le néant. Je sais que oui. Mais que t'as pas vraiment osé.

En voiture, ça compte pas réellement, selon moi. C'est un peu lâche, reconnais-le. Est-ce que ce serait pas agréable de recevoir un peu d'aide ? De pas avoir besoin de le faire soi-même, de prendre la décision et d'effectuer le dernier pas, celui qui est sacrément difficile. Hein, qu'est-ce que t'en dis ?

Nielsen le vit presser un peu plus encore sur la détente et sentit une sueur froide perler sur son front, dans son dos et sur ses paumes. Partout. En même temps, il éprouva une sorte de lassitude et se sentit soudain curieusement indifférent, comme s'il était à l'abri derrière quelque chose. Il était toujours penché en avant, dans cette position intermédiaire que l'autre l'avait contraint à adopter.

– Fais comme tu veux, je m'en fiche, dit-il d'une voix brisée, en se redressant.

– T'as pas oublié ce que je t'ai dit, hein ? reprit Larsson. Le châtiment ? Rien ! Impunité zéro ! Pareil pour tous. Oublie pas ça, Nielsen.

Puis il fit soudain pivoter le fusil et enfonça le canon dans sa bouche. Son petit visage bien formé prit soudain de faux airs de grenouille, lorsque ses lèvres se refermèrent sur le canon. Ses yeux s'écarquillèrent, se voilèrent de larmes. Puis il appuya sur la détente.

Il avait l'impression de tomber dans un gouffre sans fond.

Il ne se souvenait pas vraiment comment il était rentré chez lui. Lorsque le coup de feu avait retenti, il avait détourné le regard et porté les mains à ses oreilles. Il était ensuite resté un instant assis dans cette position, gémissant et se balançant d'un côté sur l'autre. Puis il avait ouvert les yeux et regardé le corps.

Après cela, il ne se rappelait pas grand-chose. Les congères le long de la route. Et ce sentiment permanent d'être seul. Aucun bruit. Rien. Comme s'il se déplaçait dans le vide.

Et maintenant il tombait.

Cela avait commencé dès sa descente de voiture. Il avait alors eu l'impression que le sol se dérobait sous ses pas. La chute n'était pas violente, incontrôlée. C'était plutôt comme s'il glissait lentement, inexorablement vers le bas. Peu importait ce qu'il faisait, où il se trouvait. Il ne cessait de tomber.

Il vivait toujours dans sa maison, n'ayant plus la force de penser à en partir, ni à aller où que ce soit, en fait. Autant rester là, se disait-il. L'endroit où il se trouvait n'avait pas la moindre importance.

De temps en temps il repensait à Larsson, à sa silhouette apparemment fragile. Ce n'est qu'en le déposant sur son lit, sans devoir déployer une grande énergie pour cela, qu'il s'était avisé que ce corps si menu semblait presque uniquement constitué de muscles et que Larsson pouvait sans doute infliger d'importants dommages corporels à n'importe qui s'il le voulait. Par la suite, il se fit la réflexion qu'il était en réalité très difficile d'évaluer son âge et que, à une certaine distance, il pouvait aussi bien paraître avoir entre trente et quarante ans que près de cinquante.

Pourtant, peut-être était-ce cette façon de changer de ton, presque de voix, de temps en temps, qui l'avait incité à s'interroger, malgré tout. Et soudain, celle qu'il avait entendue le temps d'une brève conversation téléphonique, au printemps, lui était revenue à l'esprit.

À partir de ce moment-là, il avait su ce qu'il avait à faire.

Il sursauta en entendant cogner à la porte. Il n'alla pas ouvrir et resta au milieu de la pièce, à fixer la porte des yeux et sentir la sueur commencer à perler sur lui. En entendant une clé se glisser dans la serrure et commencer à la tourner, il chercha rapidement des yeux autour de lui et vit la bouteille de vodka posée par terre, dans l'entrée, à côté des sacs à ordures. Il fit un ou deux pas en clopinant et la saisit au moment même où la porte s'ouvrait.

Tout d'abord, il ne reconnut pas l'homme qui se tenait devant lui et entrait, sans se donner la peine de saluer mais en reniflant ostensiblement.

– Ça pue ici, bon sang, dit-il. Et c'est pas beaucoup mieux à voir.

Puis il désigna d'un signe de tête la bouteille que Nielsen tenait à la main.

– On picole ?

Nielsen sut alors à qui il avait affaire et se détendit, mais en sentant la colère monter en lui.

– Ça fait un bout de temps que le loyer n'a pas été payé, reprit l'homme.

Nielsen le regarda un instant. Le petit-fils de sa propriétaire se tenait devant lui. Il ne l'avait vu que très brièvement lorsqu'il avait emménagé.

– Euh oui, deux mois, dit-il. Mais il m'est arrivé un tas de choses imprévues…

– Je veux pas le savoir, coupa l'homme. Faut payer ou foutre le camp.

– Vous avez l'habitude de rentrer comme ça chez les gens, quand l'envie vous en prend ? demanda Nielsen.

– Quand ils ne répondent ni aux lettres ni au téléphone, oui. Vous auriez aussi bien pu être mort. Ou être parti sans laisser d'adresse. J'ai le droit de veiller sur ce qui m'appartient.

Nielsen secoua la tête avant de répondre.

– Ne faites plus jamais ça, dit-il. Inutile d'attendre d'autres loyers, d'ailleurs, puisque la maison va être détruite. Ce que j'ai déjà payé suffit largement.

L'homme le regarda, bouche bée. Il avait une demi-tête de moins que Nielsen, mais il était nettement plus jeune que lui – à peine la trentaine – et bien bâti.

– Alors, dégagez ! Faites vos valises immédiatement.

Il esquissa un pas vers l'intérieur. Nielsen brisa alors la bouteille contre le mur et brandit le tesson, interrompant son geste à un centimètre du cou de l'autre. Celui-ci se figea sur place, le visage blême. Nielsen l'obligea à franchir la porte à reculons puis baissa le bras et lui fit descendre le perron d'une brusque poussée sur la poitrine. L'homme se retrouva à genoux dans l'allée, se releva et battit en retraite vers la barrière.

– Espèce de sale poivrot ! cria-t-il. Tu vas me payer ça, bon Dieu. Je vais chercher la police.

Nielsen le suivit lentement. Puis il s'arrêta et pointa le tesson dans sa direction en disant froidement, d'une voix posée :

– Je te retrouverai. Si tu ne tiens pas ta gueule, toi ou les autres de ton espèce, tu auras de la visite, je te le promets. Et je tiens toujours parole. Si tu ne me crois pas, t'as qu'à essayer.

L'homme ne répondit pas et son regard se fit moins assuré. Puis il tourna les talons et s'éloigna rapidement vers sa voiture, garée sur le chemin en terre battue.

En rentrant dans la maison il éprouva un brusque sentiment de libération, qui montait en lui sous la forme de véritables bulles, et il eut du mal à s'empêcher de rire.

Mais il s'interrompit brusquement, le regard fixe, et comprit à qui il ressemblait. Le visage déformé de Bernt Larsson, le canon du fusil dans la bouche, apparut soudain devant ses yeux.

Il fit la grimace, se secoua pour se débarrasser de la gêne qui s'était emparée de lui et se dirigea vers le téléphone. Arrivé là, il s'arrêta une seconde et hésita. Il savait qu'il fallait prendre contact avec quelqu'un, parler, rompre ce silence.

Il souleva lentement le combiné et composa le numéro.

– Ah bon, c'est toi. C'est déjà le printemps, pour que tu m'appelles ?

– Il arrive, répondit Nielsen. Tu crois qu'il faut que j'attende ?

– Non, ce n'est pas nécessaire. Je sentais que j'allais avoir de tes nouvelles, répondit Lasse Henning d'une voix légèrement découragée, comme absente.

– Ah bon, dit Nielsen. Tu as une raison particulière ?

– Tu n'es pas au courant ? À propos de Harri ?

Nielsen resta silencieux, l'écouteur collé à l'oreille et les yeux dans le vague.

– Quoi donc ? finit-il par dire.

– On l'a retrouvé mort, cette semaine, dit Henning.

Nielsen ne broncha pas pendant un instant mais sentit la sueur se mettre à nouveau à perler en lui, tandis qu'il éprouvait des difficultés à respirer.

– Comment ? parvint-il finalement à demander.

– Les voisins ont senti une odeur bizarre en provenance de son appartement. Ce n'était pas nouveau, mais cette fois c'était beaucoup plus fort que d'habitude. Alors, quelqu'un a averti le gardien de l'immeuble. Il était étendu sur le sol, dans l'entrée, la moitié du visage emporté. On a d'abord cru à un suicide, mais on n'a pas trouvé d'arme. Et il est apparu qu'il n'était pas mort dans son appartement, mais ailleurs. On l'a apporté là par la suite. Quant à savoir pourquoi…

– Personne n'a rien vu, dans l'immeuble ? demanda Nielsen d'une voix rauque, après un silence.

– Qu'est-ce que tu crois ? ricana Henning. Dans ce coin-là, on ne voit rien, on n'entend rien. Quand on habite dans le secteur, on s'occupe de ses affaires et on se garde bien de se mêler de celles des autres. Et puis, ce n'est pas vraiment une surprise. Je suppose qu'il a doublé quelqu'un une fois de trop. Je me doutais que ça finirait par arriver. S'il ne se donnait pas une overdose.

Nielsen resta silencieux et pensa à Larsson. Il n'avait pas l'intention de le lâcher. Peut-être en avait-il été incapable. Mais, de toute façon, il avait fait en sorte que cela continue. Il savait que, une fois que le corps serait retrouvé, Nielsen serait obligé de poursuivre ses recherches, de tenter de rassembler les pièces du puzzle et de dévider la pelote. Ils seraient toujours liés l'un à l'autre, indissolublement.

– Tu as eu l'occasion de lui parler, hein ? Tu n'as pas idée de ce à quoi il a pu être mêlé ces derniers temps ?

Nielsen éprouva un puissant sentiment de gêne. Il lui répugnait de mentir à Henning.

– Il devait me donner de ses nouvelles, dit-il. Mais il ne l'a pas fait.

– Il avait une bonne excuse, cette fois, au moins.

Henning poussa un soupir avant de poursuivre :

– Mais c'est bien dommage que ça se termine comme ça. Il y avait du bon, en Harri, pas vrai ? Un peu emporté, c'est tout. Et pas beaucoup de caractère. Le mélange n'est jamais très bon. Mais, au fait, tu t'occupes toujours de ce qui s'est passé là-haut, à Bräcke ? demanda-t-il après un silence.

– Non, répondit Nielsen. C'est terminé.

– C'est vrai qu'on n'en parle plus depuis un certain temps, conclut Henning, pensif. Bon, eh bien, à bientôt. Au printemps, comme convenu, hein ?

– Oui, oui, dit Nielsen. Au printemps. S'il finit par arriver.

Il garda le combiné à l'oreille pendant un moment, avec le vague sentiment qu'il n'était pas seul au bout du fil. Puis il raccrocha en secouant la tête. Il gagna lentement le canapé, se laissa tomber dessus, s'étira et ferma les yeux.

Il était de nouveau sur cette coupe, dans la forêt, au milieu d'un espace dévasté sur lequel les pierres affleuraient. Il faisait toujours aussi froid. Il voulait s'éloigner, mais ses jambes étaient lourdes comme du plomb. Il éprouvait une immense lassitude à chaque pas et, soudain, il fut conscient que, en réalité, il voulait rester là.

Il se força à ouvrir les yeux et prit son inspiration. Il faut que ça cesse, se dit-il. Il faut que ça se termine un jour ou l'autre. Il aspirait maintenant au repos. Pouvoir souffler. Il en avait le droit. Il fallait seulement mettre le point final à toute cette affaire. Enfin.

Il dut attendre près d'une heure Sune Bergman, qui participait à une réunion à Östersund. Il s'installa sur une chaise, dans l'entrée du bâtiment, feuilleta quelques journaux, se leva, fit les cent pas et regarda ce qui se passait à l'extérieur.

On était maintenant au milieu du mois de janvier. Il y avait un mètre de neige et il faisait moins quinze. Les voitures soulevaient des nuages de poudreuse sur leur passage. Il eut l'impression que le froid rapetissait le monde tel qu'il le voyait, de là où il était. Les gens se déplaçaient lentement, sur de petites distances, et respiraient prudemment, comme s'ils humaient l'air. Le mieux était de rester à l'intérieur, si possible devant une cheminée bien approvisionnée et dans laquelle on regardait les langues de feu danser sur les morceaux de bois. Tandis que le froid cherchait par où entrer, griffait les murs et léchait les carreaux.

Manifestement, Bergman avait été prévenu de sa visite car il ne donna pas le moindre signe d'étonnement lorsqu'il franchit la porte, le vit et le salua. Il le guida ensuite jusqu'à son petit bureau.

– Alors, qu'est-ce qui vous amène une nouvelle fois chez nous ? demanda-t-il. Ivarsson, peut-être ?

Sans lui laisser le temps de répondre, il poursuivit :

– Vous avez pu remarquer que nous avons lancé un avis de recherches. Mais il n'a strictement rien donné. Pas la moindre piste. Vous n'avez pas eu de nouvelles de lui, de votre côté ?

Nielsen secoua la tête et le regarda un instant.

– Je voudrais vous parler de Bernt Larsson, dit-il.

Bergman haussa les sourcils pour marquer sa surprise.

– Vous avez entendu parler de son suicide ? Pourquoi voulez-vous me parler de lui ?

– Le connaissiez-vous, auparavant ?

– Vous voulez dire : son genre d'activités ? Bien sûr que oui. Je savais que c'était un truand.

– Dans quelle mesure ?

– Ce n'est pas facile à dire. Ce n'étaient pas les soupçons qui manquaient. Dans divers domaines. Mais nous n'avions aucune preuve. Pas d'acte de violence, cependant. Nous avons été totalement pris par surprise quand il s'est tiré cette balle dans la tête. Nous ignorions même qu'il détenait une arme.

– Ivarsson vous a-t-il informé de certaines choses ?

– Oui, bien entendu. Il le connaissait de longue date, depuis qu'il était adolescent. Selon lui, c'était déjà un œuf pourri, à cette époque. Mais pourquoi me demandez-vous ça ? Voulez-vous dire qu'il y aurait un lien ? Entre Ivarsson et Larsson ?

– J'en sais assez long sur le compte de Larsson, dit Nielsen en se passant rapidement la main sur le visage. Je crois que cela devrait vous intéresser.

Il se lança dans son récit, après avoir pris une inspiration. Il vit le visage de Bergman passer de l'incrédulité à la perplexité, l'indignation et enfin la colère.

– Qu'est-ce que vous me racontez ! explosa-t-il lorsque Nielsen en eut terminé. Vous étiez présent lors de son suicide et vous ne nous en avez rien dit ? Vous avez disparu, comme ça, sans vous manifester ?

– Vous n'avez pas assisté à la scène. Nul ne sait comment il réagirait en pareil cas. Ça ne dépend pas de notre volonté.

– Mais vous avez eu des mois pour le faire ! rugit

Bergman. Ce genre de comportement tombe sous le coup de la loi ! Je vais faire en sorte que…

Il s'interrompit pour reprendre l'instant d'après :

– Et puis cette histoire, c'est à ne pas croire. Qu'est-ce que vous êtes en train de faire ? Qu'est-ce que vous essayez de me faire avaler ?

Nielsen se pencha vivement au-dessus de la table.

– Si vous écoutiez, au lieu de vous mettre à brailler ? Vous pensez que c'est pour m'amuser que je suis venu vous apprendre ça ?

Bergman leva une main

– Calmons-nous. Tous les deux. Mais qu'est-ce qui me dit que c'est vrai, ce que vous me racontez ?

– Bengt Andersson, finit par dire Nielsen. Vous pouvez vérifier que Larsson a usurpé son identité. Je l'ai bien fait, moi, grâce aux voisins. Vous pouvez vérifier certains de ses agissements au cours des années 70, lors de la disparition d'Anna-Greta Sjödin. Il doit être possible, aussi, de trouver un moyen d'identifier les deux corps qui ne l'ont pas encore été, à partir des éléments dont on dispose. Si ce qu'il a dit est vrai, on devrait pouvoir retrouver les cadavres du frère et de la sœur Härlin. Pour tout ça, il y a prescription. En revanche, ce n'est pas le cas pour Kennet Eriksson et Ivarsson. Il est vrai que, dans leur cas, il n'a pas avoué – il a simplement reconnu indirectement qu'il les a tués, peut-on dire. Et il n'a pas dit, non plus, ce qu'il avait fait des corps.

Il poussa un soupir avant de poursuivre.

– Et puis il y a Harri. Je ne sais pas s'il existe un moyen technique qui permette de prouver que l'arme qui l'a tué est la même que celle avec laquelle Larsson a mis fin à ses jours. Mais, de toute façon, ce ne serait qu'un indice. Tout ce qu'il est possible de retenir, c'est ce que je viens de vous apprendre.

– Et que vous auriez dû venir nous raconter beaucoup plus tôt, coupa Bergman, maussade.

– Est-ce que vous m'auriez cru ?

– Je veux simplement dire que c'est un peu tard pour jouer les citoyens conscients de leur devoir, répliqua Bergman en tendant les mains vers Nielsen. Vous devez le reconnaître.

– Quand aurais-je dû le faire, selon vous ? Au début, je n'en savais pas plus que les autres. Et ensuite, eh bien, comme je vous l'ai dit : qui m'aurait cru ? Vous, peut-être ?

Bergman secoua la tête, les yeux dans le vague.

– Je ne suis pas sûr de le faire même maintenant. Je ne sais pas que croire. Vous affirmez donc sérieusement qu'Olle Ivarsson a été mêlé à toute cette affaire, d'une certaine façon ?

– Lorsque nous nous sommes parlé pour la première fois, je vous ai demandé si vous pensiez qu'Ivarsson était un bon fonctionnaire de police. Il me semble me souvenir que vous m'avez répondu par l'affirmative. Mais aussi que vous n'étiez pas très convaincant.

Il interrompit du geste Bergman, qui ouvrait la bouche pour répondre.

– Inutile de le défendre. Il se peut qu'il ait été bien, je n'en sais rien. Mais il n'était pas très aimé, n'est-ce pas ? Enfin bon, je ne crois pas qu'il ait à voir avec ce qui est arrivé à Anna-Greta Sjödin. Mais il y a peut-être une certaine vérité dans le reste de ce que m'a dit Larsson. Je suis à peu près persuadé qu'il y avait quelque chose entre eux. Quoi au juste, je ne saurais le dire, mais je pense que l'un se servait de l'autre et que c'était peut-être réciproque. Il y avait trop d'aversion – je dirais même de haine – dans les propos qu'ils tenaient l'un sur l'autre pour que ce soit le fait du hasard.

Bergman le fixait attentivement du regard.

– Et vous pensez qu'Ivarsson a été assassiné ? Par Larsson ? Et que le corps a été dissimulé quelque part, dieu sait où ?

– C'est ce que je crois, en tout cas, répondit Nielsen avec une grimace de lassitude. Même s'il ne l'a pas avoué véritablement, comme je vous l'ai dit.

Sune Bergman tambourina un moment sur son bureau.

– Et le cadavre d'Anna-Greta Sjödin ? Pourquoi Larsson serait-il allé le déterrer, si ce que vous dites est vrai ? Il n'avait pas vraiment de motif.

– Je suppose qu'il y avait une raison profonde. Il voulait qu'on s'aperçoive de son existence. Si on n'était pas tombé sur lui par hasard, dans la forêt, il aurait fait en sorte que le sac contenant les ossements soit retrouvé. Il y était poussé par quelque chose d'incontrôlable en lui.

– Vous vous lancez dans la psychanalyse ? coupa Bergman.

– Inutile, je sais ce qui se passait en lui.

Bergman l'observa sans rien dire, puis détourna les yeux avec un frisson, comme pour se débarrasser de quelque chose qui le gênait.

– En tout cas, je n'ai pas besoin de ça, moi, soupira-t-il. Pas plus que les gens d'ici. Fouiller dans ces vieilles histoires… Vous savez où ça va mener ? On va encore crouler sous les dénonciations, les calomnies et plein de choses pas très propres, comme à l'époque ! Vous venez me raconter un vrai roman d'épouvante, mais qu'est-ce que vous voulez que j'en fasse ? Vous pouvez me le dire ?

– Je n'en sais rien, dit Nielsen. Honnêtement.

– Mais vous avez jugé indispensable de me débiter cette histoire ?

– C'est le sentiment que j'ai eu. Pour y mettre un terme.

– Un terme ? pouffa Bergman. La meilleure façon de le mettre, c'était de la fermer, vous ne croyez pas ?

Il se passa la main sur le visage, de lassitude.

– Je ne sais pas quoi penser… finit-il par dire en se redressant sur sa chaise.

Puis il reprit, au bout d'un instant, en fixant Nielsen des yeux comme s'il attendait une réaction de sa part :

– Non, je ne peux pas y croire. Si vous ne m'apportez pas quelque chose de concret. J'ai l'impression que vous avez rêvé. Déliré, devrais-je plutôt dire. Vous avez consulté un médecin ?

Nielsen soutint son regard et hocha la tête en se levant.

– Vous avez peut-être raison, dit-il avec un bref sourire. Il faudrait que j'y pense.

Il tourna les talons et se dirigea vers la porte.

– Vous avez l'intention d'écrire un article sur cette affaire ? entendit-il Bergman lui demander dans son dos.

– Il n'y a pas de quoi en faire un, répondit-il en secouant la tête.

Il pénétra dans le café et alla s'asseoir. Le seul train à destination du sud passait environ une heure plus tard. Il ne risquait guère de le manquer, car la gare était située juste en face, de l'autre côté de la E14.

Il fit le tour du local des yeux. Six personnes en plus de lui. Certaines étaient en train de parler, d'une voix forte, du temps qu'il faisait. Un homme tourna la tête et l'observa avec attention. Peut-être me reconnaît-il, se dit-il. Mais l'hypothèse inverse était tout aussi vraisemblable : sans doute n'était-il qu'un visage inconnu sur lequel s'interroger. Quelqu'un qui rentrait chez lui ou qui en partait.

Il s'installa près de la fenêtre. Le froid avait l'air de s'accentuer encore un peu, à en juger par le petit nuage de vapeur qui sortait de la bouche des passants. Une sorte de brume glacée flottait dans l'air et le ciel était recouvert d'un voile gris acier. En levant les yeux, il découvrit pourtant un petit coin de ciel bleu qui allait en s'élargissant.

Il poussa un soupir et prit soudain conscience d'un changement. Il s'était passé quelque chose : il avait enfin cessé de tomber et se trouvait à nouveau sur la terre ferme, pour employer une expression qui n'était peut-être pas la bonne.

Il continua à scruter le ciel et ce petit coin de bleu qui grandissait. Peut-être était-ce tout ce qu'on avait le droit d'attendre, se dit-il. D'espérer. Un ciel qui s'éclaircissait et qui facilitait la respiration. Pendant un moment.

RÉALISATION : NORD COMPO À VILLENEUVE-D'ASCQ
IMPRRESSION : NORMANDIE ROTO S.A.S. À LONRAI
DÉPÔT LÉGAL : OCTOBRE 2005. N° 83798 (05-2610)
IMPRIMÉ EN FRANCE

Collections Points

SÉRIE POLICIERS

DERNIERS TITRES PARUS

P539. Énergie du désespoir, *par Eric Ambler*
P540. Épitaphe pour un espion, *par Eric Ambler*
P554. Mercure rouge, *par Reggie Nadelson*
P555. Même les scélérats…, *par Lawrence Block*
P571. Requiem Caraïbe, *par Brigitte Aubert*
P572. Mort en terre étrangère, *par Donna Leon*
P573. Complot à Genève, *par Eric Ambler*
P606. Bloody Shame, *par Carolina Garcia-Aguilera*
P617. Les Quatre Fils du Dr March, *par Brigitte Aubert*
P618. Un Vénitien anonyme, *par Donna Leon*
P626. Pavots brûlants, *par Reggie Nadelson*
P627. Dogfish, *par Susan Geason*
P636. La Clinique, *par Jonathan Kellerman*
P639. Un regrettable accident, *par Jean-Paul Nozière*
P640. Nursery Rhyme, *par Joseph Bialot*
P644. La Chambre de Barbe-Bleue, *par Thierry Gandillot*
P645. L'Épervier de Belsunce, *par Robert Deleuse*
P646. Le Cadavre dans la Rolls, *par Michael Connelly*
P647. Transfixions, *par Brigitte Aubert*
P648. La Spinoza Connection, *par Lawrence Block*
P649. Le Cauchemar, *par Alexandra Marinina*
P650. Les Crimes de la rue Jacob, *ouvrage collectif*
P651. Bloody Secrets, *par Carolina Garcia-Aguilera*
P652. La Femme du dimanche
par Carlo Fruttero et Franco Lucentini
P653. Le Jour de l'enfant tueur, *par Pierre Pelot*
P669. Le Concierge, *par Herbert Lieberman*
P670. Bogart et Moi, *par Jean-Paul Nozière*
P671. Une affaire pas très catholique, *par Roger Martin*
P693. Black Betty, *par Walter Mosley*
P706. Les Allumettes de la sacristie, *par Willy Deweert*
P707. Ô mort, vieux capitaine…, *par Joseph Bialot*
P708. Images de chair, *par Noël Simsolo*
P717. Un chien de sa chienne, *par Roger Martin*
P718. L'Ombre de la louve, *par Pierre Pelot*
P727. La Morsure des ténèbres, *par Brigitte Aubert*
P733. Le Couturier de la Mort, *par Brigitte Aubert*
P742. La Mort pour la mort, *par Alexandra Marinina*
P754. Le Prix, *par Manuel Vázquez Montalbán*

P755. La Sourde, *par Jonathan Kellerman*
P756. Le Sténopé, *par Joseph Bialot*
P757. Carnivore Express, *par Stéphanie Benson*
P768. Au cœur de la mort, *par Laurence Block*
P769. Fatal Tango, *par Jean-Paul Nozière*
P770. Meurtres au seuil de l'an 2000
par Éric Bouhier, Yves Dauteuille, Maurice Detry, Dominique Gacem, Patrice Verry
P771. Le Tour de France n'aura pas lieu, *par Jean-Noël Blanc*
P781. Le Dernier Coyote, *par Michael Connelly*
P782. Prédateurs, *par Noël Simsolo*
P792. Le Guerrier solitaire, *par Henning Mankell*
P793. Ils y passeront tous, *par Lawrence Block*
P794. Ceux de la Vierge obscure, *par Pierre Mezinski*
P803. La Mante des Grands-Carmes, *par Robert Deleuse*
P819. London Blues, *par Anthony Frewin*
P820. Sempre caro, *par Marcello Fois*
P821. Palazzo maudit, *par Stéphanie Benson*
P834. Billy Straight, *par Jonathan Kellerman*
P835. Créance de sang, *par Michael Connelly*
P849. Pudding mortel, *par Margaret Yorke*
P850. Hemoglobine Blues, *par Philippe Thirault*
P851. Exterminateurs, *par Noël Simsolo*
P859. Péchés mortels, *par Donna Leon*
P860. Le Quintette de Buenos Aires
par Manuel Vázquez Montalbán
P861. Y'en a marre des blondes, *par Lauren Anderson*
P862. Descentes d'organes, *par Brigitte Aubert*
P875. La Mort des neiges, *par Brigitte Aubert*
P876. La lune était noire, *par Michael Connelly*
P877. La Cinquième Femme, *par Henning Mankell*
P882. Trois Petites Mortes, *par Jean-Paul Nozière*
P883. Le Numéro 10, *par Joseph Bialot*
P888. Le Bogart de la cambriole, *par Lawrence Block*
P892. L'Œil d'Eve, *par Karin Fossum*
P898. Meurtres dans l'audiovisuel, *par Yan Bernabot, Guy Buffet, Frédéric Karar, Dominique Mitton et Marie-Pierre Nivat-Henocque*
P899. Terminus pour les pitbulls, *par Jean-Noël Blanc*
P909. L'Amour du métier, *par Lawrence Block*
P910. Biblio-quête, *par Stéphanie Benson*
P911. Quai des désespoirs, *par Roger Martin*
P926. Sang du ciel, *par Marcello Fois*
P927. Meurtres en neige, *par Margaret Yorke*
P928. Heureux les imbéciles, *par Philippe Thirault*

P949. 1280 Âmes, *par Jean-Bernard Pouy*
P950. Les Péchés des pères, *par Lawrence Block*
P964. Vieilles dames en péril, *par Margaret Yorke*
P965. Jeu de main, jeu de vilain, *par Michelle Spring*
P963. L'Indispensable Petite Robe noire, *par Lauren Henderson*
P971. Les Morts de la Saint-Jean, *par Henning Mankell*
P972. Ne zappez pas, c'est l'heure du crime, *par Nancy Star*
P976. Éloge de la phobie, *par Brigitte Aubert*
P989. L'Envol des anges, *par Michael Connelly*
P990. Noblesse oblige, *par Donna Leon*
P1001. Suave comme l'éternité, *par George P. Pelecanos*
P1003. Le Monstre, *par Jonathan Kellerman*
P1004. À la trappe !, *par Andrew Klavan*
P1005. Urgence, *par Sarah Paretsky*
P1016. La Liste noire, *par Alexandra Marinina*
P1017. La Longue Nuit du sans-sommeil, *par Lawrence Block*
P1029. Speedway, *par Philippe Thirault*
P1030. Les Os de Jupiter, *par Faye Kellerman*
P1039. Nucléaire chaos, *par Stéphanie Benson*
P1040. Bienheureux ceux qui ont soif…, *par Anne Holt*
P1042. L'Oiseau des ténèbres, *par Michael Connelly*
P1048. Les Lettres mauves, *par Lawrence Block*
P1060. Mort d'une héroïne rouge, *par Qiu Xiaolong*
P1061. Angle mort, *par Sara Paretsky*
P1070. Trompe la mort, *par Lawrence Block*
P1071. V'là aut'chose, *par Nancy Star*
P1072. Jusqu'au dernier, *par Deon Meyer*
P1081. La Muraille invisible, *par Henning Mankell*
P1087. L'Homme de ma vie, *par Manuel Vázquez Montalbán*
P1088. Wonderland Avenue, *par Michael Connelly*
P1089. L'Affaire Paola, *par Donna Leon*
P1090. Nous n'irons plus au bal, *par Michelle Spring*
P1100. Dr la Mort, *par Jonathan Kellerman*
P1101. Tatouage à la fraise, *par Lauren Henderson*
P1102. La Frontière, *par Patrick Bard*
P1105. Blanc comme neige, *par George P. Pelecanos*
P1110. Funérarium, *par Brigitte Aubert*
P1111. Requiem pour une ombre, *par Andrew Klavan*
P1122. Meurtriers sans visage, *par Henning Mankell*
P1123. Taxis noirs, *par John McLaren*
P1134. Tous des rats, *par Barbara Seranella*
P1135. Des morts à la criée, *par Ed Dee*
P1146. Ne te retourne pas !, *par Karin Fossum*
P1158. Funky Guns, *par George P. Pelecanos*
P1159. Les Soldats de l'aube, *par Deon Meyer*

P1162. Visa pour Shanghaï, *par Qiu Xiaolong*
P1174. Sale Temps, *par Sara Paretsky*
P1159. L'Ange du Bronx, *par Ed Dee*
P1187. Les Chiens de Riga, *par Henning Mankell*
P1188. Le Tueur, *par Eraldo Baldini*
P1189. Un silence de fer, *par Marcelos Fois*
P1190. La Filière du jasmin, *par Denise Hamilton*
P1197. Destins volés, *par Michael Pye*
P1206. Mister Candid, *par Jules Hardy*
P1207. Déchaînée, *par Lauren Henderson*
P1215. Tombe la pluie, *par Andrew Klavan*
P1224. Le Vagabond de Holmby Park, *par Herbert Lieberman*
P1225. Des amis haut placés, *par Donna Leon*
P1228. Chair et sang, *par Jonathan Kellerman*
P1230. Darling Lilly, *par Michael Connelly*
P1239. Je suis mort hier, *par Alexandra Marinina*
P1240. Cendrillon, mon amour, *par Lawrence Block*
P1242. Berlinale Blitz, *par Stéphanie Benson*
P1245. Tout se paye, *par George P. Pelecanos*
P1251. Le Rameau brisé, *par Jonathan Kellerman*
P1256. Cartel en tête, *par John McLaren*
P1291. Le croque-mort a la vie dure, *par Tim Cockey*
P1292. Pretty Boy, *par Lauren Henderson*
P1294. Encres de Chine, *par Qiu Xiaolong*
P1306. La Lionne blanche, *par Henning Mankell*
P1307. Le Styliste, *par Alexandra Marinina*
P1308. Pas d'erreur sur la personne, *par Ed Dee*
P1309. Le Casseur, *par Walter Mosley*
P1318. L'Attrapeur d'ombres, *par Patrick Bard*
P1331. Mortes-eaux, *par Donna Leon*
P1332. Déviances mortelles, *par Chris Mooney*
P1344. Mon vieux, *par Thierry Jonquet*
P1345. Lendemains de terreur, *par Lawrence Block*
P1346. Déni de justice, *par Andrew Klavan*
P1347. Brûlé, *par Leonard Chang*
P1359. Los Angeles River, *par Michael Connelly*
P1360. Refus de mémoire, *par Sarah Paretsky*
P1361. Petite Musique de meurtre, *par Laura Lippman*
P1372. L'Affaire du Dahlia noir, *par Steve Hodel*
P1373. Premières Armes, *par Faye Kellerman*
P1374. Onze Jours, *par Donald Harstad*
P1375. Le croque-mort préfère la bière, *par Tim Cockey*
P1393. Soul Circus, *par George P. Pelecanos*
P1394. La Mort au fond du canyon, *par C. J. Box*
P1395. Recherchée, *par Karin Alvtegen*
P1396. Disparitions à la chaîne, *par Ake Smedberg*